The Eyes of
The Dragon

斯蒂芬·金作品系列

龙之眼

Stephen King

[美]斯蒂芬·金 | 著　有印良品 | 译

人民文学出版社

著作权合同登记号　图字 01-2021-0179

THE EYES OF THE DRAGON
By Stephen King
_____

Copyright © 1987 by Stephen King
This edition arranged with The Lotts Agency Ltd.
through Andrew Nurnberg Associates International Limited

图书在版编目(CIP)数据

龙之眼/(美)斯蒂芬·金著；有印良品译. —北京：
人民文学出版社，2022 (2024.5重印)
（斯蒂芬·金作品系列）
ISBN 978-7-02-016866-8

Ⅰ.①龙…　Ⅱ.①斯…　②有…　Ⅲ.①长篇小说—美国—现代
Ⅳ.①I712.45

中国版本图书馆CIP数据核字(2020)第268360号

| 出品人 | 黄育海 |
| 责任编辑 | 朱卫净　陶媛媛 |

出版发行　人民文学出版社
社　　址　北京市朝内大街166号
邮政编码　100705

印　　制　上海盛通时代印刷有限公司
经　　销　全国新华书店等

字　　数　216千字
开　　本　890毫米×1194毫米　1/32
印　　张　8.375
版　　次　2022年1月北京第1版
印　　次　2024年5月第2次印刷

书　　号　978-7-02-016866-8
定　　价　79.00元

如有印装质量问题，请与本社图书销售中心调换。电话：010-65233595

谨将这个故事献给挚友本·斯特劳伯和我的小女儿纳奥米·金

1

很久以前,有一个德兰王国,国王有两位王子。

德兰王国是一个特别古老的王国,曾经有数百位甚至数千位国王。由于历史太久了,连历史学家都无法确切地厘清发生过的每一件事。历代国王中,"仁慈的罗兰"虽然不是最英明的,但也不是最差劲的。他尽力不对全体国民造成严重的伤害,在这方面,他成功了;他胸怀壮志,想建功立业、泽被后世,在这方面,很遗憾,他没有成功。归根结底,他是一位平庸的国王。为此,他曾怀疑:在他驾崩之后,有谁会长久地怀念他?如今他年事已高,心脏也不像从前那么听使唤,死亡随时会降临……也许还剩下一年,或者三年?人们都知道这一点,都看到过他一脸灰败、双手颤抖地上朝,也都在心里暗暗合计:最多五年,将会有一位新国王在针塔广场加冕……这还是看在上帝恩宠的分上多给罗兰五年。如此一来,所有臣民——从富裕豪横的贵族、纸醉金迷的大臣到一贫如洗的奴隶、流浪汉和他们衣衫褴褛的妻儿——所思、所谈的都是国王的长子,第一顺位继承人彼得。

只有一个男人不这么想。他寻思、计划、图谋的是另一件事:该如何操作才能让国王的小儿子托马斯取代长子彼得成为新国王?这个男人就是国王的巫师弗拉格。

2

虽然罗兰国王已垂垂老矣——他自称年"方"古稀,区区七十而已,可事实上绝对不止——但王子们仍然年幼。罗兰之所以晚婚晚育,是因为一直没有碰到心仪之人,没有遇见惊天动地的爱情。还有一个原因是,他的寡母看上去好像能万寿无疆——举国上下,包括罗兰,甚至连女王本人都这样想。她统治德兰已近半个世纪。

某日,吃下午茶时,她正打算把一片切好的新鲜柠檬放进嘴里,希望缓解已经持续一周的咳嗽,此时一心讨好她和王公大臣的杂耍艺人正在殿前卖力表演,把五只精巧的水晶球轮番往天上抛。女王把柠檬搁进了嘴里——此时,杂耍艺人不小心漏接了一只球,水晶球砸在大殿的瓷砖地面上,发出一声巨响,把女王惊得倒抽一口凉气,那片柠檬被迅速吸进嗓子眼,立刻把女王噎死了。四日后,罗兰在针塔广场加冕。那名杂耍艺人无缘睹此盛况——三天前他就被拖到针塔广场大殿后的断头台上丧了命。

如果一位国王没有王储,总叫人紧张,何况这位国王年过半百,头也秃了。因此罗兰的当务之急是赶紧大婚,诞下王储。国王的亲信弗拉格不断提醒说国王已经五十岁了,再晚恐怕就没有办法在女人的肚子里造出孩子了。他建议国王赶紧娶亲,别再坐等真命天女了。倘若一个男人过了五十岁还没有遇见真爱,弗拉格说,那大概率是等不到了。

罗兰明白他的话,也暗自认同,却想不到弗拉格这个一头细长直发、一张苍白面孔藏在兜帽里的男人会看穿自己内心的秘密:没遇上真爱是因为他从不喜欢女人。女人让他心烦。他也从没想过要在女人的肚子里孕育孩子,连想一想那档子事都厌烦。

但他认为巫师的提醒很有智慧。因此,在女王葬礼过去半年后,德兰王国终于办了喜事:罗兰迎娶王后萨莎。这位王后日后为他诞下了两位王子:彼得和托马斯。虽然罗兰国王既不被爱戴也不招嫉恨,但王后萨莎深得百姓喜爱。她生小王子时难产致死,举国上下哀悼了一年零一天。她是弗拉格向国王推荐的六位准新娘之一。这六位准新娘,罗兰一个都不认识。准新娘们的背景如出一辙:贵族出身,但没有王室血统;性格温顺,且沉默少言。弗拉格推荐的女人怎么可能与他争宠？她们说的话根本入不了国王的耳。罗兰之所以选择萨莎，是因为她在六位准新娘中最沉默、最温顺、最不可能降住自己。萨莎来自西邑男爵领地（小得不能再小的领地），年方十七，与她丈夫相差三十三岁。这位姑娘在洞房花烛之前从未见识过男人脱了裤子是什么样。当晚，她看到国王下体软塌塌的一坨，不禁好奇地问："陛下，那是什么？"如果她没问这句话，而是说了点儿别的，或她的语调中哪怕只有一点点言外之意，那么当晚发生的事，乃至整个故事可能都要重写，会有完全不同的发展。虽然弗拉格在婚宴结束前一小时给罗兰端来了特制饮料，但罗兰仍有可能临阵退缩。然而罗兰一眼看穿了新娘的本性——这小姑娘还不如自己，在生孩子这件事上比自己更无知。她如此温婉、内敛，罗兰便沦陷了。

"此乃朕之神铁。"

"看起来并不像铁。"

"没锤炼过的是这样……"

"哦！"她说，"那么炼铁炉在哪儿？"

"如果你相信我，"罗兰说着，上床躺到她身边，"我会示范给你看。你已经把它从西邑随身带来而不自知。"

3

德兰国的子民爱戴王后萨莎，是因为她善良、慈悲。萨莎创办了"伟医院"；广场上残忍的斗熊活动令她掉眼泪，罗兰遂下令禁止；大旱之年，连古树"伟老朽"都枯了，也是因为萨莎劝说，国王才减免赋税。读者或许会问，那么弗拉格是不是要排挤她？起初并没有。在弗拉格看来，这都是些无足挂齿的小事。他是巫师，活了一千八百年，什么没见识过？

他甚至允许了减免赋税。德兰的海军舰队于前一年击溃了百年来经常骚扰南部海岸的安杜安海盗，海盗头子咧着嘴、牙齿崩裂的脑袋就挂在城墙外的尖木桩上。这一战使得国库堆满了战利品。说到大事，也就是国事，罗兰都听弗拉格的，照着他的意思办，所以弗拉格起初颇为满意。

4

罗兰慢慢地爱上了自己的王后，但他始终不喜欢大多数男人热衷、觉得甜蜜的那件事，那件从厨子学徒到各国储君都喜欢的生育大事。他和萨莎分房睡，也不常去看她，一年至多五六次。尽管弗拉格每次都事先给他备好神药，但仅凭这屈指可数的几次，炼铁炉里往往炼不出神铁。萨莎始终温婉可人。

大婚后第四年，夫妇俩总算在凤榻上造出了彼得。那天晚上，罗兰没有服下弗拉格调配的冒着绿泡的神药，他喝了那神药总觉得脑袋发懵，像要发疯。那天他带了十二个随从到皇家猎场狩猎。狩猎一向是罗兰的最爱——丛林的味道、怡人的空气、号角声、箭镞离弦时产生的颤动……那时已经有了火药，但在德兰王国仍属罕见，何况使用火铳打猎常被视为既卑鄙又恶劣。

他走进房间时，萨莎正躺在床上看书。她立刻把书平摊在胸口，入神地听大胡子丈夫神采奕奕、手舞足蹈地讲故事。故事接近尾声时，他后退两步，向她示范如何拉满弓，使他父王传下的神箭"锤死敌"飞过小山丘。见他这般模样，她开心地鼓掌大笑，甚得国王欢心。

皇家猎场的动物差不多被猎完了，连一头堪称强壮的鹿都很难见到，更别说很多年没见过的巨龙。如果一定要说那片毫无野性的森林里仍有这种传奇异兽，大多数人会捧腹大笑。然而当天，距离日落还有一小时，罗兰带着随从准备打道回府时发现了那异兽——也可以说，是异兽发现了他们。

那条巨龙从矮树丛中跌跌撞撞地冲出，鳞片闪着绿光，满是灰尘的鼻子喷着烟。它个头很大，应该是从没蜕皮的雄龙。狩猎队伍中的大多数人被它吓坏了，呆若木鸡，谁还能拉弓射箭？

巨龙瞪视众人，绿眼睛变成了黄色，然后拍动双翼。可它飞不了——至少还需要五十年，经历两度蜕皮，龙翼才能发育完全，它才能腾飞。但在十到十二岁时，连接龙翼的体侧结缔组织已经脱落，那振翼的气势足以令狩猎队长滚落马鞍，手中的号角也摔掉了。

千顷地里一棵苗，只有罗兰没有被吓呆，但他谦虚地没有向萨莎吹嘘。他接下来的举动兼具英雄的豪气和猎人捕猎的狂热。如果不是罗兰迅速采取了行动，巨龙很可能将这支队伍吃掉。罗兰策马前行五步，把"锤死敌"箭搭弓上弦，发射。神箭笔直命中目标——巨龙喉咙底下像鳃一样柔软的部位，用来吸入空气并喷出火焰。巨龙吐出最后一口火焰，倒毙在地，四周的树丛全被烧光。随从们忙着灭火，有的端水，有的倒啤酒，还有不少上前撒尿——回想起来，尿液与啤酒差别不大。罗兰外出狩猎时总会带很多啤酒，从不吝于分享。

五分钟就扑灭了大火，众人则在十五分钟内把巨龙分尸。龙胃摊在地上，冒着热气的龙鼻孔能把水煮沸。滴血的九窍龙心献给罗兰——他遵照习俗生吞，觉得味道不错。说到罗兰今生唯一的遗憾，他觉得是此生再也无缘吃到第二颗龙心了。

也许是那颗龙心让他当晚雄壮威猛，也许是这次狩猎令他太过开心，知道自己仍动作敏捷、果断沉着，而其他人只会呆愣在马上（狩猎队长不在此列，他是躺在地上呆愣的）。总之，当萨莎拍掌大赞："干得漂亮！勇敢的陛下！"罗兰彬彬有礼地跳上了床。萨莎以坦诚的眼神和笑颜迎接他，眼神中映出他胜利的狂喜。那一晚，罗兰初次也仅此一次头脑清明地享受了妻子的拥抱。九个月后，彼得在那张凤榻上出生。德兰举国欢庆，王室有了继承人。

5

读者可能以为——如果曾经以为——既然彼得出生，罗兰就不会再喝弗拉格调配的奇怪绿饮料。其实并不是这样的，他偶尔还会喝，因为他爱萨莎，想讨她欢心。某些地方的人以为，只有男人才享受鱼水之欢，女人能不受骚扰就感激不尽了。但德兰人没有这种奇怪的想法，他们认为女人同样享受这创造世上最可爱物种的行为。罗兰知道自己在这方面对妻子有所亏欠，但是他尽可能地去体贴她，哪怕必须喝下弗拉格调配的绿饮料。只有弗拉格知道，国王去看王后、上凤榻的次数是多么有限。

彼得出生四年后，那年元旦，德兰王国迎来了暴风雪。那是迄今为止德兰人记忆里最可怕的一场冰风暴——还有一次等晚一些再说。

也许是狂风带来的某种因素促使这么做……总之，因为某种他自己都无法解释的冲动，弗拉格为国王调配了效果加倍的特制绿饮料。以往，罗兰闻到那股可怕的味道就会做鬼脸，把饮料杯搁一旁。然而暴风雪造成的骚动令新年宴会格外热闹，罗兰醉了。熊熊炉火使他回想起巨龙最后吐出的赤焰，频频向墙上悬挂的龙首标本举杯。他一口气干掉整杯神药，邪恶的欲念瞬间蹿升。他立刻离开晚宴厅，临幸萨莎，在试图爱她的时候反而弄伤了她。

"请别这样，陛下。"她哭泣着说。

"对不起，"他喃喃道，"呼……呼……"在她身边沉入黑甜乡，失去知觉长达二十个小时。她永远无法忘记丈夫当晚的气息，像腐烂的肉，也像死亡。她纳闷他究竟吃了什么……或者喝了什么？

之后，罗兰再也没碰过弗拉格的神药，但弗拉格已经满足。九个月后，萨莎生小王子托马斯时难产而死。诚然，这种事在所难免。德兰人虽然都很伤心，却并不太意外，自以为了解前因后果。但举国上下真正知道萨莎死因的只有接生婆安娜·克鲁克布劳斯和弗拉格——他容不下多事的萨莎。

6

母亲逝世时，彼得才五岁。他怀念她。他认为母亲甜美、温柔、有爱心、有慈悲心。但五岁的孩子毕竟稚嫩，很多记忆都不清晰。有一件事他记得很清楚，是她教训他的那次。随着年龄的增长，那次被责备的记忆越来越深刻。那件事与餐巾有关。

每年五月的第一天，王宫都会举办盛宴庆祝春耕。这一年，五岁的彼得首次获准赴宴。遵照习俗，罗兰坐在餐桌主位，继承人坐在他右侧，萨莎坐在餐桌另一端。这样一来，宴会期间，彼得就不会坐在萨莎身边，所以她事先教他规矩。她希望儿子识礼、懂礼、有礼。她也知道彼得用餐时得靠自己，他的父王完全不懂礼仪。

可能有人会觉得奇怪，教王子礼仪这件事怎么会落到萨莎的肩上？难道王子没有家庭教师（有，而且有两位）？难道没有仆人侍候王子（有很多）？实情是，不能让这些人照顾彼得，甚至要对这些人敬而远之。萨莎希望亲自教育儿子，尽她所能地教他。至于怎么教育彼得，她有一套明确的理念。她爱他，即使出于私心，也想陪在他身边。她明白，对彼得的教育很重要，这个男孩将来会登基当上国王，所以最重要的一点是，萨莎希望他品行端正。她觉得正直善良的男孩将成为正直善良的国王。

王宫里举办的晚宴并不讲究礼仪，保姆也不会为这个男孩的餐桌礼仪操心。嘿，他可是未来的国王！她们会这么说，可能还会震惊于居然要在微不足道的小事上去纠正他。谁会在乎他有没有打翻肉汁樽？谁会管他有没有把菜汤滴到硬领上，甚至就在那上面擦手又怎么了？阿兰国王不是就曾吐在盘子里，还叫人来'饮掉这碗美味的热汤'？约翰国王不是咬掉活鳟鱼的头，还把颤抖的鱼身丢到女仆的胸衣里？这次晚宴跟以往又有什么不同呢？到了最后，王公贵族还不是会互抛食物酒水嘛！

这简直是一定的。但是等到场面恶劣到互抛食物酒水的阶段时，她和彼得早就离席了。最让萨莎担心的是这副"谁在乎"的态度，她认为，这是日后要成为国王的男孩最不应该有的。

为此，萨莎耐心地教彼得，在晚宴上也仔细地观察他。宴后，彼得正躺在床上昏昏欲睡，她走过来与他交谈。

她无疑是一位好母亲，先温柔地夸赞他的举止和礼仪——不算谬赞，彼得的表现的确可圈可点。她知道除了自己，不会有人向儿子直言不讳；她也知道自己必须趁儿子这些年崇拜她的时候指出问题。于是她夸完便说："但你还是做错了一件事，彼得，我不想再一次看见同样的错误。"

彼得躺在床上，深蓝色的眼眸认真地看着她："什么事呀，母后？"

"你没有使用餐巾，"她说，"叠好的餐巾一直整齐地放在你的餐盘上……我看了真难过。你用手拿烤鸡倒没什么，本该用手拿着吃，但是你放下烤鸡就把油手往衬衫上抹就不对了。"

"可是父王……弗拉格……还有其他贵族……"

"可恶的弗拉格，可恶的德兰贵族！"她喊得太大声，把床上的彼得吓得瑟缩了一下。见她的双颊泛起红晕，他又惊、又怕、又羞。

"你父王做什么都是对的，因为他是国王。等你成了国王，你所做的每件事也必须是对的。弗拉格不是国王，无论他多想当；那些王公贵族也不是国王。但你还不是国王，你只是一个忘记餐桌礼仪的小男孩。"

见他一脸畏惧,她便笑了笑,缓和气氛似的把手放上他的额头。

"没关系,彼得,"她说,"这是小事情,但它重要,因为日后你会成为一国之君。去把石板拿来。"

"可是现在该睡觉了……"

"别在意该不该睡觉,你可以晚些睡。去把石板拿来。"

彼得拿来石板。

萨莎拿起吊在石板边上的粉笔,郑重其事地写下三个字母:"彼得,你会读这个单词吗?"

彼得点点头,虽然他学会了所有字母,但认得的单词只有那几个,而这个单词正是那几个之一。

"神,GOD。"

"不错,现在倒过来写。"

"倒过来写?"彼得迟疑着。

"对。"

彼得照她说的做了,幼稚的童体字写在母亲端丽的字体下面。他惊讶地发现,这也是他认得的单词。

"是狗,DOG!妈!妈!"

"对,是狗。"她语气里饱含的哀伤立刻浇灭了彼得认出单词的兴奋。母亲从"神"指到"狗":"这就是人类的两大本性,"她说,"千万别忘记。你将变得又高又壮,像蜕皮九次,终于成了龙。"

"可是父王并不高大。"彼得反驳道。罗兰个子矮,又是罗圈腿,因为贪吃,还有大肚腩。

萨莎微微一笑。

"这是什么话?彼得,国王的高大是看不见的。等他们在针塔广场举起权杖,戴上王冠,立刻会变得高大。"

"是吗?"彼得的眼睛睁得老大,他认为话题已经偏离在晚宴上没有使用餐巾了,聊的话题如此有趣,他一点都不觉得难过了。他下定决心以后决不忘记使用餐巾。倘若母后认定某件事情重要,那他决不忘记。

"是的。国王会变得非常高大,所以必须特别谨慎。巨人哪怕走路、转身或坐在不该坐的地方,都有可能压坏比较矮小的人——坏国王常做这种事情,但贤明的国王难免也会。"

"我听不懂……"

"那就继续听。"她敲敲石板,"神父说,人性有上帝的那一面,也有裂足老人的那一面。彼得,你知道裂足老人是谁吗?"

"是魔鬼。"

"对,但是在虚构的故事之外,其实没有多少魔鬼,彼得,大部分坏蛋比较像狗,而不是魔鬼。狗很友善,却不够聪明。很多人喝醉了也是这副德行。狗在兴奋、怀疑的时候可能会咬人;男人在冲动、迷糊的时候可能会打人。狗是好宠物,忠心守护主人,但如果一个男人只能做宠物狗,就不是好人。狗很勇敢,在暗夜里遇到危险会使劲吠叫,但也会夹紧尾巴逃走。无论是好主人还是坏主人,狗都舔主人的手……狗不辨是非善恶,它们吃残羹冷炙,把无法消化的东西吐出来,再去乞讨更多的残羹冷炙。"

她静默片刻,或许是想到晚宴的场面——酩酊大醉的男人和女人放浪地大笑,互抛食物,转身就在椅子边吐。罗兰也是如此,这常常令她心碎,但她并不因此对他产生恶感,也从不拿这种事责备他。他是罗兰。他也许会为了取悦她而答应改,甚至可能真的改,但那就不是他了。

"彼得,你听懂了吗?"

彼得点点头。

"好!跟我说,"她俯身问,"狗会用餐巾吗?"

彼得因愧悔而垂目,看着床单摇头。显然话题并没有偏离。这一晚太闹腾了，他很累、很累了，泪水止不住地涌出，顺着小脸往下淌。他拼命忍着不哭出声，硬是把那股想大哭的冲动压在胸口。萨莎见他这样，不禁感慨。

"别因为忘记使用餐巾就哭哭啼啼，亲爱的，"萨莎说，"那不是我的本意。"她站起身，挺着因怀孕而圆鼓鼓的肚子，托马斯快出生了，"你在其他方面做得都很好，是好样的，任何一个男孩但凡能做到你一半好，他们的妈妈都会很自豪。我也觉得你很棒。只因我是王子的母亲，才会告诉你这些事。这样会很难，但又不能改。老实说，就算能改，我也不会改。你记住，有一天，你醒来就手握全国百姓的命运，你做的梦也会左右百姓的未来。你吃完烤鸡不用餐巾擦手可能不会有所影响，也可能会有所影响。有时候，微不足道的小事会决定生死。我只要求你，无论做什么事，都要记住文明的那一面，也就是善良的那一面、像上帝的那一面。答应吗，彼得？"

"我答应。"

"那就好，"她轻轻地吻他一下，"好在我还年轻，你尚年幼。等你长大一点儿，懂事了，我们可以多聊聊。"

他们再也没机会聊了。彼得从未忘记萨莎的教诲，即使别人都不使用餐巾，他也始终记得使用。

7

萨莎死了。

这个故事里关于她的章节不多了，但还有一件事情跟她有关，读者一定要知道：她有一间玩具娃娃屋。这间娃娃屋很大，设计精巧，简直是一座迷你城堡。结婚前，萨莎努力显得快乐，但对于即将离开西邑，离开故乡的人、事、物，她还是会伤心，何况她多少有些紧张。她对母亲说:"我从没结过婚,不知道会不会喜欢婚姻生活。"

留在娘家的很多物件中,她最后悔没有带来从小玩到大的玩具屋。罗兰这个好人不知如何得知了这件事,虽然他对婚姻生活甚感不安(毕竟他也从没结过婚),但还是委托德兰最优秀的工匠昆丁·埃伦德为娇妻打造了一间新的娃娃屋。"我希望它是一个女孩所能拥有的最精巧的娃娃屋,是极品,"他对埃伦德说,"我要她只看一眼就永远忘了那个旧玩具。"

虽然罗兰诚心诚意地这么想,但读者一定知道这句话有多蠢。不管拥有多么精致的新玩具,没有人会忘记小时候喜爱的玩具。萨莎虽然惦记旧的娃娃屋,但也喜欢新的——只有超级大傻瓜才不会顶礼膜拜这件杰作吧!见过那间玩具屋的人都说,那是昆丁·埃伦德最伟大的作品。也许真的是。

那是一间微缩的乡间别墅,就像萨莎和父母在西邑的大房子,里面所有的物件都小巧玲珑,做工精细,令人不得不相信样样都能使用……也许真的能使用。

比如火炉真的能生火,还能煮小份食物;只要放进火柴盒大小的炭,火炉就能燃烧一整天;如果笨手笨脚的巨人把手指伸进厨房,恰好在烧炭时碰到了火炉,无疑会被烫伤。房间里没有水龙头和抽水马桶,因为德兰没有这些东西,至今也没有,但只要小心,也许能从仅比小指略长的手压水泵中打出水。裁缝室里有一台纺车和一台能织布的织布机。起居室里的竖琴可以弹奏出音乐,用牙签轻轻拨动琴弦就会发出准确的音调。见过的人都说这件作品实属奇迹,弗拉格想必参与了其中。巫师听到这些说法,笑而不语。事实上,玩具屋与他毫无关系——他认为这东西傻里傻气。但他知道,若想打造超凡的个人形象,就不必样样事情都解释,不必自吹自擂、吹嘘自己有多厉害。很多时候只要装出睿智的样子,闭上嘴巴就行。

萨莎的玩具娃娃屋里有正宗的克什米尔地毯、天鹅绒窗帘和中国瓷器，冰柜里可以冷藏食品，会客室和门廊的踢脚线都是贵重木料，所有的窗棂都装上了玻璃，大门上方饰有扇形花窗。

总而言之，这绝对是任何一个孩子梦想的玩具屋。在婚宴上揭开幕布时，萨莎开心地拍手感谢丈夫。之后她参观埃伦德的工场，感谢他，还行了屈膝礼——这在当时是闻所未闻的，在那个年代，王后不会对一位匠人行此大礼。罗兰很开心。埃伦德为了完成这项大工程，视力大大地衰退，却也被王后深深地感动。

她还是忘不了故乡的玩具娃娃屋。虽然跟新的相比，家里的那个是如此平凡，但她十五六岁时仍会在下雨的午后把玩——将家具重新摆放，在火炉里生火，看着烟囱里冒出袅袅青烟，假装娃娃屋里正在举办下午茶宴或为王后准备晚宴——如今她很少把玩了，理由很简单：假装为王后准备宴会已经既无聊又无趣了，她就是王后。可能这个理由足以解释一切。她已经长大，发现长大成人这件事并不像儿时憧憬、想象的那样。小时候，她总以为需要下定决心才能把所有玩具和故事收起来，现在却发现，现实单调得令人意外，所有的兴致都将渐渐消失，岁月的尘埃终将把童年时喜爱过的一切掩盖，直至被彻底遗忘。

8

彼得，这个将来要登基为王的男孩拥有几百种玩具——应该说有成千上万种玩具。他有几百个锡兵锡将，它们为他征战过；有几十匹玩具马；有桌游、球、木瓶和弹珠；有能弹升五英尺高的跷跷板，还有可以上下弹跳的神奇跳跳棒。画纸更是不计其数——纸张在当时尚属高端制造的稀罕物，只有官员才买得起。

尽管城堡里有数不尽的玩具，彼得却最爱母亲的玩具娃娃屋。他没见过西邑的那间娃娃屋，现在的这间对他来说就是极品。每当屋外大雨倾盆或暴雪肆虐，他就在娃娃屋前端坐数小时。即使在染上"儿童文身"（也就是水痘）时，也要差人把娃娃屋摆在特制的小桌上抬到床上，玩到病愈。

彼得喜欢想象娃娃屋里有许多小人儿，它们活灵活现，他几乎能看见。他用声音扮演很多不同的角色，每个小人儿都是他想象出来的。他们是国王一家：有威严勇敢的国王罗杰（虽不高大，又有罗圈腿），曾经杀死一条巨龙；王后是美丽的萨莎；他们有个儿子叫彼得，彼得爱父母，也被父母爱。他还想象出很多铺床叠被、给火炉添木柴、端茶倒水、煮饭缝衣的仆人。

因为他是男孩，所以想象的故事比萨莎小时候想象的要残暴、血腥。有一个故事是安杜安海盗包围了娃娃屋，意图闯入，将国王一家灭门。此次交锋成为名垂青史的著名战役，数十名海盗丧命。但毕竟敌众我寡，敌人即将攻入大宅。千钧一发之际，国王的近卫军——由锡兵扮演——及时赶到，一举歼灭了该死的安杜安海盗。还有一个故事是一群巨龙从邻近的树林里蹿出来（树林位于萨莎窗边的沙发底下），喷出烈焰，妄图烧毁大宅。于是罗杰国王和他英勇的儿子小彼得携弓箭出战，杀光所有恶龙。"直至遍地流淌着恶龙老儿的黑血。"当晚，彼得在餐桌上告诉父王这个故事，引得罗兰赞赏地大笑。

萨莎过世后，弗拉格对罗兰说，男孩不宜玩娃娃屋，虽不至于变得没有男子气概、染上娘娘腔，但有可能产生类似后果。而且，若传到民间，肯定会被说闲话——这种闲言向来招惹非议。城堡里都是下人，眼多嘴碎，很难不议论。

"可他才六岁嘛。"罗兰有些不安。弗拉格懂魔法，那张惨白、瘦削的脸又一向藏在帽兜里，让人感觉不自在。

"陛下，六岁已经很大了，可以有的放矢地培养了，"弗拉格说道，"请三思，早定夺。您向来最英明。"

请三思，弗拉格说。罗兰国王确实三思了。老实说，他统治德兰十多年，还是第一次如此认真地三思。

读者可能会惊讶，国王毕竟肩负重任——加税、减税、要不要打仗、对犯人是赦免还是判罪——一个男孩适不适合玩娃娃屋岂能与上述国家大事相提并论？

这件事，说大很大，说小很小，请读者自行琢磨。我只能说，罗兰不是德兰历史上最聪明的国君。对他而言，思考本身即是桩苦差事，让他觉得脑子里有块大石头不停地翻滚，害他流眼泪，太阳穴一跳一跳地痛。三思也令他鼻子不通。

童年时，赶上写作文、学数学、读历史，他必定头痛欲裂。因此他十二岁就获准辍学，专攻他最拿手的项目：狩猎。罗兰试图当个好国王，但他隐约明白自己永远不会成为贤主，无法睿智、正确地处理国家大事或作出英明的判断。他知道一旦决策失误，百姓就会受苦。当初他若听见萨莎在晚宴后对彼得的那番定义国王的教诲，一定感同身受。国王的确比普通人更高大。他有时……呃……他常常真心希望自己渺小、平凡。如果谁这辈子曾经认真思考、怀疑过自己能否胜任某项任务，就会理解他。而且长年累积，焦虑就会变本加厉。"能力不大够"，起初可能只是错觉，但慢慢地成了事实。罗兰就是这样的。这么多年来，他日益依赖弗拉格，有时甚至觉得弗拉格才是国王。"有时"是指夜深人静时，那时他才会担忧、才会困扰。白天，他对弗拉格的辅佐只有感激。

如果没有萨莎，罗兰的感觉还会更糟，因为他夜晚失眠时听到的微弱心声比白天所怀的感激更接近真相。弗拉格确实主政，又很邪恶。下文将有详述，此处暂且不表。

罗兰娶了萨莎之后，不再对弗拉格言听计从。她总是从建议的角度给他忠告，比巫师更善良、更公正。她从没喜欢过弗拉格——恐怕没有几个德兰人喜欢他，很多人只要听见他的名字就吓得全身打战——可她也没有特别反感他。如果萨莎知道弗拉格如何小心翼翼地察言观色、如何打心眼里越来越憎恶她,可能就不这么想了。

9

有一回,弗拉格真的很想毒死萨莎。

当时萨莎请求罗兰赦免两名逃兵,弗拉格则要求在针塔广场砍下他们的头。他坚称逃兵造成的影响很恶劣,如不严惩,其他士兵就会效仿。杜绝这种念头的唯一措施,他说,就是把逃兵的头砍下来给所有人看,以儆效尤。那些三心二意的士兵看到无法瞑目、爬满蛆虫的腐烂人头,便会知道一心效忠国王是多么重要。

然而萨莎从婢女口中得知了罗兰所不知的隐情。年纪稍长的逃兵的母亲病重在家,还有三个弟弟和两个妹妹,如果长子不回家替母亲砍柴,弟弟和妹妹就会冻死在德兰的寒冬。年纪较小的逃兵擅离军营是因为年长的那位是他的朋友,也是出生入死的兄弟。他重情重义,心想如果两个人一起努力砍柴,两周就可以砍完足够一家人度过整个冬天的柴火。他俩快手快脚,结果只用了六天就做完了所有活计。

罗兰听说了原委,便有了不同看法。他也深深地爱着自己的母亲,哪怕为她献出生命也在所不惜。他派人去打听,发现情况属实。国王还发现,士兵擅离职守是因为长官乖张,曾多次拒绝为他们向上级申请休假。而且两名士兵砍完四捆木柴就自动归队,尽管他们知道一定会被军法处置,一定逃不过刽子手的板斧。

罗兰下令特赦。弗拉格笑眯眯地颔首,只说了一句:"陛下,您的决定就是德兰民心之所向。"即使用天底下所有的黄金来交换,他也决不会让罗兰察觉到自己满怀怒火,恨不能随心所欲。罗兰赦免逃兵的仁慈备受赞誉。众多大臣了解实情后,便口耳相传到那些无人知晓的角落。等到罗兰颁布那些不通人情的法令(通常是巫师的主意)

时,百姓们就怀念起当年这桩赦免逃兵的公案。弗拉格并不在乎百姓怎么想,他只在乎当自己主张处死逃兵时,萨莎却横加干涉。罗兰当年为什么没娶别人?他明明谁都不认识,对女人也没兴趣,为什么没有选其他人?算了,没关系。弗拉格对特赦之事一笑置之,但暗中发誓,一定要参加萨莎的葬礼。

罗兰签发特赦令的当晚,弗拉格走进幽暗的地下炼丹房,戴上厚厚的手套,从铁笼里抓出用老鼠幼崽养了二十年的剧毒蜘蛛。他喂给毒蜘蛛的每只小老鼠都中了毒,处于濒死状态,用这样的方法增强蜘蛛原本就剧烈的毒性。这只毒蜘蛛通体猩红,体型如硕鼠,蠕动的身躯满是毒液,透明毒液顺着巨螯流淌,立刻把弗拉格的工作台烧出两个冒烟的大洞。

"死吧,小美人王后,拿命来!"弗拉格一边喃喃自语,一边用手套捏死蜘蛛。这手套是用防毒铁丝网织就的——当晚入睡时,弗拉格的手掌仍红肿了起来,一下一下地抽痛。

被捏爆的蜘蛛流出的毒液滴入高脚杯,弗拉格倒入白兰地,掩盖毒液的味道,搅一搅,取出羹匙时,匙面严重扭曲了。王后只要喝上一小口,就会登时毙命。虽然死得很快,但仍会异常痛苦,弗拉格想想就欢乐。

萨莎有失眠症,习惯每天晚上喝一杯白兰地助眠。弗拉格摇铃示意仆人过来端酒。

萨莎永远不知道,那晚,她离死亡有多近。

调出毒酒之后,仆从敲门之前,弗拉格把毒酒倒进了地板中央的下水道,站着倾听水管发出轻微的"嘶嘶"声,面孔因憎恨而扭曲。待泡沫散去,他蓦地使出全身力气,把水晶高脚杯摔向房间一角,酒杯如炸弹般爆裂。

仆从敲了门。巫师让他进来,指着碎玻璃闪光的地方:"我打碎了酒杯,"他说,"清理干净。用扫把!万一沾到碎玻璃片,你恐怕没机会后悔。"

10

他在最后关头把酒倒掉,是因为知道自己有可能暴露。如果罗兰爱年轻的王后少一点儿,弗拉格可能会尝试去冒险,但他就是害怕。罗兰痛失爱妻,必将怒发冲冠,不逮到凶手、不把凶手的脑袋拧下来插在矛尖挂在针塔上誓不罢休。无论凶手是何人,都不要指望国王会赦免。那么他能查出真凶吗?

弗拉格觉得能。

毕竟罗兰最拿手的是狩猎。

那次,萨莎能逃过一劫,多亏了弗拉格的恐惧和她丈夫的深情。但当时的大多数国事,罗兰依然任弗拉格摆布。

仅以娃娃屋而言,虽然后来弗拉格成功地除掉了萨莎,但萨莎仍赢到了最后。

11

就在弗拉格批评娃娃屋、暗示王子会变成娘娘腔之后,罗兰悄悄地走进已故王后的寝宫,在那儿观察儿子玩耍。国王站在门内,眉头紧锁,比平时更努力地三思着。这代表此时他脑子里有大石头在翻滚,鼻子也被堵住了。

他见彼得在娃娃屋边上径自讲着故事,故事情节一点儿都不娘娘腔。那些故事有热血,有惊雷,有敌人和巨龙。一言以蔽之,那些故事深得国王欢心。他发觉自己也想加入,帮儿子用娃娃屋里精巧的设置和虚构的人物打造出更精彩的故事。重要的是，他看到彼得用萨莎的娃娃屋讲述母后如何活在他心里，这最合罗兰的心意。他也非常思念妻子，有时候甚至寂寞得想哭。但国王不能哭哭啼啼……自萨莎死后，有那么一两回，他醒来时发现枕头湿透。可这又有什么关系呢？

国王静静地离开，像悄悄地进来时一样无声无息。彼得从始至终都没发现他来过。那晚，罗兰无法入睡，早上看到的情景一直在眼前闪现。尽管弗拉格的建议让他相当不快，但他第二天还是私下召见了。趁着决心未受打击，他告诉巫师，经过深思熟虑，他认为彼得无论和娃娃屋玩多久都没问题。他确信那种玩耍对王子没有坏处。

说完，国王紧张地往后靠了靠，等着弗拉格指责。弗拉格居然没有反驳，只是一脸惊诧——永远穿着同一件斗篷的弗拉格鲜少让罗兰瞧见他藏在帽兜里的表情——地说："陛下，您的决定就是德兰民心之所向。"

罗兰从弗拉格的语调里明白他认为自己错了。这语调同时告诉自己，他不会横加干涉。如此轻易地被放过，罗兰舒了一口气，心里的石头落了地。当天晚些时候，弗拉格指出，虽然去年的旱灾导致东邑农作物减产，但农民还是可以缴纳更高的赋税。罗兰爽快地批准了。

其实呢，老糊涂(弗拉格就是这么看待罗兰的)在娃娃屋这件事上是不是反对，巫师根本不在乎，提高东邑的赋税才是大事。何况弗拉格心里还藏有更大的秘密，那才让他满足：这盘棋他赢了一半，他已经害死了萨莎。

12

那时候，王后或公主生产时会召来接生婆。医生都是男人。女人分娩时，男人不能在场。萨莎生彼得时，接生婆是家住南三街的安娜·克鲁克布劳斯,所以生托马斯时请的还是她。那年,安娜五十多岁,成了寡妇。她有个儿子,二十岁时患上摇抖症。一旦染上这种病,数年内必定被折磨得痛不欲生,很快死去。

安娜·克鲁克布劳斯疼爱儿子,试遍了各种法子也没治好他的病,便去求弗拉格。那是十年前的事了,当时两位王子均未出世,罗兰还是单身。弗拉格在地牢左侧湿冷的地下住所会见了接生婆。心神不宁的接生婆在面谈时断断续续地听见常年不见天日的囚犯在喊叫,突然冒出的念头令她突然打了个寒战:如果地牢就在附近,那么刑讯室不会很远。另外,弗拉格的住所本身也让她坐立不安。地板上有彩色粉笔描画的奇怪图案,眨一下眼,那图案好像会变形。长长的黑铁链悬吊的铁笼里有一只双头鹦鹉,时而"嘎嘎"叫几声,时而一只脑袋自言自语,另一只脑袋搭腔。散发霉味的书册像在皱眉头俯视她,蜘蛛在角落里吐丝织网,炼丹房飘来古怪的丹药味。她结结巴巴地说明原由,忐忑不安地等回话。

"我能治好你儿子。"他终于说话。

安娜·克鲁克布劳斯的丑脸因狂喜而近乎圣洁。"大人!"她深吸一口气,只迸出了这两个字,除此之外再也讲不出别的,只能不断地重复着:"啊,大人!大人!啊!"

帽兜深处,弗拉格苍白的脸依然冷淡却若有所思,她一下子害怕了。

"你打算如何报答这神迹般的恩典?"

"怎么都行,"她喘着粗气,心里这么想,嘴上也这么说了出来,"弗拉格大人,您要我做什么都行!"

"那我要你帮个忙,行吗?"

"没问题!"

"我现在还不知道要你帮什么忙。等时机成熟,自然就知道了。"

她跪倒在他脚下。他俯下身,帽兜往后滑落,那张脸确实吓人:

白得像尸体，眼睛是两个漆黑的洞。

"到时候你如果敢拒绝……臭婆娘！"

"我不会拒绝！大人，决不！一定不！我以我深爱的丈夫的名字起誓！"

"那好，明天天黑后，把你儿子带来吧。"

第二天晚上，她领着可怜的儿子来了。那儿子全身筛糠似的抖着，傻里傻气地点头，翻着白眼，口水流了三尺长。弗拉格给她一只烧杯，里面装有深红色药水。"给他喝下。"他说，"喝下以后嘴巴会起泡，但必须喝光。带上这傻子滚吧。"

她对儿子低语，傻儿子试着点头，却抖得越发厉害。他喝得一滴不剩，弓着身体尖叫。

"带上他滚！"弗拉格喝道。

"是，带上他滚！"双头鹦鹉的一只脑袋回应着。

"带上他滚！这里不准大喊大叫！"另一只脑袋尖叫着。

她领儿子回家，以为弗拉格杀死了他。但是第二天，摇抖症彻底消失，他康复了。

多年后，萨莎快生托马斯时，弗拉格将她召来，在她耳边低语几句。虽然只有他俩，但如此可怕的指令，还是低声说出来为妙。

安娜·克鲁克布劳斯闻言，一下子面如死灰，但她想起弗拉格说过："你如果敢拒绝……"

国王不是快有第二个孩子了吗？她只有一棵独苗。如果国王再婚，可以再生很多王子。德兰有的是女人。

她到了萨莎身边，帮助她分娩。然而关键时刻，一把小刀在她手里闪闪发亮。没有人看到她割开的那一小道伤口。随后，安娜嚷着："用力推，王后，用力，孩子快出来了！"

萨莎再次用力推压，没费什么力气，托马斯就呱呱坠地，像男孩滑滑梯般顺溜。可是萨莎大出血，鲜血染红了床单。托马斯出世后十分钟,他的母亲过世了。

弗拉格才不在意娃娃屋这种芝麻小事。重要的是,随着罗兰日渐衰老,再没有多管闲事的王后挡他的道,而且在立储君这件事上,他有了更多选择。虽说彼得是长子,但这其实不重要。如果彼得不利于弗拉格成就大业,那么,待时机成熟,弗拉格自然有法子除掉他。他不过是个孩子,又不会保护自己。

前面说过,罗兰在位时曾三思:彼得能不能玩埃伦德制作的玩具娃娃屋?我说过,他的结论背离了弗拉格的意愿。我也说过,弗拉格认为这件事一点儿都不重要。

果真如此?读到最后,请读者自行判断。

13

现在,让许多年月弹指一挥——讲故事有个好处,就是没大事发生的时候,可以快进。真实的人生完全不是这样,幸好不是。讲述历史时可以快进,可历史又是什么?无非是一段宏伟壮阔的剧情,把时间从数年更迭成数百年罢了。

在这数年里,弗拉格审慎地观察两位王子。他从日渐衰老的国王的背后探头看他们成长,盘算着一旦罗兰驾崩,该由谁继承大统。没花多少时日,他就有了决定,应该是小王子托马斯。彼得七岁时,弗拉格确定自己不喜欢这孩子;等他长到九岁,弗拉格产生了一个奇怪的感觉:他怕彼得。

这孩子体格强壮,身材挺拔,眉目俊朗,有一头深色头发,有西邑人独有的灰蓝色眼眸。有时彼得猛地抬头,小脑袋会偏向某个特别的方向——简直是他父亲的翻版。而他的容貌、举止跟萨莎像一个模子里刻出来的,不像他矮小的、罗圈腿的父亲(罗兰只在骑马时称得上英姿飒爽)。彼得高而瘦,行动敏捷。他也喜欢打猎,技术还真不差,可打猎并不是他生活的重心。他爱学习,强项是地理和历史。

他父亲听不懂笑话,又常常缺乏耐心。旁边的人需费劲解释那笑话的笑点,令他越发觉得无趣。罗兰喜欢看小丑佯装踩了香蕉皮滑倒、互相磕碰撞头或在王宫大殿里争抢肉饼——这才符合罗兰心目中的幽默。彼得则更灵动、更敏感,这一点特别像萨莎。他那快乐、稚气的笑声常常在宫中响起,仆人们听了也快乐。

与彼得同样出身的有些男孩,可能因为知道自己将来会出人头地,所以只跟同阶层的孩子玩要。彼得却在八岁时结识了不是贵族出身的本·斯塔德。本的父亲安德鲁·斯塔德的母亲虽然是王室的远亲,但不算贵族,最多只能算是侍卫阶层。后来,原本还算富裕的斯塔德家族逐渐没落。然而即使彼得王子能选择与其身份不相称的同龄人做朋友,那份名单恐怕也不会很长。

他俩是在一年一度的农民游园会上相识的,彼得当时八岁。以往,王亲国戚都把这场游园会当成每年例行出席的无聊风俗,在会上露个脸,装模作样地跟农民碰个杯,祝他们玩得开心,感谢他们获得丰收(赶上歉收也是同样的说辞),便悄然离席。假如罗兰也是这副德行,彼得和本就永远不会相识了。但是罗兰热爱农民游园会,年年都盼着,每回都待到最后一刻,而且不止一次喝得酩酊大醉,打着震天的呼噜声被抬走。

长话短说,彼得和本被分配到同一组,参加二人三脚比赛,还赢了……是险胜。起初似乎大有胜算,但领先了差不多六步时,他俩摔了一跤,彼得的手肘都磕破了。

"对不起,王子殿下!"本大声说。他面色惨白,有可能是因为想象到地牢生活(他父母就在场外观战,心里只有一个念头:或许真有所谓厄运的安排。安德鲁·斯塔德最爱这样吼叫,说斯塔德家没遇到一丁点儿好运),更有可能是因为害得王子受伤而自责,或是因为亲眼看见未来国王流的血竟跟自己一样是红色的。

"别傻了,"彼得不耐烦地说,"是我不好,不关你的事,是我笨手笨脚……快站起来,他们要追上来了。"

缠着布带的两个男孩——彼得的左脚、本的右脚紧紧地绑在一起——设法站起身,摇摆着继续往前跑。他俩都摔了跤,跑得呼哧呼哧,上气不接下气,原本领先的优势快被追平了。他们接近终点时,众多农民兴奋地呐喊着,为他们加油助威(罗兰也在此列,与众人浑然一体,丝毫不觉尴尬),两名满脸汗水、高大的农村少年正逐步逼近,要在最后十码追上彼得和本,似乎即将反超。

"快跑,彼得!"罗兰大喊着,挥舞着一大杯蜂蜜酒,因为太过投入,酒都洒到了他头上,而他兴奋得毫无察觉,"长耳朵兔子,儿子,学长耳朵兔子!那些傻瓜快碰到你屁股了,快扑到你背上了!"

本的母亲开始抽泣,诅咒命运:为什么老天要把她的儿子跟王子分在一组?

"如果他们输了,本一定会被关进王宫最黑暗的地牢。"她简直要泣不成声了。

"别吵,老婆子,"安德鲁说,"不会的,他是英明的国王啊。"他默默地相信这一点,却仍提心吊胆。斯塔德家从没交过好运。

此时,本咯咯地笑了。他不敢相信自己居然在笑,但事实就是如此。"长耳朵兔子?他这么说?"

彼得也咯咯地笑,他的腿很疼,手肘流着血,满头是汗,脸慢慢变成好笑的猪肝色。他笑得停不下来:"是啊,他是这么说的。"

"那就跳啊!"

他俩冲刺到终点时不像长耳朵兔子,倒像两只瘸腿的怪乌鸦。他们没有再跌倒,简直是奇迹,总之,他俩想了个招儿,笨手拙脚地蹦了三步,第三步就蹦过了终点线,倒地,大笑。

"长耳朵兔子!"本指着彼得喊。

"你也是！"彼得指回去。

他俩抱着肩膀笑个不停，被壮实的农民扛在肩上（安德鲁也在其中，他始终牢牢地记着自己扛过儿子和王子），接受罗兰套在他俩脖子上的蓝绶带。国王粗鲁地在两个少年的脸上各亲一记，顺势将杯中剩下的蜂蜜酒浇在他们头上。农民们高呼万岁。连最年老的农民都不记得还有哪场比赛能比这场更精采。

随后，两个男孩便在一起玩。他们很快就发现，如果能一辈子如此相伴该有多开心，即使只有八岁，也都肩负某种职责，但只要有时间，他们便形影不离。

有人对这样的友谊大不以为然，说未来的国王不应该跟平民的孩子交往，但多数人予以肯定。百姓们在德兰的酒馆里不止一次地边大口喝酒边称赞彼得，说他集父母优点之大成，继承了他母亲的智慧和他父亲对平民的体恤与敬重。

彼得显然没有一点儿坏心眼，从没想过揪掉苍蝇的翅膀，从没想过用火去烧狗的尾巴，然后看它们甩腿狂奔。实际上，他曾阻止国王的马夫长约瑟夫杀掉一匹马。弗拉格正是在听到这件事之后开始怕他，继而想到必须尽快除掉这孩子，否则就来不及了——彼得在处置断腿马的事情上表现出来的果敢和坚决实在令弗拉格不喜。

14

彼得路过马场，看到主马厩外的拴马杆上拴着一匹马。那匹马有一条后腿悬在半空中。他正看着，约瑟夫朝手心吐了口唾沫，举起一把沉重的木锤，意图十分明显。彼得惊惧不已，赶紧冲上前。

"是谁叫你杀死这匹马的？"彼得问。

约瑟夫高大强壮，六十来岁，在宫里服务多年。他不喜欢乳臭未干的孩子对自己指手划脚，不管对方是不是王子。他瞪着眼，想吓退那孩子。九岁的彼得虽然小脸涨得通红，却毫不退缩。他似乎从那匹马温和的棕色眼眸中读出："你是我唯一的希望。不管你是谁，请想想办法。"

"我父亲、我父亲的父亲、我父亲的父亲的父亲，"约瑟夫发现无论自己是否情愿，都得开口了，"是他们让我宰了它。断腿马留着无用，对它自己也无益。"他稍稍抬高木锤，"你现在觉得这把锤子是凶器，等你再大一点儿就会知道它真正的意义……这是恩赐的。往后退，省得被溅一身。"

他高高举起木锤。

"放下！"

约瑟夫惊讶极了，没有谁用这种态度跟他说过话。

"哎哟，你说什么？"

"你明明听见了。我叫你把木锤放下。"彼得的声音一沉。约瑟夫一下子明白了——真真切切地明白了——未来的国王正站在尘土飞扬的马场上对他发号施令。如果彼得啰嗦一点儿，如果他尖叫："放下，放下，我叫你放下！我是未来的国王，我是国王！听见没有？把锤子放下！"约瑟夫准会放声大笑，再往地上吐口痰，强壮的双臂用力一挥，干脆利索地结果了断腿马。但彼得根本不说这么多，只用声调和眼神便明确无误地下达了指令。

"我会禀告你父王，王子殿下。"

"在你禀告他之前，他已经知道了。"彼得说，"马夫长大人，我问你一个简单的小问题，你如果回答'是'，我就不再打扰你。"

"请问。"约瑟夫快要违背自己的心意，快要钦佩这个男孩了。彼得告诉约瑟夫，自己会先告诉国王。约瑟夫知道彼得没有撒谎——看男孩的眼神就知道。还有，从没有人称他"马夫长大人"，他喜欢这个称呼。

"兽医看过这匹马吗？"彼得问。

约瑟夫又吃了一惊："这就是你的问题吗？只是问这件事？"

"对。"

"哎哟，我的老天，没有！"他喊道。

见彼得吓了一跳，他放低音量，蹲在男孩面前，打算好好地解释："马断了一条腿就完了，殿下，就废了。腿是养不好的，还会血液中毒。这匹马将会非常痛苦。到了最后，它的心脏就像快爆炸了，要不就发高烧、再发疯。照我看，这把木锤是为它好，不是凶器。你明白吗？"

彼得低下头思索。约瑟夫不再说话，依旧蹲着，给王子时间思考，没有察觉自己的举动充满了敬意。

彼得抬起头问："大家都这么说？"

"每个人都这么说，殿下，我父亲他……"

"那就听听兽医是不是也这么说。"

"哦……""噗——"马夫长把木锤用力往马厩的另一头扔去，木锤被扔进猪圈，陷入烂泥。猪群惊得乱叫，用只有猪才能听懂的脏话骂他。约瑟夫和弗拉格一样，都不习惯办事时受到阻挠，都不管猪怎么抗议。

他迈开大步走了。彼得一头雾水地看着他，还以为自己错了，以为要为这件闲事吃上几鞭子。马夫长走过马厩中央，终于转身挤出一个笑容，像布满雾霾的天空突然现出一抹霞光。

"去叫兽医吧！"他吆喝，"你自己去叫，小子，他可能在东三街尽头的手术室里。我只等你二十分钟。二十分钟内，你不把他带过来，我就要用木锤砸它的脑袋了。就算你是王子也没用。"

"好，马夫长大人！"彼得也吆喝，"谢谢！"随即狂奔而去。

彼得把年轻的兽医带回来时喘得上气不接下气。他以为那匹马肯定死了，因为三个二十分钟过去了。可约瑟夫居然等着，因为好奇。

给马进行治疗的兽医学在当时的德兰是新兴学科，这位年轻的兽医在当地不是第三位就是第四位执业者。约瑟夫一脸的不信服。年轻的兽医也不乐意被满身大汗的小王子拽出手术室，直到他看见眼前的断腿马，才不再那么生气。他跪在马前，双手温柔地抚摸断掉的马腿。马的鼻孔喷着热气，只在兽医把它弄痛时才动一下。"别动哦。"兽医柔声低语，那匹马闻言，立刻冷静下来。彼得焦躁得一颗心提到了嗓子眼。约瑟夫双手抱胸，冷眼旁观，木锤就在手边。他对兽医的观感有所提升——这小子虽然年纪不大，手法倒地道。

兽医终于点着头，直起身，搓掉手上的泥巴。

"怎么样？"彼得急促地发问。

"杀了吧。"兽医干脆地对约瑟夫说，无视彼得的提问。

约瑟夫立刻举起木锤，他早料到兽医会这么说。虽然自己的看法获得了印证，但他并不开心。那个男孩受伤的表情拨动了他的心弦。

"慢着！"彼得大声说，小脸上虽然写满悲伤，低沉的语调却平添几分英气，显得沉稳、成熟。

兽医不解地看向他。

"你是说，它会因血液中毒而死吗？"彼得问道。

"你在说什么？"兽医注视着彼得。

"即使不打死它，它也会死于血液中毒、心脏爆炸或发疯吗？"

兽医没听懂："你在说什么？血液中毒？它没有中毒，骨伤也在慢慢恢复。"他带着些许蔑视看向约瑟夫，"我以前听过这种说法，纯属无稽之谈。"

"你竟然不信……小伙子，你要学的东西太多了。"约瑟夫哼道。

彼得没搭理他，现在轮到他不明白了，问年轻的兽医："既然这样，那干吗要马夫长杀了它？它有希望治愈啊。"

"王子殿下，"兽医尖刻地回答，"这匹马必须敷上药膏，以免伤口发炎，至少得坚持敷药一个月。问题不在于是否费工夫，而在于这番辛苦不值得。它这条腿会一直瘸下去，瘸腿的马无法工作，无法让闲人当赛马投注。它除了吃喝全无用处……不杀留着做什么？"

兽医笑了，对自己的判断如此有道理而深感满意。

约瑟夫再度举起木锤。彼得却说："那么由我来负责敷药。如果我哪天来不了，就请本·斯塔德替我敷药。它不会毫无用处，它以后就是我的马。就算它是瘸的，我骑得头晕眼花也没关系。"

约瑟夫笑出声，大力拍男孩的后背，拍得彼得上下牙齿咔咔响："孩子，你是真的好心，也很勇敢。但作为男孩，不能随便答应之后再反悔。照我看，你绝对会食言。"

彼得平静地注视着他："我说到做到。"

约瑟夫停止大笑，仔细研究着彼得。他一下子相信了这男孩确实不是信口开河……至少这男孩自认为没有，那神情是如此坚定。

"到此为止，我不能把一整天都耽搁在这里。"兽医尖刻地说，一副"我很忙"的模样，"诊断结束。适当的时候，国库会收到我的账单……或者您用自己的零用钱支付，王子殿下。无论您怎么决定，都与我无关。再见。"

彼得和马夫长目送他离开马厩，身后拖着长长的影子。

"他就是个废话篓子吧？"约瑟夫说，确信兽医已经走出大门、听不到了才开口，"王子殿下，您听我的，别费劲了。从没有断腿马不血液中毒的，这是颠扑不破的真理。"

"我要跟父王说说这这件事。"彼得说。

"行吧。"约瑟夫闷声说。

彼得脚步沉重地离开时，马夫长笑了。他觉得这孩子干得漂亮。他父王为了面子，或许会给他几鞭子，因为他逾矩，所以得受些教训。但马夫长明白，国王非常溺爱两位王子，对彼得的宠爱更多。那孩子一定会得到这匹马。这匹马万一死了，王子一定会特别伤心。但兽医不是说了吗？与他无关，他只懂驯马，驯王子的事交给别人吧！

彼得因插手马场事务，果然挨了顿皮鞭。虽然屁股疼得像蝎子蜇过似的，可彼得心里明白，父王亲自下手是给了自己很大的面子。当然，如果让底下人打，他们多半会为了溜须拍马而手下留情。

一连三天，彼得没法躺着睡。一周过去了，仍不能端坐着用餐。但马夫长没猜错，那匹断腿马，罗兰同意让彼得养了。

"你照顾不了它几天，彼得，"罗兰劝慰他，"如果约瑟夫说那匹马一定会死，那就照他说的办。"罗兰面色惨白，苍老的手指不停地颤抖。那顿鞭子带给他的痛苦超过彼得所受的皮肉之苦，再怎么说，他是自己的长子……罗兰蠢得以为别人看不出来。

"未必，"彼得说，"我觉得那位给马看病的兽医讲得有道理。"

事实证明，给马看病的兽医讲得确实有道理。那匹马没有血液中毒，更没死。最后连约瑟夫都不得不承认，简直看不出来它是瘸的。"至少在它年轻时看不出来。"他修正自己的用词。彼得不仅兑现了敷药的承诺，而且照顾马体贴入微，白天给它换三次药，睡前过来换第四次。本·斯塔德帮过他屈指可数的几次。彼得给马取名"牡丹"，一人一马成了好朋友。

弗拉格劝罗兰不许彼得玩娃娃屋的那天说了一句很有道理的话，大意是王宫城堡里都是下人，他们把什么都看在眼里，嘴巴又不牢靠，不可能不说闲话。确实有几个仆人、杂役围观了整件事的始末，但倘若每个声称在场的人都没有撒谎，那么在那个炎热的夏日，马厩外应该围满了人。事实当然并非如此。可是有这么多的人情愿为这件事撒谎，说明他们都认为彼得很有趣。人们讨论得如此热烈，以致此话题的热度九天不退，成为德兰一大奇闻。约瑟夫说过，年轻的兽医也讲过，他们的讲述证明了王子的品格。加上约瑟夫德高望重，他的评价尤其有价值。他第一次称彼得为"小国王"。

"我相信上帝放过那匹马是因为小国王为它挺身而出，"他说，"他给它换药如此勤快，像个小奴仆。真勇敢哪，这孩子。他拥有神龙般的心肠，总有一天会成为一位好国王。喂！你们真该听听他是怎么叫我放下木锤的！"

这个故事很精彩。接下来的七年里，约瑟夫每回喝酒都要讲上一遍……直至彼得因为丑闻而被捕，罪名成立，被判终身囚禁在针塔顶的牢房里，他才不再说起。

15

也许有人想知道托马斯到底是个什么样的人。有的人认为他既然肯跟弗拉格合作，从第一顺位继承人手里抢走王位，一定是大反派。

真不是这么回事。尽管在有些人看来，真相就是这样，不是吗？托马斯参与了这件脏事。我承认，他好像并不那么善良——至少给人的第一印象不是——也不像彼得那么善解人意。没有人比得上彼得，托马斯四岁时就明白了这一点，那是二人三脚赛后那一年，也就是发生马场事件那一年。彼得很少说谎，从不作弊，他聪明、善良、英挺、俊俏。他长得像妈妈——深受百姓爱戴也被国王深爱的已故王后。

托马斯怎么跟彼得比？问题是简单的，答案也简单：比不了。

跟彼得不一样，托马斯是父王罗兰的翻版。这一点让国王龙颜大悦，但开心之余又有些不快，罗兰并不像别的父亲那样看见儿子继承了自己的全部特征就深感得意。看着托马斯，罗兰感觉像在照哈哈镜。他知道托马斯那一头细软的金发很快将变成灰白，然后脱发，不到四十就秃顶；他知道托马斯的个子不可能高大，如果也像自己这样爱喝啤酒和蜂蜜酒，那么到了二十五岁就会有啤酒肚。他知道托马斯的脚趾头已经侧翻，不出意外，八成是罗圈腿。

托马斯的确不怎么乖巧、机灵，但也不见得是坏孩子。他时而会伤悲，因常感困惑(还有一条他也随了父王：一旦"三思"，就会鼻塞，脑子里有巨石翻滚）；时而会妒嫉，但心眼不坏。

他嫉妒谁？当然是他哥哥。他嫉妒彼得。彼得将成为国王；父亲偏心，总偏向彼得；仆人都喜欢彼得，老师也喜欢彼得，因为他学习主动，不用督促。人人都爱彼得。彼得还有好朋友……可这些并不足以证明托马斯会嫉妒，因为嫉妒应该有一个由头。

当人们，特别是他的父王罗兰看着托马斯，托马斯总觉得能读出对方的心语：我们深爱你的母亲，但她因为生你难产而死。除了带给她痛苦和死亡，你还能给予什么？脸圆得看不见下巴的废物，过了八岁才会拼写"伟、大、字"的废物，而你哥哥彼得六岁就会拼写了。我们换来了什么呢？不多。你为何来到人世间，托马斯？要你何用？确保王位有继承人？就这么点儿用处？万一亲爱的彼得从瘸腿马上摔下来，摔得头破血流，至少还有备选的继承人？就这？我们一点儿都不想要你。没人想要你。没人要你……

他哥哥之所以被囚，托马斯不无功劳。尽管如此，他仍不是坏孩子。我相信他，希望读者也慢慢地相信他本性不坏。

16

七岁时，托马斯曾待在房里一整天，为父王刻制帆船模型。当时他还不知道彼得在射箭场上大放光芒，父王也在场。彼得的射箭功夫本来一般，在这方面，托马斯更胜一筹。但那天，彼得在初级靶场如有神助，超水平发挥。托马斯则可怜、糊涂又倒霉。

托马斯想刻制这艘帆船是因为父王喜欢在周日午后去宫外护城河放船模，这种简单的娱乐能逗罗兰高兴。托马斯永远忘不了那天父王带他同行，只带了他。罗兰请了一位顾问，此人唯一的任务就是示范如何折纸船，国王热衷这项游戏。那天，一条老鲤鱼从肮脏的水中跃出，吞掉了罗兰的一艘纸船。罗兰像孩子那样大笑，声称这比海怪的故事更刺激，边说边紧紧地抱住托马斯。托马斯永远忘不了那一天：那一天的璀璨阳光、那一天散发着霉味的护城河、那一天父王的温暖怀抱、那一天父王的髭须触到自己时痒痒的感觉。

某日，托马斯觉得格外孤独，便突发奇想，决定给父亲制作一艘帆船。这艘船可能不会太精巧——托马斯有自知之明，他的手如此之笨，与记不住课文的脑子旗鼓相当。他知道，父王如果想要一艘船，大可以去找德兰的任何一位能工巧匠做一艘，甚至可以请半盲的、伟大的埃伦德来做。可二者之间的最大差别，他暗忖，便是罗兰的亲儿子花费一整天为父王的周日娱乐做了一艘木船。

托马斯在窗下端坐，耐心地将一块木头刻出船形。他使用的雕刻刀很锋利，多次割伤了自己，有一道伤口还很严重。但他不顾疼痛，坚持不懈，边刻边做梦，幻想着父子俩在周日午后去放这艘船，只有他和父王。彼得可能骑着牡丹去森林了，或者跟本出去玩了。他甚至不在乎那条老鲤鱼会跳出来把这艘船吞掉，因为那样一来，父王又会大笑，会抱住他说这比海怪吞掉安杜安海盗的帆船更刺激。

他进入父王寝宫时看到了彼得。他把木船藏在身后等了差不多半小时，听父王夸赞彼得的射箭技巧。托马斯看出彼得被不停地夸赞时并不自在，也看出彼得知道弟弟想跟父王讲话并试着告诉父王这一点。可这不重要，都不重要，反正托马斯恨他。

彼得总算获准离开。托马斯走向父王。彼得不在，父王的眼神依然慈爱。"父王，我做了个东西送给您。"说话间，他突然害羞起来，藏在背后的双手直冒汗，又湿又黏。

"你自己做的，托米？"罗兰说，"哦，你对我真好，是不是？"

"是的，陛下。"刚好走过来的弗拉格漫不经心地说，饶有兴致地研究着托马斯。

"是什么东西？拿出来看看！"

"我记得您周日下午喜欢去护城河玩船模,父王,所以我……"他很想说,我想让您再带我去,所以做了这艘船。可他说不出口。"所以我帮您做了一艘船……花了一整天……还被割伤了……还还……"托马斯坐在窗下刻船时准备好了一大篇,打算说完再拿出藏在身后的小船,以夸张的手势献给父王,可这会儿他半个字都想不起来,结结巴巴,词不达意。

尴尬之下,他只好把船帆即将掉落的小船从身后拿出来递给罗兰。国王把帆船搁在小粗手的掌心把玩,托马斯在旁边不禁屏息等待。

罗兰终于抬起头。

"真棒,很好,托米。这是独木舟?"

"是帆船。"难道你没见过帆船?他想尖叫——光是打那个结就花了一小时,有个结松了,导致船帆掉落,但这不能怪我。

国王的手指轻抚船帆上的条纹,这是托马斯用枕套剪的。

"是哦……可不是嘛!我还以为是独木舟,还是用北非女孩的内衣做的。"他对弗拉格眨了眨眼睛,后者对空气挤了个微笑,没有回应他。托马斯突然感觉自己快要吐了。

罗兰严肃地直视儿子,示意他上前。托马斯在心里默默祈祷,怯生生地走过去。

"这艘船很棒,托米,又结实又坚固,像你。虽然不大灵巧,像你,可还是很棒,像你。但你如果真想送我一份好礼,就好好上射箭课,像彼得今天这样给我拿下第一名。"

托马斯去年在儿童射箭课上拿过冠军,可是父王好像根本不记得了,只为彼得今天的成绩感到欣慰。托马斯没有提醒他,站着注视着父王手里的船,额头和面颊泛起猪肝色。

"最后只剩下两名选手,彼得和抖森勋爵的儿子。教练让他们退后四十柯纳尔,抖森家的儿子苦着脸,彼得则走过去搭弓上箭。我一看他的眼神就对自已说:'赢定了!我向众神起誓,虽然还没拉弓,但他赢定了!'我果然没看走眼!我跟你说,托米,你今天真该去,我说真的……"

国王还在絮絮叨叨,撂下托马斯辛苦刻了一整天的帆船,没再看第二眼。托马斯站在一旁,涨红的脸上挂着机械的微笑。父王绝对不会把他刻的帆船带去护城河了,怎么可能呢?这艘船跟托马斯当下的感受一样窝囊。彼得蒙上眼都能刻出更漂亮的船,只需要自己的一半时间。至少在父亲眼里,彼得的船肯定更棒。

令人痛苦的煎熬像一辈子那么长,托马斯总算能离开了。

"那孩子一定花了大力气做这艘船。"弗拉格冷冷地评论。

"我也觉得。"罗兰说,"很丑吧?像一坨插着手帕的狗屎。"随后,他在心中补上一句:和我在他这个年纪做出来的东西一样丑。

托马斯听不见父王心里的念头……但他正要离开大殿时,邪恶的魔音师把罗兰的私语传入他耳中,令他身体里那可怕、幼稚的冲动加剧了一千倍。他冲进卧室,冲着脸盆狂吐。

第二天,托马斯在宫外后厨晃荡时,看见一条半跛老狗在垃圾堆里翻找食物。他捡起小石子丢过去,正好击中那条老狗。老狗吠了几声,歪倒在地,看来伤得不轻。托马斯知道,哥哥虽然比自己大五岁,可就算近到只有他现在的一半距离,也不会扔得这么准。这样的得意有些冷血,因为他也知道,彼得绝对不会把石头扔向一条饥肠辘辘的狗,况且是这样一条又老又残的狗。

托马斯短暂地产生了怜悯之心,两眼泛起了泪光,但他的心思又没来由地跳转到父王的那句话:"像一坨插着手帕的狗屎。"他捡了一堆石子走到那条狗旁边,它呆愣愣地歪伏着,一只耳朵滴着血。他一边想着要放过这条狗,甚至想像彼得治好牡丹那样照顾它——把狗抱回家当宠物,一辈子爱它——一边又想着伤害它、虐待它,好像这样就能平复自己的创伤。他低头看着那条狗,一时拿不定主意。此时,他脑袋里突然冒出一个可怕的念头:

如果彼得就是这条狗呢？

这下，他轻松地作出了决定。

托马斯站在老狗身旁，用一块块石子把它砸到咽气。没人看到他，如果有，那个人可能会觉得这孩子真顽劣……太顽劣了，即使说是恶毒也不为过。可看见他今天虐待狗的人没看到他昨天受的罪，没看到他一边大哭一边冲着脸盆呕吐。他经常充满困惑，又可怜又倒霉。但我坚持认为他不是坏孩子，本质不坏。

我说没有人在后厨看到托马斯用石头砸死一条狗，并不准确。弗拉格当晚在水晶球里看到了。他看到了……而且很满意。

17

罗兰……萨莎……彼得……托马斯。现在只剩一位了，对吧？只剩那位神秘的五号人物。不管这个话题多么让人不愉快，是时候说说弗拉格了。

德兰人曾称他"斗篷人弗拉格"，有时简单明了地叫他"暗黑客"——他沉着一张死尸般惨白的脸，行为举止阴森可怖。人们说他保养有道，可是用到"保养"这个词的时候又难免惶恐，并非赞美。他是在罗兰祖父那个时代从伽蓝来到德兰的，那时他瘦削、严肃，看上去像四十岁。如今连罗兰的统治都接近尾声了，他看上去还是瘦削、严肃，像四十岁。从那时到现在可不止十年，甚至不止二十年，而是七十六年。弗拉格刚到德兰时那些吃奶的、没长牙的小婴儿都长大成人、结婚生子、衰老患病、牙齿脱落……死在床上或化成一缕青烟从烟囱缝里钻出去了。可这么久了，弗拉格好像只老了十岁。百姓窃窃私语：这就是巫术啊。宫里有个巫师固然不是坏事——他不光会在手心里藏硬币、袖筒里藏睡鸽，还懂真正的法术——但大家心知肚明：弗拉格带着死亡气息，跟"好"字不沾边。德兰人远远地见他走来，帽兜里的双目透着红光，便纷纷作鸟兽散，找事情忙去了。

他真的来自迦蓝？来自那有着梦幻般紫色山峦的远方？不知道，从过去到现在，迦蓝都是魔幻之都：毯子能飞起来，仙人从藤萝里吹出绳索，攀上去无影无踪。在德兰、安杜安这种文明程度较高的国家里有很多执著于学问的人前去迦蓝，他们中的大多数跟攀绳索的神秘宗教的狂热信徒一样彻底地消失了。回来的人也没见变得有多完美。可不是嘛，弗拉格也许真的来自迦蓝。就算他真的从那儿来，也不是在罗兰祖父的时代，而是在更早以前。

他其实曾经多次来到德兰，虽然每次换用不同的名字，但随之而至的灾祸、痛苦和死亡每次都不减分毫。这次他叫弗拉格，上一次是比尔·辛奇，国王的行刑长，尽管那已是二百五十年前的事了，可仍旧有母亲用这个名字吓唬淘气的小孩："你再闹腾，比尔·辛奇就来把你带走了哦！"在德兰漫长的历史中，比尔·辛奇是最残暴的三任国王手下的行刑官，他用板斧砍死了数百名囚徒，也有人说是数千名。

在那之前，也就是罗兰时代的四百多年前，他是歌者布劳森，后来成为国王的军师。布劳森在德兰和安杜安之间成功地挑起血战，之后消失不见。

在那之前的之前……

哎，毋须多言了。我就是想多讲也没有新鲜事了。历史只要足够久远，说书的就记不清楚曾经发生过的事了。弗拉格一次次改头换面，伎俩层出不穷，但有两样一直不变：一是他总戴帽兜，让人看不清脸；二是他永远不以国王的身份出现，只在暗处捣鬼，把毒药灌进历代国王的耳中。

这位暗黑客到底是谁？

我不知道。

他不在德兰的时候在哪儿？

我不知道。

从没有人怀疑他？

曾经有，但寥寥，多数是历史学家或是我这种说书人。他们怀疑这个自称弗拉格的家伙来过德兰，且每次都不怀好意，但这些人不敢说出来。与人相处七十六年却似乎只老了十岁的家伙肯定是巫师啊，他的年纪八成是七十六的十倍，或许更老……这家伙大概是鬼。

他想干什么？哎，这个问题，我或许有答案。

他想干的是那些邪门歪道一直以来的诉求：先掌权夺势，再为非作歹。他对当国王没兴趣，因为政局一旦动荡，国王的脑袋就挂在城墙外的长矛上了，国王的智库或幕僚——幕后黑手——不等刽子手挥动板斧，就在黎明前如鬼影般散了。弗拉格是一种顽疾，害人们陷入恐慌。他以帽兜遮面，也掩盖自己的恶行。有大事发生时——每过一段时间必定有一番折腾——弗拉格就像鬼魂遇到白日，总能全身而退。

等大屠杀结束，战事告终，治理有起色，又有一些成就可供摧毁时，弗拉格就会再度现身。

18

这一回，弗拉格发现德兰国内稳定得让人生气。罗兰的祖父兰德瑞是酗酒的老笨蛋，极易被挑拨、被任意摆布，后来因急性心脏病发作而死。弗拉格从那时候就知道，罗兰的母亲丽塔不是自己喜欢的王位继承人。她虽然貌丑，却心地善良，意志坚定。这种女性不是弗拉格喜欢的治世人选。

如果他趁兰德瑞在位时早一点儿来，就有时间除掉丽塔这块绊脚石——就像他如今算计着除掉彼得。但仅凭六年是不够的。

即便是在那样的情形下，女王仍然接纳他作为顾问，这确实非比寻常。她不喜欢他,却仍然接受他,多半是因为他会用纸牌算命——丽塔喜欢听王公大臣的花边消息,这些新闻听着就让人兴趣盎然。她虽不能通晓历史,但可以预知未来,所以即使知道提供这么好玩的娱乐的人很危险,又怎么可能戒掉?弗拉格并不告诉女王纸牌上预示的那些邪恶、沉重之事。女王喜欢听谁有了新情人,谁跟丈夫或妻子吵得不可开交。她不想知道恶毒的阴谋或杀伐策略。她想从纸牌中获知的东西非常平和、无害。

在丽塔的漫长统治下,弗拉格遗憾于自己的成就只是没被踢走,尚能在宫中有立足之地。仅此而已。哦,倒是有几件事聊以自慰:在他的挑拨下,南邑有两位乡绅结下世仇;一位研制出治愈血液感染的药物的医生被他迫害得名誉扫地(弗拉格不希望出现任何能治疗疑难病症的药物,除了他自己调配的魔法药——给谁不给谁,由他说了算)……这些就是弗拉格那些年干的大事了,都是小得不能再小的小事。

罗兰继位后,形势才慢慢朝弗拉格所希望的方向发展、变化。他是有目标的。虽然他神经错乱又心狠手辣,但野心勃勃。他计划彻底推翻君主制,策划搞一场血腥叛乱,将德兰一巴掌拍进长达一千年之久的无政府黑洞之中。

成败就在这一两年。

19

弗拉格从彼得不太友善的眼神中看出,自己精心谋划的千年大计可能会功亏一篑,除掉彼得已是刻不容缓。弗拉格知道自己这次来到德兰已经待了太久,引得民间议论纷纷。从罗兰在位时就启动的一系列阴谋——提高赋税、半夜突袭小农户的粮仓、剥夺未上报的谷物和食品、把民兵团武装起来——必须在托马斯在位期间全部完成。他再没时间等彼得了，不可能像等他的祖母那样等着他寿终正寝。

彼得极有可能不等流言传入耳中就动手。如果彼得登基，颁发的第一道圣旨八成就是将弗拉格驱逐，永远禁止入境，否则格杀勿论。弗拉格恐怕得先下手为强，或者先除掉国王的智库，免得他们给年轻的国王出谋划策。但最让他担心的是，彼得根本不需要智库，他自己就能想出主意——每当弗拉格面对高大英武的十五岁王子投来的镇静无畏的眼神时，总觉得彼得已经运筹帷幄了。

王子热爱阅读，喜爱历史。这两年，他的父王日益衰老，王子也越发频繁地向王室顾问和老师提问。很多问题——确实很多——即使不是与弗拉格直接相关，也会在深入调查之后涉及他。

王子才十四五岁就能问出这些问题，实在不妙。历史学家和罗兰的智库其实非常胆小、怯懦而保守，可王子居然能从这些货色那里获得异口同声的真实答案，这就更糟糕了，这说明在这些人的心目中，彼得已经是国王了。他们也庆幸如此，热烈地支持他，因为他们觉得他和自己是一类人，明白事理，富有智慧；也因为王子确实和他们不一样。他是一个勇敢的男孩，必将长成拥有雄狮般勇气的男人。他的传奇将流芳百世。他们在他身上看到了"白色之力"重现，那古老、强韧而又朴素的力量曾经无数次地挽救了人类。

必须除掉他，必须。

每天晚上，弗拉格在漆黑的内殿临睡前都这样告诉自己。在同样漆黑的早上起来时，脑海中的第一个念头也是如此。

必须除掉他，必须除掉这孩子。

但执行起来比想象的困难得多。罗兰溺爱儿子，死也要保护两位王子，而且他更疼爱彼得。当初要是把他闷死在摇篮里，再伪装成婴儿猝死，可能会更容易……下手晚了，现在他已是强壮的少年。

万一有任何闪失，伤心的罗兰一定会穷追不舍地彻查。弗拉格反复推演过以下意外：爬水管时没算计好距离、跟本·斯塔德在马厩棚顶玩耍时失足、不慎从马背上摔下……结果会怎样？彼得的意外丧命会被归咎于弗拉格吗？痛失爱子的罗兰在崩溃状态下会不会执意揪出真凶？一定会。国王在怪罪别人之前一定先怪罪弗拉格。罗兰的母亲不信任弗拉格，罗兰本人也不信任弗拉格。弗拉格成功地逼迫罗兰对自己又爱又怕，就是为了压制住罗兰的不信任。可他明白，如果罗兰有一丁点理由认为是弗拉格害死了他儿子，哪怕只是参与其中……

弗拉格预先想到了这些状况，想到届时他还得设法保护彼得的人身安全。真烦人，该死！

必须除掉他，必须除掉他，必须！

一天一天、一周一周、一月一月地过去了，这个念头越来越强烈、越来越迫切。罗兰一天比一天更衰老，彼得一天比一天更成熟、更聪明。这个危险的对手越来越不容小觑。如何是好？

弗拉格百思不得解，变得暴躁易怒。仆从们都躲他远远的，尤其是彼得的管家布兰登和他的儿子丹尼斯，父子俩曾经小声地谈起弗拉格的炼丹房有时候会在半夜飘出恐怖的气味。未来将取代父亲成为彼得管家的丹尼斯更是惧怕弗拉格，还对父亲说，也许应该提醒小主人留意这个巫师，理由是："我只希望他没事。"

"不行，"布兰登严厉制止了还是孩子的丹尼斯，"一句都不许提，那个男人极其危险。"

"因为他极其危险，所以更应该提醒他呀。"丹尼斯怯怯地嗫嚅。

"只有笨蛋才会把响尾蛇发出的动静听成葫芦里的小石子在碰撞，还想伸手去摸，"布兰登思索着，"咱们的王子不是笨蛋，丹尼斯。再给我倒杯双份杜松子酒，这件事不要再提了。"

就这样，丹尼斯没跟彼得提及。但是跟父亲的这番简短对话之后，他更加爱戴小主人，也更加惧怕帽兜巫师弗拉格。丹尼斯每次看见披着长斗篷的弗拉格穿过宫内走廊，就躲到一旁，一边瑟瑟发抖一边听耳际回响:"响尾蛇!响尾蛇!响尾蛇!彼得小心!竖起耳朵仔细听!"

到了彼得十六岁那年,弗拉格已经认定,没有任何方法可以除掉这孩子而不致引火烧身。可是某天夜里,他突然灵机一动。那夜,天气极度糟糕,可怕的秋季暴风在城堡周围肆虐。德兰的大街上空荡荡的,人们都躲着这场冷酷的暴风雨。

这种湿冷天气害得罗兰伤风了。近来他特别容易受寒,弗拉格的汤药虽然有特效,但也渐渐没那么管用了。这些伤风——害他正在咳嗽、打喷嚏——慢慢地会变成肺痨,总有一天会要了他的命。巫师调制的药水不像医生开的药,之所以不再有效,是因为巫师无心医治。至于为什么还留着罗兰没让他死掉,是因为弗拉格忌惮彼得。

老东西,真想让你死了算了。弗拉格坐在摇曳的炉火前,心头涌起幼稚的怒火。屋外狂风大作,屋内的双头鹦鹉轻声地自说自话。如果只需要付出一丁点儿代价——真的只需要一丁点儿——我就亲手杀掉你了。实际上,你、你那笨蛋老婆和你的长子给我制造了这么多麻烦,就算赔上之前已经取得的成果,这份杀掉你的快感也值得了。真想感受这份杀掉你的快感啊!

他猛地定神、坐直,望着黑暗的地下室,幽灵在那儿不安地飘动。他目光闪动,突然想到一个好主意。

"死亡!"双头鹦鹉的一只脑袋在黑暗里号了一声。

"谋杀!"另一只脑袋回应道。

在人不知鬼不觉的黑暗里,弗拉格放声狂笑。

20

最常见的弑君的武器中,非毒药莫属。没有人比弗拉格更精于此道，他擅长用毒。

弗拉格，史上最强巫师之一，精通已知的各种毒药，诸如砷、番木鳖碱、马钱子（能渗入体内，导致全身肌肉麻痹、心跳停止）、尼古丁、颠茄、龙葵、毒菌等；精通一百种蛇、蜘蛛的毒液；精通科拉那百合的透明蒸馏水（闻着像蜂蜜，却会令人剧痛致死）；精通"黯淡沼泽"腹地的致命脚足草……弗拉格岂止精通数十种毒药？他精通数百、数千种，一种比一种厉害。这些毒药在内殿的大架子上排得整整齐齐，列得明明白白。这间内殿禁止外人进入，毒药被盛装在烧杯、玻璃器皿和纸袋子里，每一种剧毒药品都贴有清晰的标签。这是弗拉格的"哀号等死小教堂"，是痛苦的门廊、灼烧的前厅、死亡的更衣室。弗拉格情绪低落、欲图振作时就会到这里看看。在这座魔鬼市集上，密密麻麻地展示着血肉之躯所惧怕的各种病痛：宛如被榔头敲过的头痛，让人忍不住哭喊的胃部痉挛，突然爆发的腹泻、呕吐、爆血管、心脏麻痹、眼球突出、舌头肿胀发黑及神经错乱。

这些药剂已经够厉害了，可是还有更厉害的。弗拉格珍藏着稀世剧毒。他的书房里有一张书桌，书桌的每只抽屉都上了锁。有一只抽屉上了三道锁，抽屉里面有一只柚木箱，箱子上刻满鬼话符——符文之类的。箱子的锁很不一般，乍一看以为是生锈的橘色铁锁，细细端详会发现它其实是某种植物——可乐法萝卜。弗拉格每周都会用小喷壶给这把有生命的锁浇水，这种可乐法萝卜好像具有某种低等智慧，如果有人试图砸锁或即使钥匙正确但开锁的不是主人，萝卜就会尖叫。箱子里面还有一个小盒子，弗拉格把小盒子的钥匙挂在脖子上。

小盒子里有一个小纸包，纸包里面是一小撮绿色沙子。你们会说这沙子虽然美，却平淡无奇，根本不值得如此夸张地描述。可是这些绿色沙子是全宇宙最毒的毒药，毒得连弗拉格本人都惧怕。绿色沙子来自格伦沙漠，这片广阔沙漠的有毒区域延伸得比迦蓝更远，德兰人闻所未闻。想去格伦沙漠，必先观察风向，否则吸入了它的有毒气体，必死无疑。

这种毒药不会令人登时毙命，吸进毒气的人（万一不慎误食了沙子会更惨）大约会有一两日，多则三天，不会觉得难受，反而会感到从未有过的神清气爽。但突然会感到胸口似火烧，皮肤冒烟，形容枯槁，像一具木乃伊。这时，中毒者才会倒地死掉，头发蹿出火苗。吸入或吞食这种毒物的人，从内脏到皮肤都会被烧光。

这就是龙沙，无药可解，无法可医，多么有趣。

在那个暴风雨的黑夜，弗拉格决定往罗兰的酒里掺入龙沙。每天晚上，罗兰就寝前，彼得都会照例给他送上一杯红酒。罗兰喜欢彼得端来的红酒，也喜欢彼得的陪伴，但最近彼得被一位少女吸引，他每晚陪父王的时间不超过半小时。

如果某天夜里，弗拉格等彼得离开后进去，老头子应该不会拒绝再来一杯红酒。

一杯非常特别的酒。

来一杯热辣的红酒吧，陛下？

弗拉格想到这里，窄瘦的脸上露出一抹笑容。果然热辣，不是么？葡萄园和地狱紧挨着，当它在你的身体里发作时，你肯定已堕入地狱。

弗拉格仰天狂笑。

21

计划确定，他可以永远除掉罗兰和彼得了。于是他一刻不停地采取了行动。他先用魔法让国王康复。他乐见黑魔药又发挥了奇效，之前好一阵子都不灵。这其实挺讽刺——因为他希望罗兰恢复健康，所以药到病除。他得先让国王康复，才能杀他，得让人们以为这是一场谋杀。如果读者细细琢磨，就会发现整件事暗藏玄机。

某个月黑风高之夜，国王暂停咳嗽还不到一周，弗拉格拉开抽屉，取出柚木箱，对可乐法萝卜轻声低语："干得漂亮。"萝卜发出傻乎乎的嘎吱声。随后他打开沉重的箱盖，取出里面的小盒子，用挂在脖子上的钥匙打开，再取出包有龙沙的小纸包。他对纸包施法，免得被龙沙灼伤，反正他是这么小心操作的。弗拉格不想冒险，因而用一把银镊子打开纸包，放在国王的酒杯旁。他的额头冒出豆大的汗珠，这件事情很难，出一点点差错，他就完蛋了。

弗拉格走到通往地牢的走廊上，深吸气。当你深呼吸时，体内会充满氧气，有助于长时间屏息。到了这个关键环节，弗拉格没打算呼吸。绝对不能出一点儿差错，他兴致正高，不想突然结束。

他在外部加装铁栅栏的窗外吸入最后一口干净空气，回到房内，走向小纸包，从腰间抽出一把刀，小心地拆开纸包。桌上有一块平坦的黑曜石，这种石头在当时算是最坚硬的石材，被他当作镇纸。他又拿起银镊子，紧紧地夹牢小纸包，倒出大部分绿沙。纸包里稍微留了一点，大约十几粒吧，但这十几粒对他的计划来说特别重要。黑曜石虽然坚硬无比，但也开始冒青烟。

三十秒过去了。

他小心地拿起黑曜石，皮肤万万不能沾到一粒龙沙，否则就会渗入体内至五脏六腑，不烧毁心脏不罢休。他倾斜石板，将沙子悉数倒入酒杯。

趁龙沙还没有侵蚀杯子，弗拉格往杯中注入国王最爱的红酒——也就是彼得此刻正端给父亲的那种红酒，沙子立刻开始溶解。片刻间，红酒散放出一圈不祥的绿色光晕，旋即恢复至起初的正常颜色。

五十秒过去了。

弗拉格回到书桌旁，用石板取起小刀。虽然他用小刀划开纸包时，刀尖上只沾了几粒沙，但已然造成损伤。以安杜安铁打造的刀片已开始冒出骇人的烟雾。他把石板和小刀都拿到外面的走廊上。

七十秒过去了，胸腔急需氧气。

往前走三十英尺，再过去就是地牢（没有一个德兰人想走这段路），地上有个铁栅盖，弗拉格能听到下面的流水声。要不是他憋着气，还会闻到恶臭，这是城堡的下水道。他把石板和小刀丢进去，虽然心脏狂跳，像要蹦出来，但是听到水花溅起的两次声响，他还是笑了。他疾步走到窗边，探出身体，深深地吸了一口气。

待呼吸正常后，他返回书房。现在桌上只有镊子、纸包和那杯红酒。镊子没沾上沙子，只要他处理得干净利索，沙子放在施过魔法的纸包里就不会伤到他。

他自认为迄今为止一切都进行得相当顺利，虽然尚未达成目标，但不失为好的开始。他俯下身子用力嗅了嗅酒杯，现在没危险了，沙子一旦溶入酒中，就不会产生致命气体了，并且无色无味。龙沙只有接触到固体，比如石头，才会散发刺鼻的气体。

接触到皮肤也一样。

弗拉格就着光观察酒杯，细品那血一般的光泽。

"最后一杯红酒，陛下。"他放声狂笑，直到听见双头鹦鹉的尖叫才停止，"喝点儿酒暖身。"

他坐下来，翻转沙漏，开始研究一本厚厚的魔法书。弗拉格读这本人皮书已有一千年，却才读了四分之一。作者是狂人阿尔哈兹里德，他在遥远的冷恩高原写下这本书。谁读它久了，都有可能发疯。

一小时，只能看一小时。沙漏上半截已经漏完，他确定彼得已经离开国王的寝宫。一小时后，他就把这最后一杯酒给罗兰送去。弗拉格看着白骨灰般的细沙缓缓漏下，盯看了一会儿，平静地起身。

22

罗兰既高兴又感动,弗拉格竟然在他就寝前特地端来红酒。他两口干完,说这杯酒让他整个人暖了起来。

脸藏在帽兜里、笑盈盈的弗拉格说:"我也是这么想的,陛下。"

23

那天晚上,托马斯看见弗拉格去找父王,这是命中注定还是狗屎运?我只知道他看见了,多亏了弗拉格一直努力与这个没朋友的可怜男孩建立友谊。

我之后会解释这一点,但首先要纠正读者对巫术的误解。

在有关巫术和魔法的故事里,有三种法术经常被提及,似乎二流巫师都会使用。这三种法术是:把铅块变成黄金、变身和隐身。大家要弄明白:真正的巫术绝对不容易。你觉得容易?那么等下次你不喜欢的姑姑来家里做客并且要待上一两周时,你试试让她凭空消失?真正的巫术非常难。就算邪恶的巫术比善良的巫术容易一点儿,也还是非常难。

把铅块变成黄金,确实办得到,只要知道到时候叫谁的名字、找谁传授切割铅块的法术即可。但说到变身和隐身,就是不可能完成的任务了……或者说可能性微乎其微,四舍五入就是绝不可能。

擅长窃听的弗拉格时常听见那群笨蛋讲述年轻的王子如何念出简单咒语、隐身消失、从魔爪中逃出生天,或者美丽的公主(故事里的公主个个貌美如花,但据弗拉格的经验,多数公主都是被宠坏了的娇气包,而且由于长期近亲联姻,公主们不但奇丑无比,而且智商低下)如何诱骗食人巨魔,将其变成苍蝇,最终殒毙于苍蝇拍下。多数故事中的公主都比较擅长使用苍蝇拍，但弗拉格见过的公主连十二月里行将冻死在窗台上的苍蝇也拍不死。奇闻怪谈里自说自话的会变身，实际上是把自己变成了移动的玻璃窗。

实际上，弗拉格从未见过这两种法术。他曾经结识一位伟大的安杜安巫师，此人自认为已习得变身术，然而经过半年的冥想、持续一周变换各种痛苦姿势、念咒之后，终于吐出最后一个了不起的咒语，结果成功地把自己的鼻子变成了九英尺长，因而神经错乱——他的鼻子还长出了指甲。弗拉格一想起这件事就忍不住露出瘆人的笑容。这家伙是不是个伟大的巫师不得而知，但一定是个傻子。

隐身术同样不可能，至少在弗拉格看来不可能，但有可能将形体变得……模糊。

是的，只是模糊。这是最精准的形容词，偶尔也会是别的词，比如鬼影、透明、不明显。弗拉格不会隐身术，但吃下一根牛鞭、背出几句咒语之后，他能变得模糊。仆人从走廊过来时，他只需挪到一边保持安静，等仆人经过就可以了。仆人一般只会盯着自己的脚，或突然发现天花板上有个东西很有意思。他穿过某个房间时，大家会一下子转变话题，而且短时间内会感到不适，仿佛同时得了肺气肿。火把和烛台会冒黑烟，有时候会熄灭。只有当眼熟弗拉格的人在场时，他才需要躲藏，因为这些人很容易认出他。"模糊-混沌术"有一些用处，但并不是隐身术。

弗拉格端毒酒给罗兰的那个夜晚，先把自己的身形变得模糊。他以为不会遇到熟人，因为已经九点多了，国王老迈，龙体抱恙，当时又是昼短夜长的季节，宫里的人早早地入睡了。弗拉格端着酒杯疾走在走廊上时还想着，等托马斯当上国王，宫里一定会夜夜笙歌，他已经显露出像他父王一样贪杯的本性了，只不过相比啤酒和蜂蜜酒，他更爱红酒。让托马斯爱上烈酒简直易如反掌，我是他的朋友啊，不是吗？等彼得被关进针塔，等托马斯当上国王，城堡里一定每天宴客……最后,百姓和地方官都忍无可忍,发动政变,到时候就会有最后一场宴会了。最后的宴会才是最精彩的,只可惜托马斯大概不喜欢。但是就像我现在端给他父王的这杯酒,那最后的宴会绝对热辣火爆。"

他以为不会遇到熟人,实际上确实没遇到。少数几个仆人经过,但都像避开阵阵阴风那样避开了他模糊的身影。

有个人看到他了。托马斯透过耐尔的眼睛看到他了。耐尔是他父王多年前杀死的巨龙。托马斯之所以能看到,还是托弗拉格的福。

24

罗兰没把托马斯刻制的木船放在眼里,这一举动深深地伤害了王子幼小的心灵,之后,他刻意避开父王。但他深爱父王,希望像彼得那样讨得他的欢心,还希望父王像疼爱彼得那样疼爱自己。只要父亲对他的爱有对彼得的一半,托马斯就满足了。

可恶的是,彼得总是能先想到好主意。有时他会跟托马斯分享,但托马斯不是觉得他蠢(实际正相反)就是担心自己胜任不了应该承担的那部分,譬如三年前彼得提议送给罗兰一队班铎兵棋。

"我会送给父王更好的礼物,比你这些呆笨的玩具兵更好。"托马斯骄傲地挺起胸,真实情况却是他连一艘帆船做得都很费劲,别说帮忙完成二十人一组的精巧班铎兵棋了。彼得花了四个月,独自制作所有的棋子,有步兵、骑士、射手、燧石枪手、将军和修道士。罗兰不是爱死了吗?虽然彼得手法稚拙,但罗兰还是一把推开四十年前由伟大的埃伦德雕刻的翡翠棋,以彼得的兵棋取代。托马斯见了,默默地回到自己的房里睡了,尽管当时还是下午。他感觉痛苦得好像有人进入他的胸口,割下他的一小块心脏,还逼着他吃下去。心脏的味道真苦啊,他因此更加痛恨彼得,即使尚有一小部分的他敬佩、热爱着这个英俊的哥哥。

那是他自己的心脏啊。

彼得曾来找托马斯，对他说："托米，如果每天晚上给父王端一杯红酒，他一定很开心。我问过管家，他说不能随随便便给我们一整瓶酒，因为每年的六月，他都得跟酒司长核对明细。但是他说，我们可以用零用钱合买一瓶第五邑红酒，那是父王的最爱，而且不贵。我们都有不少零用钱，而且……"

"这是我听过的最蠢的主意！"托马斯大喊，"所有的红酒都是父王的，整个德兰的红酒都是他的，他想喝多少就喝多少，想怎么喝就怎么喝！为什么我们要花自己的零用钱买父王的酒去送给父王？矮子总管就是想捞油水，难道我们去称他的意？"

彼得耐心地劝说："我们花自己的零花钱买礼物送给父王，他一定会很高兴啊。就算那都是属于他的，他也会高兴的。"

"你怎么知道？"

彼得生气地回答："我就是知道。"

托马斯恼火地看着他。他难道要告诉彼得说酒司长上个月逮到自己在酒窖里偷红酒？那肥猪还威胁说，要是托马斯不支付一枚金币，他就去国王那里告黑状。托马斯给了他一枚金币，恼羞成怒的眼泪直在眼眶里打转。"如果是彼得偷了酒，你就会转头假装什么都没看到，你这无耻小人，"他心想，"如果是彼得，你就会假装没看到。彼得以后会成为国王，我却永远只是王子。"他也想过，彼得根本不会偷酒，但这个念头让他更加痛恨哥哥。

"我觉得……"彼得犹豫着。

"你觉得你觉得，"托马斯情绪激动地学他的语气，"别说废话了！要是父王知道你花钱向酒司长买那些本就属于他的酒，他会嘲笑你，会说你是大傻瓜！"

罗兰没有嘲笑彼得，也没有说彼得是大傻瓜。他说彼得真是个好儿子。他的声音颤抖,差点儿落泪。托马斯之所以知道这些,是因为彼得第一次给父王端酒过去时,他悄悄地跟着,并透过龙之眼看到了事情的始末。

25

如果直接质问弗拉格:"为什么带托马斯去秘道?为什么说出秘道?"他一定无法给出满意的答复,因为他自己也不知道。有些人天生对数字敏感或特别擅长逻辑思维,而弗拉格天生会破坏。德兰城堡有着悠久的历史,有很多暗门和秘道。其中的大多数,弗拉格都知道(没有人能知道全部),但他只带托马斯看过这一条秘道。热衷于破坏的直觉告诉他这件事可以惹麻烦,那么,好,听从内心的声音。他不是最爱煽动、破坏吗?

他每过一会儿就往托马斯的房间探头探脑,撩拨着:"托米啊,你好像不大开心?有个东西你可能会感兴趣,要不要去看看?"他每次都直接表明意图:你不开心,托米。你心情不好,托米。你被虫子蜇了屁股,托米。每当托马斯难过、沮丧的时候,他就会适时出现。弗拉格知道托马斯怕自己,如果不是因为格外需要朋友或者因为特别失落、难受而不在乎对方是谁,托马斯就会找借口不搭理他。这些弗拉格都知道,但托马斯自己不知道。托马斯对弗拉格满心惧怕,但只看表面又觉得弗拉格人不错,会变有趣的法术,会逗乐。虽说那些乐子都是恶趣味,却合托马斯的意。

读者可能会纳罕:为什么弗拉格了解托马斯而托马斯不了解自己?这没什么奇怪的。人的想法,特别是小朋友的想法,像一口清澈见底的水井,有什么不高兴的念头浮起,就会想办法把它锁进箱子,丢进井里,听着溅起的水声……箱子就消失了。可事实并非如此。特别老、特别聪明、特别邪恶的弗拉格知道一件事：井再深，也有底，东西消失不代表不存在。它当然还在，只是沉在井底。那些盛装了可怕念头的箱子有朝一日会腐烂，于是里面的邪恶念头又冒出来了，污染那井水……如果心里的井被荼毒，行为举止就会发疯。

巫师偶尔让托马斯看见城堡里的罪恶，因为他知道，托马斯越怕他，他将来就越能控制托马斯……他确信自己会成功，因为他发现了我早就说过的事：托马斯的意志不坚定，经常被父王冷落。弗拉格当然希望托马斯怕自己，希望他不停地往黑暗的心井里投掷上锁的箱子。就算托马斯继承王位之后会发疯又怎样？弗拉格不是就能更轻易地夺权、掌权了吗？

弗拉格怎么知道什么时候该去找托马斯、带他在宫城里逛荡？有时候他是通过水晶球碰巧看见了导致托马斯难过、愤懑的前因后果；有时候只是想去看看托马斯而意外发现的。他对灾祸的直觉几乎没出过错。

有一次，他带托马斯去东塔顶。走了无数级台阶，托马斯累得直喘气，弗拉格却不动声色，呼吸平稳。台阶尽头的门很小，即使是托马斯，也得手脚并用地爬过去。门后的房间里仅有一扇窗，漆黑一片，窸窸窣窣的，不知道是什么动静。弗拉格不说话，带着他直接走到窗前。托马斯望着眼前的风景：德兰的城池、附近的村庄、与村镇连成一片的东邑、笼罩着青蓝色云雾的山丘……他在心里感叹着，这样的美景值得忍受爬楼时双脚的酸痛。这片美景让他欢喜，正想着应该转身去感谢弗拉格，可那张藏在帽兜里的模糊面孔无论如何让他开不了口。

"现在看好了！"弗拉格抬起手，食指尖冒出蓝色火焰。托马斯本以为房里的窸窣声是风在吹，却没想到是翅膀的扇动声。他惊声尖叫，慌乱地往后退，撞上了小门，双手紧张地在头顶乱挥。除了针塔顶的牢房，只有东塔顶的这间圆形小房间可以饱览整个德兰的全景，可是托马斯现在明白为什么没有人上这儿来了。房内都是巨大的蝙蝠，被弗拉格的火焰刺激得乱飞。蝙蝠飞走之后，弗拉格才使小男孩平静下来——厌恶蝙蝠的托马斯变得歇斯底里。巫师说只是想开开玩笑，让他打起精神。托马斯相信了他……可是过去了好几周，他总是做噩梦，总是尖叫着醒来。梦里，蝙蝠在他的脑袋边拍打着膜翼，抓他的头发，尖利的爪子和老鼠似的利齿划着、啃着他的脸。

还有一次，弗拉格带他去国王的金库，给他看堆成山的金币，垒得高高的金条，标示着翡翠、钻石、红宝石和冥火石的箱子等宝物。

"里头真的都是宝石吗？"托马斯问。

"你自己看。"弗拉格打开一只箱子，捞起一把未切割的翡翠，宝石在他手里闪烁着耀眼的光芒。

"我的神仙！"托马斯倒抽一口气。

"这没什么大不了。你看这边，托米，这是海盗船的宝藏。"

他带着托马斯参观十二年前从安杜安海盗那里缴获的战利品。德兰国库充实，国库的管理员却没几个，而且都老了，大堆的金银珠宝甚至没有人归纳整理过。托马斯震惊地看着刀柄上镶嵌珠宝的长剑、刀刃因镶满锯齿状钻石而拥有强大杀伤力的匕首和以菱锰矿制作的重伤弹。

"这些都属于我们德兰吗？"托马斯满怀敬畏地问。

"都属于你父王，"托马斯说得没错，但弗拉格故意歪曲，"往后就属于彼得了。"

"也属于我。"托马斯的语气中满是十岁男孩子的自信。

"不。"弗拉格故意用惋惜的口气说，"属于彼得一个人。他是长子，是未来的国王。"

"他会跟我分享的，"托马斯的声音里有些迟疑，"彼得会跟我分享一切。"

"彼得是个好孩子，我觉得，你说得没错，他可能会跟你分享，但没有人能强迫国王做他不愿意做的事。"他盯着托马斯，琢磨着这番话可能对他造成的影响,然后回头望向黑暗的、巨大的金库。一位上了年纪的管理员正低哑着嗓子数金币。

"这么多金财财宝都归一个人所有啊。"弗拉格说,"真应该好好想想,托米,你说是不是?"

托马斯沉默了。弗拉格很满意。他知道托米正在思考这件事,估计又会有一个装满邪恶念头的小箱子被扔进托马斯的心井里——呼!弗拉格又猜中了。后来,当彼得向弟弟提议共同出资给父王买酒时,托马斯就想起这座金库,想起里头的金银珠宝日后都归哥哥所有。"你出钱当然容易了!怎么可能不容易?总有一天,全世界的财宝都要被你一个人独占!"

给国王端去毒酒的前一年,弗拉格还一时兴起地领着托马斯去看那条秘道……他从没出错的破坏性直觉这一次是不是害了自己?这一点还是留给读者自行判断。

26

"托米,你的心情不好呀!"弗拉格没有戴上帽兜,看上去和普通人无异。

但还是有些不一样。

托马斯很不高兴。他刚用完一顿漫长的午餐,席间,父王跟大臣们说起彼得在几何和航海方面很优秀,滔滔不绝,一直夸赞。罗兰知道三角形有三条边,矩形有四条边;知道迷路时可以凭头顶的那颗"老头星"走出丛林。除此之外,就没有了。托马斯对这两门学科的认知和父王一样,所以说那顿午餐简直漫长得没有终点。更糟的是,食物都依着父王的口味,滋滋带血的肉仅有两分熟,血淋淋的,让托马斯反胃。

"午餐不合口胃而已。"他对弗拉格解释。

"有个东西想必能让你打起精神。我带你看一看这城堡里的秘密吧,小托米?"

托马斯正在玩小甲壳虫。他把小虫放在桌子上,用书本围起来,一旦甲壳虫快要找到出路,他就把挪动书本,堵死路口。

"我累了。"托马斯说。他没说谎,每次听到谁赞扬彼得,他就觉得累。

"你一定会喜欢的。"弗拉格半引诱半欺骗,还带着几分恫吓。

托马斯忧郁地看着他:"那里不会有蝙蝠吧?"

弗拉格放声大笑。托马斯听着,起了一身鸡皮疙瘩。

弗拉格拍拍托马斯的背:"没有蝙蝠,没有水,连一丝风都没有。那里很温暖!你还可以偷看到父王,托米!"

托马斯知道偷看近乎监视,不是好行为,但弗拉格太厉害,而且甲壳虫最终在书本中找到了出路,托马斯就任它走了。"好吧,最好不要有蝙蝠。"

弗拉格揽过男孩的肩膀:"没有蝙蝠,我发誓。但有一件事你得好好考虑:你只能看着你父王,透过他最得意的战利品的眼睛。"

托马斯好奇地睁圆眼睛。弗拉格很高兴,鱼儿上钩了。

"这是什么意思?"

"你一会儿自己看吧。"他卖了个关子。

他带着托马斯穿过弯弯曲曲的走廊。别人一定很快就晕头转向了,我可能也支撑不了很久,但托马斯没有晕,就像在黑暗中也能在卧室里行动自如那样,至少在弗拉格带他拐进某处之前,他没晕。

他们快步走到国王寝宫时,弗拉格推开一扇托马斯平时根本没注意到、凹进去的木门。那扇门当然一直在那里,城堡里有许多门,连城堡的两个侧翼都隐在黑暗中。

这条走廊十分狭窄。一个抱了满手床单的女仆走过,在这里遇到国王的巫师让她惊恐万状,为了不碰触到巫师,她很想缩进石头缝里。托马斯看着这一幕,差点儿笑出声,因为他在弗拉格身边时也常常这样。除了女仆,他们没有遇到其他人。

他听到脚下隐隐地传来狗吠声,知道了自己的大概位置。主城里的狗只有父王的猎犬。它们吠得这么厉害,可能该进食了。罗兰的大多数爱犬跟主人一样老。罗兰知道自己的老骨头受不得冻,于是下令在城堡里修建了狗舍。从他的寝宫走到狗舍,必须先走下几级台阶,右转,从室内走廊走过去十英尺。托马斯知道他们现在的位置就在父王寝宫右侧约三十英尺处。

弗拉格突然停下脚步,托马斯险些撞到他身上。巫师飞快地扫视四周,确定走廊里没有其他人。

"从底部有缺角的那块石砖往上数第四块。"弗拉格说,"压住它,快点儿!"

原来这里有秘密。托马斯最爱秘密了,他兴奋地从底部带缺角的那块石砖往上数到第四块,伸手过去压住。他以为会有小机关弹出来,比如暗门之类的,但结果大出意料。

石头很轻松地往后滑动了三英寸,然后发出"咔哒"一声。整面墙一下子朝里打开,露出一条暗黑的甬道。这压根就不是墙,而是一扇大门!托马斯险些惊掉下巴。

弗拉格拍了拍他的屁股。

"跟你说了快点儿,蠢货!"他压低嗓门,着急地说道。虽然弗拉格在很多看上去颇为感性的时刻都是表演给托马斯看的,可这次不止假装为他着想。他左看右看,再三确定走廊上没有人。"快进去!快!"

托马斯盯着眼前突然出现的大缝隙,十分不安地想到了蝙蝠。他看了一眼弗拉格,知道现在不是讨论这个话题的时候。

他把门朝里推,迈入黑暗,弗拉格赶紧跟上。巫师转身关门时,托马斯听见他的斗篷飘动的声音。门内漆黑一片，凝滞不动的空气很干燥。他还没来得及开口，弗拉格指尖上的蓝色火焰又出现了，照出一片蓝白色的扇形区域。

托马斯感到害怕，吓得双手往上举。

弗拉格发出一阵刺耳的奸笑："没有蝙蝠，托米，我保证没有。"

的确没有。天花板是低矮的，托马斯又不瞎。这里没有蝙蝠，很温暖……巫师果然没骗人。借着弗拉格指尖的亮光，他看到这条秘道约二十五英尺长，墙壁、地板和天花板都覆有坚实的木板。他看不清另一头有什么，好像什么都没有。

托马斯仍能依稀听到狗叫声。

"我让你动作快点儿，不是说着玩的。"弗拉格弓身看着托马斯，这个逼近的模糊身影在黑暗中特别像一只大蝙蝠。托马斯紧张地向后退了一步，巫师的身上总是有一种很难闻的气味，这种气味混合了秘方药和药草的苦涩。"现在你知道这条秘道了……我不阻止你来，但万一有人逮到你，你必须说是自己偶尔发现的。"

巫师凑得更近，迫得托马斯又后退一步。

"如果你说是我带你来的，托米，我就会让你吃不了兜着走，后悔得不得了。"

"我一定不说。"托马斯软弱地说。

"很好，最好别被人看见。无论是不是王子，偷窥国王都是重罪。现在跟我来，动作轻一点儿。"

弗拉格带他走到秘道的尽头，这里的墙上也覆有木板。弗拉格抬高指尖的火焰，托马斯看见两扇小小的窗棂。弗拉格嘟起嘴吹熄火焰，在暗影里压低声音说："永远不要在亮光下打开这两扇窗，他可能会看到。他虽然老了，但眼力不差。虽然眼睛是彩色玻璃，但他还是有可能看见。"

"什么意思……"

"嘘——他的听力也很好。"

托马斯只得闭嘴，一颗心在胸口直跳。他不明白自己为何如此兴奋，后来他猜是因为大致看到了事情将如何发展。

他在黑暗中听见不真切的滑动声，然后瞬间有一道光——火炬般的光——照进来；随着第二次滑动，又现出一道光。他也看到了弗拉格，但他的身形很模糊；他还看到摆在眼前的自己的双手。

托马斯看到弗拉格走到墙壁前，稍稍伏低身子，双眼凑在透光的两个小洞前，这样一来，就挡住了大部分光线。他看了一会儿，咕哝了两句，移开，向托马斯示意："你去看看吧。"

从没如此兴奋的托马斯小心翼翼地把眼睛凑到洞前，所见的景物都蒙上了一层古怪的黄绿色，但看得很清楚，像透过某层彩色玻璃望出去，令人高兴，又感觉古怪——他正俯视着父王的卧室。罗兰无精打采地靠在火炉边，坐在心爱的椅子上——椅背的阴影横在他皱纹横生的脸上。

这间卧室与标准的猎人房间无异，以现代人的标准，应该称之为安乐窝，虽然仅面积就相当于一栋普通房子了。长长的墙上燃着一整排火把，四处挂满兽首：熊首、鹿首、麋鹿首、牛羚首和鹈鹕首，甚至有巨羽凤凰，也就是传说中神禽凤凰的亲戚。托马斯其实没看见耐尔的头，也就是父王在他出生前所屠的那条巨龙，但当时他没有注意。

父王郁郁寡欢地拨弄着点心，手边有一壶冒着热气的茶。

足以容纳二百人的房间（有时确实进来这么多人），只有这么一点点动静——父王披着皮袍独饮下午茶。托马斯怎么也看不够，看到父王时的欢欣和激动无以言表。本来就很快的心跳现在加快了两倍，头部大量充血。他双手握成了拳头，后来才发现手掌上印下指甲抠出来的新月形的血痕。

看一个老头子很随意地用点心怎会让他如此激动？首先，别忘了，这不是一般老头子，是托马斯的父王；其次，说来挺可悲，偷窥确实有不一般的吸引力——你看得到对方，对方却看不到你，因此细枝末节都被放大。

看了一会儿，托马斯为自己感到羞耻。这也在意料之中。隐秘地观看就是偷窥，是偷看别人自以为的独处。可是这一点也是偷窥最吸引人的地方。托马斯能看上几个小时，要不是弗拉格低声叫他："你知道这是哪儿吗，托米？"

"我……"不知道，他本来想说这句，可他显然知道。他的方向感很好，稍作思考就能想到另一个角度。他突然明白之前弗拉格说他将透过罗兰最伟大的战利品的眼睛看到他父王的那番话。他正从西侧墙壁上方看着父亲……那里悬挂着罗兰最得意的战利品的标本——被他屠杀的巨龙耐尔。

虽然眼睛是彩色玻璃，但他还是有可能看见。

他总算明白了这句话。托马斯用手紧紧地捂住嘴巴，才封住了自己的笑声。

弗拉格走过来把小窗关上，也面带笑意。

"不要！"托马斯轻声阻止，"我还想看！"

"下一次吧，"弗拉格说，"今天到此为止了。以后想来的时候再来……但如果来得太频繁，一定会被逮到。走吧，我们回去了。"

弗拉格燃起指尖火焰，领托马斯走出秘道，在秘道的尽头吹熄火焰。他拉起托马斯的手，指给他正确的方位，要他看清楚。

"注意，你能看到走廊的两边，"弗拉格说，"打开暗门前，一定要先观察外面的动静，否则迟早有一天你会被人撞见。"

托马斯把一只眼睛凑到窥视孔前，看到了整条走廊。走廊中间有一扇雕花玻璃窗，两侧的玻璃略微向走廊倾斜。对于这样一条小小的走廊而言，这扇窗未免显得过于精致。但不言而喻，托马斯知道这是设计暗门者的绝妙构思。通过倾斜的窗子，能看到走廊的两头。

"没人吧？"弗拉格小声问。

"没人。"托马斯小声回答。

弗拉格推了推门内的支点(再次拉住托马斯的手摸索着,这样他以后才能自己找到),门应声打开。

"快走!"弗拉格说。他们一出来,门立刻关上了。

十分钟后,他们回到托马斯的房间。

"今天真够刺激的,"弗拉格说,"记住我的话,托米,不要经常去秘道,否则必露马脚。你万一真的被逮住——"弗拉格两眼冒凶光,"要记得说是你自己偶尔发现的。"

"我会的。"托马斯立刻回答,声调又高又尖,像急需上油的铰链。每当弗拉格投来这样的眼神,他的心就像无法挣脱胸口牢笼的小鸟,只能惊慌失措地胡乱拍打翅膀。

27

托马斯听从了弗拉格的建议——不经常去秘道,只偶尔去,通过耐尔的玻璃眼珠偷看父王,偷看那个蒙上了一层黄绿色的世界。看完,再头痛欲裂地离开(几乎没有一次例外)。他总认为:头痛,是因为用巨龙的眼睛看了这个世界——所有事物都极度干燥,随时有可能燃烧。可能弗拉格的破坏直觉没有错,自从偷看了父王,托马斯对罗兰有了全新的认识。知道这条秘道以前,他对罗兰无限地爱戴;如果不能取悦父王,他就会感到悲伤;有时还对父王怀有敬畏。如今,却添了一丝不屑和轻视。

托马斯偷窥罗兰的房间时,只要发现父亲身边有人,就迅速离开。但在父亲一个人待着的时候,他就继续偷窥。以前,国王即使在自己的寝宫里,也鲜少有机会一个人待着,总有紧急的事情需要找他协商,总有外国使臣需要他来接见,总有诉状需要他来处理。

罗兰掌权的时代行将终结。他的重要性随着健康的恶化而减弱,他这才发觉自己是多么想念以前的日子,想念当年他对着萨莎和弗拉格大喊:"这些人什么时候才能放过我?"回忆在他脸上平添了一抹令人深感同情的微笑。人们不再来拜访他,他反而怀念了。

托马斯之所以感到不屑,是因为人们很少在独处的时候呈现最佳状态。他们往往撕下礼貌、规矩、有教养的面具。私底下会有什么真面目?身上长满小肉疣的怪物?令人尖叫着逃跑的下三滥模样?有时可怕,但多数时候并不可怕。如果人们看到我们撕下面具,大多只会付之一哂而不会大笑着露出恶心想吐的表情——或两种兼而有之。

托马斯看到他的父王,这个他无比敬爱、被他视为世界上最伟大人物的男人,独处时经常挖鼻屎,把手指头插进一个鼻孔,再插进另一个鼻孔,直到挖出豆绿色的鼻屎。挖出之后,他还要一脸严肃而又满足地打量着,借着炉火细细地查看每一粒,像珠宝商人检验特别高级的翡翠,最后多半把鼻屎抹在他坐的椅子下面。很遗憾,但也必须说,有些被他丢进嘴里嚼,还一脸得意。

每晚,他只喝一杯红酒——彼得端来的那一杯——但是等儿子离开,他就哗哗地灌啤酒(托马斯多年以后才明白,这是父王不想被彼得看见自己醉酒的模样)。托马斯看了,觉得这根本就是酗酒。赶上罗兰想小便,很少看到他使用角落里的便桶。他一般会站起身,直接对着壁炉浇,还一边浇一边放屁。

他会自言自语。有时在长条形房间里踱步,似乎不知自己身在何处,不是对着空气,就是对着墙上的兽首标本说话。

"我记得抓到你的那天,本希,"他对着麋鹿首说(罗兰还有一个怪癖,就是给这些兽首取名字),"跟比尔·史夸宁,还有那个半边脸有个大肿包的家伙一起。我记得你穿过树林,一开始是比尔忍不住,后来是那个大肿包,然后是我——"

父王示范何为"忍不住",就是抬起脚来放屁,连假装搭弓射箭时都不忘放屁，最后还要发出一阵令人不快的笑声。

看了一阵子，托马斯就把隔板推回去，鬼鬼祟祟地走出秘道，头晕脑涨，不安地傻笑——这时的他就像吃多了青苹果的少年，知道自己明天一定会不舒服。

这就是他一向又敬又怕的父亲？

这只是一个放臭屁的糟老头。

这就是忠诚的百姓尊称"仁慈的罗兰"的国王？

他直接对着壁炉撒尿，放更多的臭屁。

这就是不喜欢自己刻制的木船还以言辞伤人的男人？

他对着墙上的兽首标本讲话，给它们取傻里傻气的名字，什么本希、雄鹿池子、褶子线等。他还挖鼻屎，甚至吃鼻屎。

我也不在乎你。托马斯心想。他看向窥视孔，确认走廊上没人，然后像贼一样溜回自己的房间。你这个又脏又蠢的老头，我才不在乎你！一点儿也不！

托马斯是在乎的。他仍敬爱罗兰，想去看看父王，好让老头子在家里有聊天的对象，而不是仅仅对着兽首标本自言自语。

但他更喜欢偷窥。

28

托马斯在弗拉格端去毒酒那晚之前，有好长一段时间不敢偷窥。他不敢，是有原因的。

大约三个月前的某个晚上，托马斯怎么也睡不着，辗转反侧，折腾到听见更夫报时十一点。他爬起来，穿好衣服，离开自己的寝宫。不到十分钟，他已经在俯视父王了。他以为父王已经就寝，但没有，罗兰还没睡，正酩酊大醉。

托马斯多次见过父亲大醉，但都没有这一次厉害。这孩子大吃一惊，吓得不知如何是好。许多比托马斯年长的人都认为老年人是温和的化身，老年人的智慧、坏脾气和狡诈程度都没有年轻时那么夸张了，可能还有老年人特有的糊里糊涂。很多人相信，人一旦上了年纪，便自然地会拥有上述的独特气质，很难想象老年人会有火爆的一面。很多人误以为人只要过了七十岁，心火便烧成了炭。也许确实如此，但托马斯在那个晚上发现，炭，有时候也会再次燃起熊熊火焰。

父王迈着大步，在房间里疾速地踱着，身上皮袍的下半截飘起来，睡帽也掉了，头顶仅剩几根打结的头发，其余的头发耷拉在耳边。与其他夜晚有所不同，他没有晃晃悠悠或伸出一只手去摸索，以免撞上家具。这天夜里的他像水手一样行动敏捷，步履一点儿也不轻飘飘。他撞上怒目圆睁的大山猫下方的高脚椅，一把抓起椅子就丢出去，还大吼着。吓得托马斯后退一步，起了一身鸡皮疙瘩。椅子被扔到房间的另一头，砸在墙上，木椅背从顶部裂到中间。国王喝得醉醺醺的，但壮年时的伟力神奇地恢复了。

他睁着布满血丝的双眼，瞪视大山猫的头。

"咬我啊！"他对它吼，那吼声中的狂暴把托马斯吓坏了，"咬我啊，怕了吗？你从墙上下来啊！'死炮仗'！跳啊！这是我的胸膛，看见没有？"他撕扯开皮袍，袒露出瘦骨嶙峋的胸脯，冲着有好多獠牙的"死炮仗"呲着自己仅存的几颗牙，昂头喊："这是我的脖子！你倒是跳下来啊！我赤手空拳跟你单挑！我要把你的肠子挖出来！"

他昂首挺胸地站在那儿，像一头陷入困境的年迈雄鹿，希望能有尊严地死去。困兽犹斗。他又快步走到熊头的下方，冲它挥舞拳头，骂脏话——这些脏话难听得令缩在暗处的托马斯相信，那头被激怒的熊的鬼魂如果听见，就真的会扑下来，在他眼前把父王撕成碎片。

罗兰移开步子，端起杯子一口干掉杯中酒，随即猛地转过身，啤酒沫顺着嘴角往下淌。他把那只银杯扔到房间的另一头，砸中了壁炉边的石砖。力道太大，致使银杯被砸出一道凹痕。

父王大步走来，途中摔飞另一把椅子，光脚踢飞一张茶几，双目精光四射，横眉竖目地盯着托马斯。没错，此刻他们正四目相对。托马斯的全身好像被一股刺骨的寒风吹得透心凉。

他的父亲昂首阔步地走来，呲着几颗黄牙，几根头发耷拉在耳边，啤酒沿着嘴角和下巴往下淌。

"你，"罗兰以低哑的声音说，"为什么盯着我？你想看什么？"

托马斯动弹不得。我被发现了！他脑袋里急速转着念头，被发现了，众神啊，我被发现了，这下非被流放不可！

父王站在原地不动，死盯着墙上的龙首。满心罪恶感的托马斯坚信父亲是在对自己说话，其实不是。罗兰是冲着巨龙耐尔，跟他冲着其他兽首说话一样。可是既然托马斯能从这对有色玻璃眼珠望过去，那么他的父王就能望过来，多少能看见一些吧？要不是托马斯被吓破了胆，僵在那里动不了，他一定会逃；就算他够镇定，知道不能轻举妄动，但眼睛也会左瞄右瞥、飘忽不定。罗兰如果看见巨龙的眼睛会动，他将作何感想？巨龙活了？有可能。他醉得颠三倒四，但只要托马斯眨一下眼，弗拉格就不必准备那杯毒酒了。虽然酒精帮罗兰暂时恢复了力气，但老头毕竟羸弱，很有可能当场被吓死。

罗兰突然向前一蹦。

"你干吗瞪着我？"他又尖叫起来，大醉的他冲着德兰最后的一条巨龙吼叫，可托马斯对此一无所知，"干吗瞪着我？我尽了全力，一直尽了全力！这是我愿意的吗？怪我吗？你回答啊！混蛋！我尽力了，可是你看看我，你看看我！"

他撕扯睡袍，赤身裸体，鼠灰色的皮肤上全是酒精疹子。

"你看看我现在这副样子！"他又叫，低头看着自己，一脸泪水。

托马斯再也受不了了，趁父亲移开视线低头看向自己衰老的躯体时，他用力关上耐尔玻璃眼珠后的小窗。托马斯在黑暗的秘道里跌跌撞撞地走，一头撞在紧闭的门上，把脑袋撞破了，"哇"地哭出声。只一小会儿，他便起身用力捶打秘密开关，浑然不觉额头伤口的血流到了脸上。门开了，他倏地冲出去，甚至没想到先查看外面有没有人。他脑海中只有父亲那双布满血丝的眼睛，只听见他大吼："干吗瞪着我？"

他哪里知道，父王醉得不省人事。翌日早上，罗兰是在地板上醒来的。尽管头痛欲裂，浑身青紫（他太老了，真不该无节制地酗酒），但他起身的第一件事就是仔细查看龙首。他喝醉后多半直接醉倒在地，很少做梦。但昨天夜里，他做了噩梦，梦见耐尔的眼睛会动，死而复活。巨龙朝他喷出死亡的气焰，虽然没有看到火光，但身体感觉到了，越来越热。

梦中的景象挥之不去，他惧怕下一刻将看到的景象。没想到一切如常，耐尔仍呲着可怕的獠牙，分岔的舌头垂在篱笆桩状的牙齿间，金绿色的眼睛茫然地看着房间另一头。罗兰的弓和"锤死敌"箭庄严地交错悬挂在这件伟大战利品的正上方，箭尖和箭杆上还沾有干涸的黑色龙血。他对弗拉格说起这个噩梦，巫师只是点点头，比以往更仔细地思索着。没多久，罗兰就把这件事忘得一干二净。

托马斯可没这么容易忘记。

他连着好几周做噩梦。父亲在梦里瞪着他，大喊："看看你对我做了什么？！"他扯开睡袍，赤身裸体，暴露出陈年伤疤、下垂的肚腩、松松垮垮的肉……好像一切都是托马斯的错，要不是他偷看……

"你为什么不去看父王了？"彼得问托马斯，"他以为你在对他生气。"

"我对他生气？"托马斯惊诧不解。

"他今天喝下午茶的时候说的。"彼得说，凑近弟弟端详，发现弟弟挂着黑眼圈，面色惨白，没一点儿血色，"托米，你怎么了？"

"没怎么。"托马斯缓缓地说。

第二天，他陪父亲和哥哥喝下午茶。他是拿出了全部勇气才勉强去的。托马斯并不懦弱,有时还很勇敢——得被逼到绝境才行。父王亲了他一下,问候了他。托马斯小声说,近来身体不大舒服,不过现在好多了。父王轻轻点头,简单粗暴地抱了他一下,又恢复了老样子——只顾着彼得,不怎么搭理托马斯。不过这一回,托马斯反而松了一口气。他不愿意父王看着自己,最近都别看。那天晚上,托马斯又一次久久不能入眠,听着窗外萧瑟的风声,确信上一次是逃过一劫。

下不为例,他暗下决心。之后几周,他的噩梦越来越少,直到完全没有了。

有一件事,马夫长说中了。男孩有时会吹牛而不能百分百地信守承诺。托马斯偷看父王的欲望远胜他内心的恐惧和善良,所以后来,他才会亲眼目睹弗拉格端毒酒给罗兰。

29

托马斯推开那两扇小窗时,父王和哥哥刚刚一起喝完睡前酒。彼得快十七岁了,高大英俊。父子俩坐在火炉边,像老朋友一样边喝边聊。一瞬间,新仇旧恨就像强酸腐蚀着托马斯的心。不久,彼得起身跟父亲道别。

"你最近离开得越来越早了。"罗兰说。

彼得说没有。

张开牙齿快要掉光的嘴,罗兰笑了,那是一个既温暖又悲伤的笑:"听说她很漂亮。"彼得一脸紧张,这种表情在他脸上不常见。他甚至结巴了,这就更稀奇。

"去吧,去吧,"罗兰打断他,"去吧,要对她好,要温柔……如果真的喜欢,就要对她热情。人到了晚年,热情会冷却,激情也会减退,彼得。趁年纪轻,身强体壮,拿出你的热情,也许是遇见了真爱呢。"

彼得笑着说:"父王,您说得好像自己有多老似的。照我看,您很结实呢。"

罗兰拥抱着彼得说:"我爱你。"

彼得的笑既不让人觉得突兀,也不感到尴尬:"我也爱你,父王。"在寂寞的黑暗中(偷窥向来是寂寞的工作,偷窥者一般置身于黑暗中),托马斯的脸垮下来。

彼得离开一个多小时后,都没什么动静。罗兰郁郁寡欢地坐在壁炉边,一杯杯地喝着啤酒,没再对墙上的兽首大吼大叫,没跟它们闲聊,也没毁坏任何一件家具。托马斯差点儿就要离开了,这时听到有人敲了两下门。

罗兰本来在盯着炉火,忽明忽暗的火焰快让他睡着了。此时,他强打起精神,问:"谁?"

托马斯没听见回答,但他父亲起身走到门边,像是听到了。罗兰打开门。托马斯以为父亲对兽首讲话的习惯变严重了,以为父王想象出隐形的朋友来拜访自己,为自己解闷。

"没想到这个时候会看到你。"罗兰走回火炉边,看上去身边并没有人,"我以为你夜里都在忙着下咒语、施魔法呢。"

托马斯使劲眨眼,又揉了揉,房间里真的有人。他一时看不清来者何人,又纳闷自己为什么会怀疑父亲身边没人。弗拉格不就站在他身边吗?端着一只放有两杯红酒的银盘。

"无稽之谈,陛下,巫师早上也施法。当然,我们会尽量避免令人害怕。"

只消喝下几杯啤酒,罗兰的笑点就会降低,有时一点儿都不滑稽的事也能让他乐不可支。他听见这句话,仰头大笑,好像没听过比这更逗的笑话。弗拉格的脸上挂着淡淡的笑。

罗兰平静下来,问:"这是什么?红酒?"

"王子虽是个孩子,但他对父亲的顺从、对陛下的崇敬让我这个成年人自叹弗如。"弗拉格说,"陛下,我也端杯红酒给您,想告诉您,我也爱您。"

他把酒递给罗兰,后者好像感触颇深。

别喝!父王!托马斯的脑海里蓦地闪现这个念头,这种警惕心连他自己都费解。罗兰突然抬起头,凝神倾听,好像真的听到了。

"我们彼得是个好孩子。"罗兰说。

"是啊,德兰上上下下都这么说。"

"是吗?"罗兰一脸得意,"真的?"

"是的,百姓们都这么说。不如这杯敬他?"弗拉格举杯。

不要!父王!托马斯在心里呐喊,可父亲即使听见了前一句,也没听见这一句。他的脸上洋溢着思及爱子的慈父光辉,那爱子是托马斯的哥哥。

"敬彼得!"罗兰高高举起酒杯。

"敬彼得!"弗拉格微笑着附和,"敬国王陛下!"

托马斯在黑暗中打了个冷战。弗拉格敬了两次酒,不知是什么意思,可是……父王!

像是听到了他的心声,弗拉格阴森的目光投向龙首。托马斯呆住了,所幸片刻后,弗拉格又看向罗兰。

他们轻轻碰杯,干杯。看着父王喝掉那杯酒,托马斯的心像是被刺进了一根冰锥。

弗拉格在椅子上转身,把酒杯扔进壁炉:"敬彼得。"

"敬彼得!"罗兰应声说着,也把酒杯扔进壁炉。那酒杯先是撞到壁炉中冒出炭火的墙砖上,然后掉入火堆,泛起丑陋的绿雾。

罗兰以手背掩嘴,以防打嗝。"你加了什么东西?"他问道,"味道有点儿……像加了香料的热酒。"

"没有,陛下。"弗拉格严肃地否认,但托马斯看出他帽兜深处的笑意，心上的冰锥扎得更深了。他不想再偷看了，再也不想了。他关上小窗，溜回自己的房间。他先是全身发热，接着发冷，接着又发热。到了早上，他发起了高烧。父王没等他病愈就死了，哥哥被关进了针塔顶的牢房，不到十二岁的他成了国王，在登基大典上被称做"光明使者托马斯"。他最信任的幕僚是——

你们猜。

30

弗拉格从罗兰（当时老头觉得精力充沛，很明显，龙沙开始发挥作用了）的寝宫离开，回到阴暗的地下室。他把镊子和剩下几粒龙沙的小纸包放在巨大的旧书桌上，翻转沙漏，看书。

屋外狂风大作。太太们在床上睡不着，都对丈夫说，今天晚上，看样子是库斯的黑巫婆海亚农骑上了她那讨人嫌的扫帚，有人要大难临头了。丈夫们都咕哝两句，翻身让太太接着迷糊，别打扰他们的梦。虽然太太们平时不怎么聪明，可若说谁能看见绑了扫帚的稻草满世界飞，我绝对相信是她们。

一只蜘蛛爬上弗拉格的书，触碰到连弗拉格也不敢施的可怕咒语，立刻变成石头。

弗拉格咧嘴一笑。

沙漏漏完，他翻转过来。然后是第三次、第四次。总共翻转了八次。第八次快要漏完时，他打算完成此次任务的收尾工作。

他在书房的暗室里养了很多动物，先往那里走去。那些动物见他来了，吓得四散逃窜，他不怪它们。

远处的角落里有一只藤筐，里面有六只棕色老鼠。这样的老鼠在城堡里实属平常，这一点很重要。房间里有特别巨大的老鼠，但弗拉格今晚不要那样的。楼上的老皇鼠已经中毒,现在,只需要一只普通老鼠就能让小皇鼠背上黑锅。如果一切顺利,彼得很快就会像这些老鼠一样被关起来。

弗拉格把手伸进藤筐,抓了一只老鼠出来,它在巫师的手心里拼命地哆嗦,弗拉格能感到小老鼠急速的心跳。他知道,只是这么攥着,就足以把它吓死。

弗拉格的左手小指指着老鼠,指甲盖发出微弱的蓝光。

"睡吧。"巫师命令道,那老鼠旋即侧身晕倒在他的掌心。

弗拉格把老鼠带回书房,放在书桌上先前摆放黑曜石的位置;从橱柜里的橡木桶中倒了些蜂蜜酒在盘中,加入更多蜂蜜,增加甜度;把盘子也放在书桌上,然后走到窗边深吸一口气。

屏住呼吸,再走回房间,用镊子镊起最后三四粒龙沙放进蜂蜜酒里。随后打开另一只抽屉,取出一只新纸包,再伸手从抽屉深处取出一个很特别的盒子。

新纸包被作了法,但法力不够强劲,龙沙只能放置一小会儿,否则纸就会被侵蚀。但只要将龙沙纸包搁在盒子里,纸包就不会起火,因为没有足够多的氧气。却仍然会冒烟、发热……这样就够了,这样就行了。

弗拉格的前胸剧烈地起伏着,他很想呼吸,可仍然花费时间细看盒子,赞叹自己惊人的预见力。这只盒子是他多年前偷来的,当时若有人问他为什么偷,他也答不上来,就像他不明白自己为什么会带托马斯进秘道去看龙之眼……总之,是他酷爱破坏的天性所致,直觉告诉他,这东西将来必定有用,所以他偷了。这盒子在他的书桌深处一藏数年,如今总算派上了用场。

盒子上刻着"彼得"二字。

这是萨莎送给儿子的礼物。彼得一时间玩别的去了,把盒子随手搁在走廊的桌子上。弗拉格路过时一眼看到,便顺手牵羊,放进了自己的口袋。丢失盒子的彼得当然非常伤心,一旦王子不高兴——即使这个王子只有六岁——人们便会立刻想办法让他高兴。但是大家找遍了整座城堡,也寻不见这只盒子。

弗拉格用镊子把最后几粒龙沙从先前施以强力魔法的旧纸包移入后来施以少量魔法的新纸包。他到窗边呼吸了几口新鲜空气,一直坚持到把新纸包放进盒子里都没换气。他把镊子放在一旁,慢慢地盖上盒子,把旧纸包丢进下水道。

弗拉格的手脚快起来,感觉一切万无一失。老鼠睡着了,盒子盖好了,栽赃的物证就放在里面。一切如此顺利。

老鼠呈"大"字形四脚朝天仰躺在桌上,像一块小精灵毛皮毯。弗拉格以左手小指一指:"醒!"老鼠的四肢开始抽动,眼睛睁开,抬起脑袋。

弗拉格上下摆动小指:"跳!"

老鼠立刻用后腿上下跳,像马戏团里的驯犬,两只眼珠慌乱地转个不停。

"喝掉!"弗拉格的小指指着甜度加倍的蜂蜜酒。

老鼠喝酒。

"好,"弗拉格见老鼠喝完毒酒,说,"接着睡吧。"老鼠乖乖地睡过去了。

弗拉格急匆匆地往彼得那里赶去,一只口袋里装着盒子——巫师的衣服上都有好多口袋——另一只口袋里装着老鼠。他经过几个仆人和喝醉的大臣,但没有一个人看到他。他仍没解除模糊术。

彼得的房间虽然上着锁,却难不住弗拉格。他挥三次手,房门就开了。王子的房间里没人。那孩子跟小女朋友在一起呢。弗拉格对彼得不像对托马斯那般了解,但大致了解。他知道彼得把珍藏的宝物放在哪里。

弗拉格直接走到书柜前,抽出几本无聊的课本,按住木质镶边,听到弹簧"咔哒"一声弹开,再往侧边推开木板。书柜后露出一个凹槽,没上锁。里面有小女朋友送给彼得的发带、一小札情书和他写给她的几封情书——由于表述相当露骨而不敢寄给她——还有一只镶有母亲肖像的吊坠盒。

巫师打开刻有"彼得"二字的木盒,小心地撕开纸包的一角,看上去就像是被老鼠咬破的。弗拉格盖上盖子,把盒子放进凹槽。"你丢失这盒子时哭得多么伤心欲绝,亲爱的彼得。"他喃喃自语,"这下子找到了,可能会哭得更惨。"说完,他乐出声来。

他把昏睡的老鼠放在盒子旁,关上凹槽,把课本整齐地放回去。

离开之后,他睡得特别香甜。巨浪即将拍到岸边。他相信一切将按计划进行——极为鬼祟,无人知晓。

31

罗兰国王在接下来的三天里显示出久违的健康、活力和判断力,以致王宫里都在议论。彼得去看望发高烧的托马斯,对弟弟赞叹说,父王连头发的颜色都变了,四年来像婴儿胎毛般稀稀落落的白发,已经变回中年时的铁锈灰了。

托马斯微笑着,却打了个冷战。他劳烦彼得再给自己拿条毯子。其实他需要的并不是毯子,而是忘掉之前诡异的敬酒词。但那又万万忘不掉。

第三天晚餐过后,罗兰发牢骚说有些不消化。弗拉格提议请御医过来瞧瞧,罗兰摆摆手说不要,说自己身上没病,而且现在是他数月、数年来最舒坦的时候。

他打起了饱嗝,这个嗝又长又响。热闹的宴会大厅里突然安静下来。看到国王弯下腰，众人又惊又惧。一角的乐师群停止了演奏。罗兰直起身子。人们见了，倒抽一口凉气。国王面颊通红，眼中流出冒烟的热泪，嘴巴里冒出更多的烟。

当时在场的大约有七十个人，有不修边幅的骑手（大约相当于现在的骑士）、扮相时髦的大臣及其夫人、国王的随从、交际花、佞臣、乐师、即将登台的剧团、很多的仆人……奔向罗兰的是他的儿子彼得。大家都看到彼得冲向那个可怜虫，这正中弗拉格下怀。

彼得。大家都会记得那个人是彼得。

罗兰一只手按着胃，一只手捶着胸，嘴巴里突然冒出灰白色的气体。国王这是学会了用新戏法表现他的丰功伟绩吗？

这不是变戏法。烟从国王的嘴巴、鼻子、耳朵、眼角……冒出来，尖叫声此起彼伏。国王的喉咙红得发紫。

"龙！"罗兰尖叫着倒在儿子的怀里，"龙！"

这是他最后的话。

32

罗兰老头很剽悍，不可思议。他离世前散发出大量热气，无人能靠近他龙榻四英尺内，就连他最忠诚的仆人也不行。行将就木的国王身体下的床单开始无声地燃烧，仆人们往上面泼了好几桶冷水。冷水泼上去立刻蒸发，房间里像有人在腾云驾雾，那云雾又涌到起居室。大臣、骑手等都呆若木鸡、瞠目结舌。女士们围成一簇簇的，不是哭天抢地就是拼命扭手指。

没等到半夜，罗兰就喷出最后一口绿火，一命呜呼。

弗拉格神情肃穆地走进寝室和起居室之间的过道，宣布国王驾崩的噩耗。死寂持续了一分多钟，人群里终于有人说了句话。弗拉格不知道也不在乎是谁，关键是有人说了。是的，如果不是怕担风险，他还想贿赂某个人去说这句话呢。

"谋杀！"那人说。

弗拉格故作严肃地伸手掩住自己的嘴巴，恰好遮住了笑意。

33

御医把这句话改成："毒杀。"他没说"用龙沙毒杀"，除了弗拉格，没有一个德兰人知道这种毒药。

国王午夜前离世，但这一指控还没等天亮就已在德兰传遍，并传至东、南、西、北各邑：谋杀、弑君、"仁慈的罗兰"被毒杀身亡。

弗拉格在消息传开前就召集人手搜查城堡。从最高的东塔尖搜查至最低的地牢审讯室（摆满各式刑具如手铐、脚镣等）。他声称，只要是和这桩恐怖罪行相关的任何证据都要搜出来，有情况要立刻报告。

搜查队忙着搜查。六百多个面孔阴森的男人急吼吼地进行着地毯式搜索，只有两处例外——彼得和托马斯的住所。

托马斯根本不知道发生了什么，他的高烧让御医深感忧虑。当第一缕晨光照进窗子时，他仍神志不清。在梦里，他看见两杯红酒被高高举起，父亲一再追问："你加了什么东西？味道有点儿……像加了香料的热酒。"

下达搜查令的人是弗拉格。凌晨两点，彼得已恢复镇定，足以接棒指挥。弗拉格便将权力移交给王子。弗拉格知道，接下来的数小时至关重要，成败在此一举。先王驾崩，国家一时群龙无首，但不会持续太久。彼得当天就会在针塔广场的大殿登基……除非弑君罪名又快又狠地落在他头上。

弗拉格明白，一般情况下，彼得可能立刻就会被怀疑。人们向来最爱怀疑那个最大受益人。国王过世，彼得是最大受益人。下毒虽可怕，但毒死了国王就能拥有整个国家啊。

但此时，举国上下只是议论着这孩子失去了至亲，没有人议论他能得到什么好处。哦，对了，托马斯同样失去了父王。等大家喘口气，或许会补上这一句，中间停顿的几秒或许会让他们感到惭愧。可是托马斯举止古怪、阴郁蠢笨，经常顶撞父王。与之形成鲜明对照的是，彼得对罗兰的敬爱，举国上下有目共睹。此刻，确实没有人提出如此邪恶的想法，即使有，也会被质问：彼得需要弑父吗？再过一年半载、三年五年，顶多五年，他就理所当然地继位了。

可一旦在彼得自己都不知道的地方出现了罪证……比如王子的寝宫，舆论肯定会立刻转变。人们将会发现，恭敬的面具下竟藏着一张杀人犯的脸。他们可能又会说，对年轻人来说，一年就相当于三年，三年就相当于九年，五年岂不是相当于十五年？他们还会絮絮叨叨地说，国王那几天都硬朗起来了，活力四射……他们会说，彼得是看见父亲老当益壮，才惊慌失措地乱了阵脚，干出这等愚蠢至极、令人憎恶的坏事。

此外，弗拉格知道，百姓对国王和王子有着与生俱来、根深蒂固的敬畏。哪怕仅仅是在他们面前掉了手帕，国王和王子都有可能点下头就下令拖出去砍了。人民拥戴明君，但也忍受着平庸甚至昏庸的国君。至于王储，那是个难以预料的大麻烦。如果彼得登基，人民将敬爱他。但弗拉格知道，只要拿出明显的弑君证据，百姓就会抛弃他。

什么都敌不过一只老鼠、一只小小的……但又大得足以动摇德兰根基，足以撼动根本。

弗拉格觉得，罪证即将横空出世。

34

在德兰，人生有三个阶段：童年、准成年和成年。所谓准成年是十四岁到十八岁。彼得刚进入准成年，唠叨的保姆就被管家布兰登和他的儿子丹尼斯取代了。彼得的管家先由布兰登担任，之后可能会有变动。毕竟彼得还小，而布兰登快五十岁了。等他无法胜任时，他的儿子丹尼斯就会接班。布拉登家族服务王室已长达八百年，他们的家族为此感到光荣。

丹尼斯每天早上五点起床，梳洗、打扮后，取出父亲的衣服，替他擦亮鞋子，然后睡眼惺忪地进厨房吃早餐。五点三刻，他从城墙西边的家中出发，由西门入宫。

六点，丹尼斯准时到达彼得的寝宫，一声不响地忙碌：生火、制作六块松糕、烧水、沏茶等。忙完这些，再飞快地巡视三个房间并打扫干净——这个流程很轻松，彼得不是邋遢的人。最后，他会在书房里摆好早餐——彼得喜欢在书房用早餐，他一般坐在朝东的窗下，边读历史书边吃早餐。

丹尼斯不喜欢早起，但他热爱这份工作，也热爱彼得。就算他犯了什么小错，王子也从不轻率地苛责他。只有一次，彼得对丹尼斯说话的声量稍大，那是因为丹尼斯给他准备了早午餐却忘记准备餐巾。

"很抱歉，王子殿下，"丹尼斯道歉，"我从来……"

"下不为例。请你用用脑子！"彼得虽然没有大声斥责，但在他看来，这基本上算是斥责了。此后，丹尼斯给彼得准备餐食时再没忘记准备餐巾，有时候还会准备两条。

忙完早上的差事，丹尼斯就会退下，由他父亲接手。布兰登堪称满分管家：领结系得妥帖，头发梳得一丝不苟，整整齐齐地往后盘成髻，上衣和长裤不沾一粒灰，皮鞋锃亮（此项由丹尼斯负责打理）。但到了晚间时分，等他脱了鞋子、把外套挂进衣柜、松开领结、手里端上一杯杜松子酒的时候，这样的父亲看上去就相当自在了。

"有些东西，你一辈子都不能忘，丹尼，"他放松下来时常常对儿子讲下面这番话，"世界上有一打——只会更少，绝不会更多——亘古不变的真理，诸如女人的激情不长久、丧家犬的话不可信、夸大的消息不能听、夏天里未必有干草、春暖了花不一定开……但还有两样东西一定不会变，一个是贵族，一个是仆人。好好侍候小主人，直到他年老。只要你细心照顾，那么反过来他也会照顾你。你给我好生记住：你好好照顾他，他就会照顾你——再给我倒一杯。如果你也想喝，就来一点儿，但别多，否则你妈会剥了咱俩的皮。"

毋庸置疑，有些儿子听这样的教训会耳朵起茧、腻味，但丹尼斯没有。他是一个罕见的例外。这个儿子二十岁了，仍打从心眼里认为父亲比自己聪明。

国王驾崩的当日清晨，丹尼斯不用逼迫自己五点起床，他父亲三点就把他摇醒，告诉他国王驾崩了。

"弗拉格成立了一支搜查队，"满眼血丝的布兰登说，"确实有必要。我敢断定，很快将由我们的主人继任。如果他同意，我一定帮他揪出那个混蛋。"

"我也去！"丹尼斯叫起来，伸手摸裤子。

"不行，不行！"他父亲严肃地阻止他，丹尼斯立刻把手缩回去。

"无论是不是谋杀，日子总是要过下去的。现在要比以往更克制、更遵规守矩。我们的主人中午就会登基，虽说时机不太好，但总算是一件大好事。国王若不是战死在疆场上，那么他的死百分百是凶兆。别怀疑，按惯例，现在可能会有点儿麻烦。丹尼斯，你最好还是该怎样就怎样，照常干活儿。"

丹尼斯来不及说什么，布兰登就走了。

五点过后，丹尼斯把父亲的话转述给母亲，说他知道彼得不在寝宫，但他还是应该像往常那样做好早上的差事。母亲举双手赞成。她很想听到最新消息，便说他当然得进宫去办事，并殷切地希望他八点前务必回来，把打听来的消息告诉她。

丹尼斯起身去了彼得的寝宫，果然四下无人，鸦雀无声。他照例做完事，最后在王子的书房里备好早餐。他懊丧地看着杯盏、果盘和布丁，心想这些美味一定会被浪费掉。自从父亲一大早把他摇醒，能像这样如常地做事才让他舒缓、平复了许多。他现在才明白，无论如何，德兰已经有大事发生，局势大不同了。

他准备退下时听到了某种声响。那声响极为模糊，他分辨不出到底是从哪里发出来的，只判断出大概的方向：彼得的书柜。他的心怦怦乱跳。

散开的书册间飘散出缕缕轻烟。

丹尼斯跳过去用力把书拽出来。书柜中有道缝隙在往外冒烟，把书册撤走后，能听清声音了——是某种动物在痛苦地吱吱叫。

他胡乱地翻着书柜，恐惧上升为慌乱。那时候的人最担心火患。

他的手指摸了两下就触到那个秘密的机关。弗拉格早就计算到这一步，那秘密小隔板根本只是骗孩子玩儿，一点儿都不难找到。书柜背板立刻向右侧滑开，随即飘出一股烟，混合着皮肉和纸张烧焦的刺鼻气味。

丹尼斯毫不犹豫地将滑板一把推到尽头，空气进入，火苗蹿出。

这是关键时刻，后续推动力甚至超出弗拉格的期待。其实只要大致按照弗拉格所预想的进行、往最有可能发展的方向走，他就满足了。这一招凝结了弗拉格七十五年来的心血，如今系于管家儿子之手，就看年轻人在接下来的五秒钟里如何应对。布兰登家族担任王室管家以来口碑甚佳，弗拉格的诡计必须利用这一点。

如果丹尼斯看见火苗就吓得瘫软在地或去找水桶，那么弗拉格栽赃的罪证就将灰飞烟灭，谋杀先王的罪名就不会被戴在彼得的头上。

到了正午，彼得就会登基，加冕为新国王。

但是弗拉格没有算差分毫。丹尼斯既没有吓得瘫软，也没有找水桶灭火。他用双手拍打火苗，不到五秒钟就拍灭了，也没有被烧伤。小动物哀号不断。挥开眼前的烟雾一看，那是一只侧躺的老鼠，即将悲惨地死掉。只不过是一只老鼠，丹尼斯干活时杀过几十只，从未觉得有所亏欠。眼下，他却同情这个小东西：它一定经历了特别可怕的遭遇——超越了他的理解范畴——并且仍在受煎熬。烟雾像丝带一样从老鼠的身体里散发，稍微碰触一下，他就被烫得口中发出抽气声，赶紧缩回手，像碰到萨莎的玩具娃娃屋里的小火炉。

木盒的盖子掀起了一点点，从里面冒出了更多的烟雾。丹尼斯再掀开一点儿，看到了镊子和小纸包。小纸包上有棕色的斑点，暗暗地燃烧，没有蹿出火苗……一直没有。火苗是在彼得的信札上燃烧，这些纸张没有被施魔法，是老鼠滚烫的身体使它们燃烧的。但是那个闷声发热的小纸包，丹尼斯不知道为什么，就是觉得不能碰。

他既害怕又迷惑。有些事情，他不明白，事实上他不确定自己是不是想弄明白。他只知道必须找父亲谈谈，父亲一定知道该怎么办。

丹尼斯抄起火炉边的煤铲和炉灰桶，回到书柜前。他铲起冒烟的老鼠丢进炉灰桶。为防止意外发生，他用水淋湿已经烧成灰烬的信纸的边缘，关上隔板，将书册整理归位，随后离开彼得的书房。他带走了炉灰桶，并不再自认为是彼得的忠仆，而是一个小偷，偷走的就是那只没等他出西门就丧了命的老鼠。

他还没回到位于城墙另一头的家就产生了极为可怕的怀疑。德兰王国里，他是第一个起疑的人，但不是最后一个。

他努力设法摆脱这种怀疑，却无论如何都摆脱不掉。丹尼斯非常奇怪，到底哪种毒药能杀死罗兰国王？哪种？

心神烦乱的丹尼斯到了家，不愿意回答母亲的任何问题，也不给她看炉灰桶里的东西，只说请父亲一回家就来找他，切记。然后回到自己的房间，继续猜测到底是哪种毒药能毒死国王。他只知道一件事，一件就够了：毒药穿肠时，必定似火烧。

35

布兰登差不多十点钟到家，心情极差，精疲力竭。他整个人灰头土脸的，出了一身大汗，脑门上还有一条浅浅的伤口，头发上粘着细细的蛛丝。带回家的唯一消息是，已经准备好彼得在针塔广场大殿的登基大典，主持人是大法官安德斯·沛纳。

得知丹尼斯已经到家，布兰登蹙着眉头去丹尼斯的房间。他不是用指关节敲门，而是用拳头擂门："出来，孩子，出来说说为什么要从主人的书房里拿回炉灰桶？"

"不，"丹尼斯说，"父亲，请您进来。我不想被母亲看到，也不想被她听见。"

布兰登撞门而入。丹尼斯的母亲在炉灶边心烦意乱地等着，认为儿子已经半疯，正在莫名其妙地胡闹，很快就会听见丹尼斯被他疲倦又暴躁的父亲打哭。过了中午，布兰登服侍的就不再是王子殿下，而是新国王了，他一定会把所有的惶恐不安一股脑地发泄在儿子的屁股上。但她实在不能责怪丹尼斯，从今天早上起，城堡里的每个人都歇斯底里的，像刚从精神病院跑出来的疯子：先是以讹传讹，然后改口，再散布另一个谣言。

丹尼斯的房中没有传出号哭声，父子俩谈了一个小时，才双双出门。他们走出门时，可怜的女人看到丈夫面如死灰，丹尼斯紧随其后，像一条受惊的小狗。

现在是布兰登拎着那只炉灰桶。

"你们去哪儿？"她怯生生地问。

布兰登一言不发，丹尼斯则发不出一言，只是不耐烦地看了母亲一眼，便跟着父亲出了门。接下来的整整二十四小时，她都没有见到这对父子，还以为他们死了，没准儿比死更惨，可能被拖到地牢里受刑讯去了。

她的想法未必没有可能发生，那二十四小时确实是德兰悲惨的二十四小时。在那些习惯了革命、暴乱、夜半砍头的王国里——尽管我并不想这么说，但世界上真的有这样的地方——这一天或许不怎么可怕。德兰多年来，可以说几百年来，都稳定有序，国民安居乐业，大家习惯了安逸的日子，被宠坏了。那暗无天日的一天从彼得没能在正午登基开始，以彼得背负弑君杀父的罪名在针塔广场接受审判结束。如果德兰有股票市场，那么当天必定全线崩盘。

天刚蒙蒙亮，人们就在架设登基的高台了。安德斯·沛纳知道，这台子是用普通木板临时拼设的。他也知道，只要摆够鲜花和彩旗就能遮挡粗陋的外表。谁都没料到国王突然驾崩，毕竟谋杀是无法预知的，否则这个世界就会更太平。何况典礼和排场并不是那么重要，重要的是，要让百姓看到王位继承人。虽然发生了可怕的谋杀，但只要让百姓知道一切正常运转，世道还是那个世道，就行了。沛纳才不会在意有多少花童被木屑伤着。

但是到了十一点，架设工作忽然停止，卫士们赶走了小花童。孩子们离开时，眼中噙满泪水。

早上七点，卫兵们穿上只有在最隆重的场合才会穿的红色军礼服，扣上灰色狼毛大礼帽，排成仪仗队所需要的双行队列。彼得将走在两列士兵的中间登上国王宝座。十一点，卫兵们接到了新的指令，这指令简直奇怪得让人神经错乱：他们必须脱掉军礼服，换上暗褐色战服，所系的华丽礼剑换成平时所持的精锐短刀，中看不中用的狼毛大礼帽换成正常战斗装备中的短款厚皮头盔。

战斗装备，这个词让人郁闷。难道这世上真的有所谓正常的战斗装备吗？我不这么认为。于是城堡里全是清一色战斗装备的士兵，一个个神情肃穆。

流言榜单第一名是：彼得王子自尽！

流言榜单第二名是：彼得王子遇害！

流言榜单第三名是：罗兰没死，是误诊，御医已被砍头。只是国王疯了，大家惊慌失措。

其他花样繁多的流言数不胜数，还有更离谱的。

整座城堡被悲戚的氛围罩得死死的，不明就里的众人无法安睡。针塔广场的每一支火把都在熊熊燃烧，王宫亮如白昼。城堡中和城堡下山丘里的家家户户都点着长明灯笼或蜡烛，大家心惊胆战地议论着这一天的见闻。人们达成了共识：要出事，要出大事了。

夜晚比白天更难熬。孤独无助的布兰登太太眼巴巴地盼着老公和儿子平安到家，她坐在窗边，破天荒头一回不想再听任何流言和八卦。她不想听就能不听吗？不能。

长夜过去，她以为再也等不到的黎明到来了，这时候，新流言接替了旧流言。这本是一条不可思议、令人难以置信的消息，却越传越猛，最后连站岗的士兵都在压着嗓子传。这个新消息把布兰登太太吓坏了，她一下子想起——怎么可能忘掉——可怜的丹尼斯拎着王子的炉灰桶回家时那血色尽失的脸。炉灰桶里必定有东西，那东西有烧焦的糊味儿。他们不让她看。

新消息说，彼得王子谋杀父王，已遭囚禁。已遭囚禁……彼得王子已遭囚禁……彼得王子谋杀父王！

这个心慌意乱的女人把头埋进臂弯，哭到黎明。后来哭累了，沉入不安的睡眠。

36

  布兰登走进丹尼斯的房间，随手带上房门，自言自语："炉灰桶里到底有什么？快说！别闹了，丹尼斯，明白吗？"
  "我会给您看，父亲，但您先回答我国王是被什么毒药毒死的。"
  "没人知道。"
  "那是怎么死的？"
  "把炉灰桶拿来给我看，孩子，赶紧拿来我看。"布兰登晃了晃结实的拳头，并没有挥过去，只是威慑一下，"快给我看，否则一巴掌把你打得粘在墙上。"
  布兰登牢牢地盯住死老鼠很久，说不出一个字。丹尼斯惊恐地看着父亲的脸一点一点失去血色，表情越来越凝重。老鼠的眼睛烧成了两颗炉灰渣，棕色的老鼠皮烧成了焦炭，小耳朵仍在冒烟，至死都没闭上的嘴咧着，露出烧得炭黑的牙，像火炉上的金属烤架。
  布兰登好像想伸出手去碰碰它，但又收回了手。他抬眼看着儿子，嗓门压得极低，问道："你是在哪里发现的？"
  丹尼斯结结巴巴，说不出完整的句子。
  布兰登听了半天，按了按儿子的肩膀。
  "深呼吸，先整理一下思绪，丹尼，"他说，"有我在，无论发生什么事，有我在。你不想被你妈妈看见，这是对的。现在说说你是怎么发现、在哪里发现它的。"
  被安抚、鼓励的丹尼斯总算把事情的始末跟父亲说清楚了。他说得比我说得简短，但仍花了好几分钟才说完。他的父亲坐在椅子上，以手支额，挡住眼睛，没有提问，连一句嘟囔都没有。
  丹尼斯说完，他父亲低声吐出几个字："和国王一样。"这几个字让丹尼斯的心顿时冰冻成蓝莓松糕，他当时就是这么觉得的。

布兰登的嘴唇因为恐惧而哆嗦着，但又想挤出一个勉强的微笑。

"你觉得这东西是鼠王吗？丹尼？"

"父……父亲，我……我……"

"你刚才说还有个盒子？"

"嗯。"

"还有个小纸包？"

"对。"

"纸包有烧过的痕迹，但没有真的烧起来？"

"对。"

"还有镊子？"

"像妈妈拔鼻毛的那种……"

"嘘——"布兰登阻止他说下去，手指抵住额头，"容我想一想。"

五分钟过去了，布兰登像睡着了，一动未动，但丹尼斯知道他没睡着。布兰登不知道彼得的母亲曾经送过他刻有名字的木盒，也不知道这木盒在彼得小时候就已经遗失。这两件事情都发生在布兰登开始服侍彼得的半年前，那时彼得刚进入准成年期。可是布兰登知道那个秘密机关，在他担任彼得管家的第一年（是第一年伊始）就意外发现了。像我说过的，那样的机关根本不隐秘，只有彼得这样坦荡的少年才觉得它隐秘。布兰登知道这个地方，但从没再去看过。他第一次发现时，里面只有几样唯有小男孩才会当成宝贝、实际毫无价值的东西：一副缺了几张的塔罗牌、一小袋弹珠、一枚幸运币、一条用牡丹的鬓毛编的小辫子。好管家懂得进退，有分寸，也就是我们所说的尊重他人隐私。他再没看过那个机关，觉得再看就无异于偷窃。

丹尼斯终于问道："父亲，我们要不要过去？这样您就能看见那个盒子了。"

"不行，我们得带这只老鼠去见大法官。你把刚才告诉我的事情原原本本跟大法官说一遍。"

像被一拳打在肚子上，丹尼斯重重地坐到床上。沛纳，手握生杀大权！神情冷峻，不怒自威，权倾朝野！

"不行，"他轻声说，"父亲，我不行……我……我……"

"你必须去，"他父亲严厉地说，"这件事情太可怕，是我听过的最可怕的事，绝不能置之不理……把你跟我说的再跟他说一遍，其他的事交给他处理。"

丹尼斯看着父亲，知道他心意已决。如果拒绝，父亲就会拎起自己的后背，像拎一只猫那样把自己拽到大法官的面前，不会在意自己是不是已经二十岁了。

"好吧，父亲。"他可怜巴巴地同意了。想到沛纳那冷酷又锐利的眼神一旦投过来，自己就会吓出心脏病；继而又平添一阵恐慌，他想起是自己偷了王子书房里的炉灰桶，即使他在沛纳命令他开口时没有被吓死，也有可能以偷盗的罪名被投入地牢，永不见天日。

"别紧张，丹尼，把你告诉我的说给他听就好了。"

"好的，"丹尼斯哼了一声，"现在就去吗？"

布兰登从椅子上站起来，往地上一跪，说："我们先来祈祷。过来，儿子。"

37

彼得受审，被判弑君之罪，被终身囚禁于针塔顶的牢房里。案子只审了三天就结案了。我很快就会说到，弗拉格如何用可怕的陷阱完美地逮到那孩子。

沛纳没有马上下令停止架设高台，他以为是丹尼斯误判，搞错了，其中必定有某种合理的解释。但老鼠的死状与国王一样，这一点绝不能罔顾；布兰登家族向来以正直、冷静闻名，这一点也必须考虑到。此外，还有一件更重要的事，那就是彼得加冕时，名节上不能有任何污点。

沛纳听了丹尼斯的讲述，便请彼得过来。幸亏丹尼斯被准许跟父亲待在另一间屋子里，否则他看见小主人，真的会被吓死。沛纳郑重指出有人提出了质疑……质疑彼得涉嫌谋杀罗兰。不管说出的话有多伤人，安德斯·沛纳从不委婉表达，而是直接明说。

彼得震惊了，整个人如木雕。要知道他还在努力接受慈父去世的事实——被可怕的毒药从里到外活活烧死。他彻夜率队搜查，一分钟都没合过眼，体力消耗得特别大。更重要的是，尽管身材、肩膀已是成年人的模样，但他只有十六岁。这个惊人的消息让他承受不住，虽然在沛纳冷酷的眼神下，他应该尽力避免感情外露，更不能热泪盈眶。

如果彼得强烈反对，表现出震惊、疲惫与悲痛，或干脆无视这一荒谬的指控，那么这件事大概就这样结束了。我相信弗拉格从未算过会有这种可能。巫师少有的弱点之一就是以自己的蛇蝎之心度君子之腹。弗拉格怀疑所有人，相信每个人都有不可告人的邪恶动机。

他心思缜密、复杂，像挂满了镜子的大厅，每个细节都翻来覆去地设计。

沛纳的心思就没这么复杂了。他这个人很直接，很难相信彼得会毒死父亲。如果彼得震怒或大笑，沛纳可能不会带人去寻找那个刻有他名字的木盒，也不会去查看盒内的小纸包或镊子。但眼泪这种东西在他看来无比糟糕。眼泪表示少年已经长大，足以犯下谋杀的罪孽，却又因为幼稚而无法掩饰内心的罪疚。

沛纳立刻决定展开进一步调查。他痛恨这样做，因为这意味着他得带上卫士——这样一来，便会滋生更多的流言蜚语，致使人们议论纷纷。尚未登基，彼得就有污点了。

仔细思考过后，他觉得这个情况还是能够避免的。只带六名卫士就好，不能更多了，四个人守在门外。一旦解决了这个麻烦，就把这六个人发配边疆。沛纳寻思着还得把布兰登父子送到别的地方去，虽然有一点可惜，但人的嘴管不住，喝上几杯更加管不住。管家老头爱喝杜松子酒是众所周知的。

沛纳下令，暂停架设登基的高台，但他有把握在一小时内就复工。到时候，工人们要一边流汗一边骂，加快速度把之前损失的时间补回来。

唉——

38

如其所愿，盒子、小纸包和镊子都在。彼得以母亲的名字起誓，他没有那个刻有他名字的木盒，但他激动否认的神情看上去很不明智。沛纳用镊子小心地夹起被烧焦的小纸包，看见里头还有三粒如果不细看就几乎看不到的绿色沙子。伟大国王和渺小老鼠的遭遇同样悲惨。沛纳把纸包放回盒子，盖上盒盖，命令门外四名卫兵中的两个进来，心里极不情愿地承认：事态很严重。

他小心地把盒子放在彼得的书桌上，盒内飘出一缕青烟。一名卫兵被派去找来德兰最懂毒药的人。

那个人当然就是弗拉格。

39

"这件事与我无关，安德斯。"彼得说。他恢复了镇定，面色却依旧惨白。大法官从未见过这么湛蓝的眼睛。

"这是你的盒子喽?"

"是的。"

"你之前为什么否认有这个盒子?"

"我忘了,我差不多有十一年没见过这只盒子了。这是母后送给我的。"

"你为什么没见过它?"

他不再尊称我"大人"或"殿下"了,彼得寒心地想。他不再对我使用敬语。这都是真的吗?父王中毒而死?托马斯病倒?沛纳指控我杀人?还有我的盒子——它是从哪儿冒出来的?又是被谁放到书柜后的机关里的?

"被我弄丢了,"彼得缓缓地说,"安德斯,你不会相信是我害死父王的吧?"

本来不信……可现在不知道。安德斯心想。

彼得说:"我那么爱他。"

我也一直这么以为……可现在吃不准了。安德斯·沛纳心想。

40

弗拉格急匆匆地进来,没看沛纳一眼,但是对木然、惊恐而又愤怒的王子抛出一连串与搜查相关的问题:有没有找到毒药或投毒者的线索?有没有发现任何不法行为?他认为应该是独狼作案,并且这个人应该神经错乱。"我整个早晨都站在水晶球前观察,"弗拉格说,"但水晶球什么也不肯显现。"他并不在乎。他并非只会召唤死者、算命卜卦,他想参与实际行动,不想只念咒。无论王子需要他做什么、搜索多么黑暗的角落,他都义不容辞。

"我们叫你过来,不是为了听你没完没了的啰嗦,啰嗦得就像你那只两个脑袋同时说话的鹦鹉。"沛纳无情地说。他不喜欢弗拉格。在他看来,罗兰一死,巫师就被贬为无名小卒了,纵使他有可能知道小纸包里的绿沙是什么,但也只有这点儿用处而已。

彼得登基后,绝不能搭理这只黄鼠狼。沛纳暗忖。才念及此,思绪却又转至别处:彼得继位的概率越来越小了。

"您说得对,"弗拉格说道,"的确不是。"他看向彼得,"那么请问因何事召见,国王陛下?"

"别叫他国王!"沛纳一时情急,喊出来才意识到失言。弗拉格看着沛纳,装出大吃一惊、极为困惑的表情,其实他心里如明镜一般,特别满意。怀疑像蛔虫一样钻进大法官的冷酷心肠,妙极。

面色惨白的彼得转头不看他俩,望向窗外,再一次极力克制情绪。他手指泛白,看起来比十六岁更成熟。

"你看到桌上的盒子了吗?"沛纳问。

"我看到了,大法官。"弗拉格拘谨、僵硬地答道。

"里面有个小纸包,看起来正要燃烧,纸包里还有沙粒。我要你看仔细了再说知道不知道那是什么。建议你不要碰它,我认为那就是杀害国王的毒药。"

弗拉格装出忧虑的表情,其实一点儿都不紧张。每次装神弄鬼都让他愉悦,他特别爱表演。

他用镊子夹起纸包观察,眼神突然警觉。

"我需要黑曜石,现在,马上。"他说。

"我书桌里有一块。"彼得慢吞吞地说,顺手取出来。这块黑曜石不如弗拉格之前使用的那块大,却很厚实。他递给一名卫兵,由他转交给弗拉格。巫师对着光线查验,皱眉……其实心里有个兴奋小人在上蹿下跳、侧手翻、腾空翻。这块黑曜石与他的那块极相像,但是有一侧裂开,边缘不整齐。哦,真是诸神眷顾呀!绝对没错,众神都在对他微笑!

"两年前摔过一次。"见弗拉格表情疑惑,彼得解释了一下——他不知道,沛纳也不知道,至少在当时没有任何感觉——这句话加重了他的嫌疑:"你拿的这半块落在了地毯上,才没碎。另一半掉在石地上,碎成了几十片。黑曜石虽然坚韧,但易碎。"

"是吗,大人?"弗拉格一脸严肃,"我从没亲眼见过这种石头,只是有所耳闻。"

他把黑曜石放在彼得的桌子上,把纸包里的三粒沙子倒在石头上。一会儿,黑曜石便冒起烟。在场的人都看到沙子在世上最坚硬的石头上蚀出凹痕,慢慢沉下去。卫兵们很不安地相互咬耳朵。

"肃静!"沛纳飞快地转身,冲卫兵吼道。卫兵们瑟缩着,吓得拉长了惨白的脸。眼前所见,特别像巫术。

"我应该知道这是什么,也知道测试的方法。"弗拉格正色道,"如果估计得不错,必须尽快测试。"

"如何测试?"沛纳问。

"它们应该是龙沙。"弗拉格答道,"我之前有过一小撮,不过可惜,还没等我做研究就不见了,可能是被偷了。"

弗拉格没有错过沛纳投向彼得的眼锋。

"那之后,我还担心了一阵子,"他接着说,"据说那是世上最致命的毒物。我没有机会检验,还一直存疑,现在看到这么多特征,倒是印证了。"

弗拉格指着黑曜石,原本放置绿沙的地方被蚀出一个个寸许深的小洞,每个洞都像篝火似的冒着烟。弗拉格猜测每粒沙都侵蚀掉了石块一半的厚度。

"这三粒沙正飞速侵蚀着已知硬度最高的石块,"他说,"传说龙沙有超强的腐蚀性,可以蚀穿任何物体,还会产生高温。卫兵!过来!"

弗拉格指着一名卫兵，他站得比较靠前，很不乐意自己被选中。

"摸一下石头侧面。"弗拉格说。卫兵壮着胆子，畏畏缩缩地伸出手，又听巫师突然补上一句："只摸旁边！千万别靠近小洞！"

卫兵轻触那石块，马上倒吸一口气，缩回了手。他把手指搁进嘴里。沛纳眼尖，看见他手上已经烫起了水泡。

"听说黑曜石导热很慢。"弗拉格说着，"这一块却像火炉表面……这三粒沙原本连小指上的一个小月牙都填不满！法官大人，请您摸摸这张书桌！"

沛纳依言行事，手感温度之高，令他惊讶。这张桌子很快就会烧成炭。

"所以我们要迅速行动，"弗拉格说，"桌子会起火，如果吸进那股烟——我对传闻深信不疑——我们几个数日内都会没命。不怕一万，就怕万一，必须再做一个测试。"

这时，卫兵们更加惊惶失措了。

"知道了，"沛纳说，"是什么测试？动作快点儿，你！"他比平时更厌恶弗拉格了。以前他就认为他不可小觑，现在更是不可小觑。五分钟前，沛纳已决定把这个人当成无名之辈，可这会儿，他们的命——还有沛纳对彼得的指控——通通掌握在这个人的手里。

"我建议打一桶水来，"弗拉格加快语速，阴沉的眼睛散发着贼光。

卫兵和沛纳盯着黑曜石上的小洞，看着袅袅青烟，专注得像一群被相互缠绕的巨蟒催眠的傻鸟。黑曜石被腐蚀多深了？更接近书桌了？根本无从判断。彼得也看着，悲伤与愤懑始终挂在他的脸上。

"去王子的水井里打桶水来！"弗拉格呼喝着卫兵，"用水桶或深一些的水盆。快去！"

卫兵看着沛纳。

"去吧！"沛纳虽然努力克制声音里的恐慌，但委实被吓着了。

弗拉格很清楚。

卫兵去了,能听见他在用管家柜子里的水桶打水。

弗拉格再度开口:"我建议用手指蘸水滴入小洞。"他说,"法官大人,我们仔细瞧,看滴进去的水是不是变绿。如果绿了,那便确凿无疑。"

"然后呢?"沛纳紧张地问。

卫兵回来了。弗拉格接过水桶,放到书桌上。

"然后我会小心地把水滴入另外两个小洞里,"弗拉格说着,不慌不忙,但平日苍白的面孔突然泛出血色,"水虽然无法阻止龙沙,但可以暂时阻遏毒性。"这话加重了众人的担心,弗拉格要的就是这个效果。

"为什么不直接用水泼?"有个卫兵问。

沛纳瞪他一眼。弗拉格自顾自地一边用小指沾水,一边气定神闲地反问:"你想让我把三粒沙子从石头上的小洞里冲出来流到那孩子的书桌上吗?"他打趣道,"等水一下子烧沸,我们可以留下你灭火,小子!"

那个卫兵哑口无言。

弗拉格的手指探进水桶,蘸了水拿出来。

"水桶里的水已经热了。"他对沛纳说,"只是搁在桌子上,就这样了。"

他小心地把手指挪到一个小洞上。

"看仔细了!"弗拉格厉声道。在彼得看来,他就像一个马上要耍花招的江湖骗子。沛纳和卫兵们却都靠近了,伸长脖子看。须臾之间,彼得房里的一切事物都映在弗拉格指尖的水滴中,呈现出一幅缩略图。水滴低垂……拉伸……滴入小洞。

发出油入热锅时的"嘶嘶"声。一小股热浪从洞口蹿出,在这之前,能清楚地看见狸猫眼般的绿光一闪。彼得的命运定格在了这一刻。

"天哪，是龙沙！"弗拉格粗声粗气地叹道，"千万别吸入蒸汽！"

安德斯·沛纳以勇敢著称，可此时的他很恐慌。那道绿光对他而言，喻示着无限的邪恶。

"快扑灭另外两个，"他低吼着，"快！"

"我说过了，"弗拉格又把手指探进水桶，盯着黑曜石，"扑不灭的。哦，对了，据说有一个办法，但您一定不喜欢。先遏制它的毒性，就可以拿去扔掉了。"

他小心地把水滴进另外两个小洞，每次都先有绿光一闪，然后冒汽。

"暂时安全了。"弗拉格说。一名卫兵如释重负地吐出一口气。

"拿手套来……叠好的布也可以……任何能拿起这块石头的东西都行。现在它是火烫的，水滴马上就会蒸发。"

他们很快从管家的柜子里拿来两块防热垫。弗拉格用它们垫着拿起黑曜石，小心地平移，然后扔进水桶。当黑曜石沉入水桶时，所有人都看到，水在一瞬间变成了淡绿色。

"行了。"弗拉格卖弄道，"结束了。找个卫兵把水桶拎出王宫，拎到城中央老树旁的水泵那儿。在那里打一盆水，把水桶放进盆中，然后把盆丢到乔安娜湖的中央。龙沙可能会导致湖水十万年后干涸……但愿那时候还有人类，依我看，那就让那时候的人去操心吧。"

沛纳停顿片刻，咬着下唇思考，露出极罕见的犹豫。过了一会儿，他说："你，照他说的去办。"

水桶被拎走了。卫兵像拎着一颗炸弹。弗拉格觉得甚是有趣，这场表演根本就是巫师的鬼把戏。彼得确实没有高看他。他滴进小洞的水无法阻遏龙沙的侵蚀——阻遏不了多久——可水桶里的水让他更好发挥。即使有更多的龙沙，也不需要这么多水……可能一杯红酒的量就够了。但是就让他们相信这个说法好了，这样他们才会对彼得感到更加愤怒。

卫兵走后，沛纳对弗拉格说："你说有一个办法能使龙沙失效？"

"是啊，传说只要有生命体摄入了龙沙，那个生命体便会烧灼而死……也就是说，那个生命体会死掉，而龙沙的毒性将消失。我本来想做测试，可是样本失窃了。"

沛纳嘴唇发白，睁大眼睛看着他："你打算用什么生命体来做样本，巫师？"

弗拉格一脸无辜地看着沛纳："当然是老鼠，法官大人。"

41

那天下午三点钟，位于针塔底的德兰王室大法庭召开了一场奇怪的会议。这座大法庭多年来一直被称作沛纳法庭。

我不太想用"会议"这个词，用它来形容那天下午达成的重要决议，总显得不够分量或流于平淡。但又不能强行称之为听证会或审判，因为那根本不具法律效力。总之，就是那么一个场合，非常重要，读者将会同意这个说法。

大法庭的空间极大，可以容纳五百人，但那天只有七人到场。其中六人像是对着如此巨大的空间而感到不安，所以彼此紧挨着就坐。德兰的御用纹章——图案是独角兽力战巨龙——悬挂在圆形大堂的石墙上，彼得发现自己数次看向纹章。除了彼得，在场的其他人是：沛纳、弗拉格(坐在远一些的地方)及四位审判官。德兰共有十位审判官，但另外六位在远方审案。沛纳认为根本来不及等那六位回来，必须神速、果断地处理，否则会引起暴乱。他目标清晰却又心烦意乱。他知道只有获得这个冷漠的少年杀人犯的配合，才有可能避免流血冲突。

安德斯·沛纳已经在心里认定彼得是杀人犯。理由并不是盒子、绿沙或燃烧的老鼠,而是彼得的眼泪。最完美的是,彼得看上去一点儿也不惭愧或怯懦,虽然面色苍白,却恢复了平静。

沛纳清了清嗓子。回音从阴冷、肃穆的石墙传回来。他用手拍拍额头,一点儿不意外沾了满手的汗。他听过几百场结案陈词,不记得也不在乎送过多少人上断头台,但他没想到有一天不得不参加这样一个"会议",不得不审理王子谋杀国王的案件……事态若按照他的设想进行,肯定会有这场判决。他心想,出汗是正常的,出冷汗也是正常的。

只是开会而已,不具法律效力,不是正式审判,不会撼动国体。

可是所有人——彼得、沛纳、弗拉格、审判官都知道,这次会议就是审判。情势一触即发,燃烧的老鼠牵动着局势,不是像水流湍急的大河突然改道般地乾坤大挪移,就是继续汹涌澎湃地奔流,直至没有力量能够阻止或与之抗衡。

只是开会而已。安德斯·沛纳心想,又抹了一把额头的汗。

42

弗拉格冷眼旁观。和沛纳一样,他知道将在此作出裁决。他成竹在胸。

彼得昂首挺胸,目光坚定,轮番打量着这个非正式陪审团的成员。

石墙俯视着这七个人。旁听席上没有一个听众,沛纳却感觉万众瞩目,感到有无数双看不见的眼睛在盯着自己,这些眼睛敦促他在这场恐怖谋杀中主持正义。

"陛下,"沛纳终于开口了,"初升的太阳三小时前敕封您为国王。"

彼得看着他,一惊,但没说话。

"是这样的。"沛纳说,好像彼得接了他的话。审判官点着头,神情严肃。

"虽然尚未举行加冕大典——那只是公开仪式,表面庄严隆重,实际装腔作势,没什么要紧——国王是被天父、法律和太阳造就的,而不是被仪式造就的。从理论上讲,您已是国王了。在法律上,您有权命令我、命令所有的臣民,统治这个国家,所以我们才如此进退维谷。您明白这一点吗?"

"明白,"彼重严肃地回答,"你认为你的国王是杀人犯。"

他的直接让沛纳很意外,却没有不满。彼得就是这样有话直说。可惜啊,坦荡的外表下隐藏着歹毒的内心,再坦荡也是愚蠢的假面。这样直截了当,倒是有利于加快审理的进程。

"陛下,我们怎么认为不重要,只有法庭才能判定嫌疑人有罪还是无罪。我奉律法为圭臬,也惶恐地以此为毕生信念。仅有一点例外,那就是国王凌驾于律法之上。您明白这一点吗?"

"明白。"

"但是,"沛纳竖起一根手指,"这桩罪恶是您在成为国王之前犯下的。据我所知,德兰法庭从未有过如此先例。可能结果会很可怕,会造成无政府状态、朝政混乱或内战。为了避免上述恶果,陛下,我们要请您帮个忙。"

彼得严肃地看着他:"如果能,我一定帮。"

我认为——我祈祷——你将同意我的提议。沛纳心想。他意识到额头又出汗了,可这一次他没去抹掉。彼得是个孩子,却是个聪明孩子——也许会觉得这个举动太差劲了。你会说你愿意帮忙,是为了这个国家,可我还是怀疑,一个心肠歹毒到敢杀父的孩子可能自以为能逃过制裁。你以为我们会帮你掩盖罪恶,但是陛下,你错了。

弗拉格读出这些想法。他用手遮脸,遮住笑容。沛纳虽然厌恶他,却不自觉地沦为他的得力帮手。

"我请您把王权暂时搁置。"沛纳说。

彼得闻言，很意外，不解地看着他："要我宣布放弃王位？"他问道，"这个……我不确定，大法官，我需要好好考虑之后再回答。这是在帮倒忙？就像医生开猛药，反而害死病人。"

这孩子果然聪明。弗拉格和沛纳有同感。

"您误会了，我不是要您放弃王位，只希望您将王权暂时搁置，直到最后裁决您没有杀父……"

"你们一定会发现我是无罪的，"彼得说，"就算我父王执政到我老得牙都掉光，我也非常开心。我只想服侍他、支持他，我爱他。"

"可是您父王死了，而您是嫌疑犯。"

彼得点头。

"如果您无罪，就能当国王。但如果裁定您有罪……"

审判官们紧张起来，沛纳不动声色。

"如果裁定您有罪，您就得终身被囚禁在针塔顶。王室成员有极刑赦免权，这项法条已有千年历史。"

"托马斯将成为国王？"彼得想起什么似的。弗拉格闻言，脸色一僵。

"是的。"

彼得蹙眉沉思。他看上去虽然十分疲惫，却不再疑惑，也不再畏缩。弗拉格心中一沉。

"如果我拒绝呢？"

"如果您拒绝，罔顾指控，继续当国王……这些证据会使许多大臣——占大多数——认为，一国之君、年轻的国王为了王位杀害了自己的亲生父亲。届时，暴乱和内战也就不远了。至于我，会辞职，举家西迁。我老了，干不动了，但我坚持认为法律就是我的一生，我无法效忠一位不知法、不守法的国王。"

大厅里一片肃静，这肃静好像深沉得看不见底。彼着低垂着头，两手掩面而坐。七个人静默地等待着,连弗拉格的额头也微微冒汗了。

彼得终于抬起头,放下掩面的手。

"好吧。"他说,"这是我作为国王的旨令:在洗脱杀父罪名之前,我暂时搁置王位。在眼前这段群龙无首的时期,你,沛纳,暂时代理德兰总理。我恳请尽快审判,如果可能,最好明天就审,一切由法庭裁决——但不是由你来审。"

众人听到这带有威胁的语气,浑身一震,都坐直了身子。马厩的约瑟夫应该不会意外,他听过这孩子用这种语调说话,那时彼得还是个小孩呢。

"在其他四个人里挑一个,"彼得接着说,"不要由代总理审判。这个人的一言一行、一举一动都证明,他已事先判我有罪。"

沛纳老脸一红。

"就从这四位里选。"彼得强调,望着审判官,"在杯子里放四颗石头,三颗黑色,一颗白色。拿到白色石头的人将负责审理我的案子。你同意吗?"

"陛下,我同意。"沛纳说,懊恼自己脸上羞愧的红晕迟迟不退。

弗拉格又捂着嘴乐了。可怜的陛下,这是你作为国王所下的唯一旨令。他心里想。

43

会议三点召开,四点一刻结束。如果放在参众两院,恐怕要持续不断地讨论好几天、好几个月,才能决定一个议题,并且往往缺少论据;但碰到大事发生,又会办得特别快。过了三个小时,天色暗下来。彼得想明白了一件事:事态发展到如此不可理喻的地步,法庭一定会支持、认定自己犯了罪,判自己有罪。

面无表情、缄默不语的看守护送他回寝宫。沛纳说会有人给他送去餐食。

一个满脸胡碴、身板结实的卫兵进来送晚餐，手上端着餐盘，餐盘上有一杯牛奶、一碗热乎乎的炖菜。彼得见卫兵进来，便站起身，伸手准备接过餐盘。

"稍等，大人。"卫兵以明显毫无敬意的语气喝止他，"得加些味道。"说着，往菜里吐了口唾沫，然后咧嘴傻笑，露出一口烂牙，递过餐盘："拿着吧。"

彼得大为震惊，一时回不了神。

"你这是干吗？为什么朝我的碗里吐口水？"

"谋杀亲爹的小孩还想要好待遇，大人？"

"不敢，但还没有接受审判，就有权利，"彼得说，"拿出去，换一盘。限你十五分钟内回来，否则今天晚上就去睡巫师房间下面的地牢。"

卫兵露出狰狞的笑："我不这么认为。"他故意把托盘倾斜，先倾斜一点点，角度越来越大。杯子和碗都掉到地上，摔得粉碎，菜汤洒了一大摊。

"舔干净吧。"卫兵说，"你这种东西，只配在地上舔着吃。"

他转身走开。彼得大怒，跳上前给了他一耳光，房间里像有机关枪在响。

卫兵尖叫，抽出短剑。

彼得冷笑着抬起下巴，昂起脖子："来啊，往别人碗里吐口水的人应该也敢割断手无寸铁之人的喉咙。来，我相信蠢猪也能传达神灵的旨意，这真是羞辱人又让人伤心。神灵让我活，我就活；神灵让我死，派你这等猪货色来杀我，那么我也认了。"

卫兵的愠怒变为迷惑，收起短剑。

"我才不想脏了我的剑。"他小声咕哝着，不敢正眼看彼得。

"端新的餐食和饮品来。"彼得心平气和地说,"我不知道是谁、跟你说过什么,卫兵,我不在乎。没人出庭指控我,不知道你为什么急着把杀父的罪名安到我头上,这也罢了。但你得给我端餐食来,还要带上餐巾。六点半前回来,否则我就派人去叫沛纳,你今晚必定睡在巫师房间下面的地牢里。法庭没有判我有罪,我有权命令沛纳。我起誓,我一定会。"

卫兵的脸色越来越苍白,他知道彼得不说假话,但这不是让他面无血色的唯一理由。他的同事说王子有罪,还说人赃俱获,逮了个现行,他就信了——但愿他们说的都是真的。但现在他不那么笃定了。彼得的神情和语气怎么看都不像犯下谋杀罪。

"是,大人。"他说。

卫兵走了。过了一会儿,卫兵队长打开门,探头探脑。

"我好像听见吵吵闹闹的。"他的目光落在碎杯子、碎碗上,"发生什么事了?"

"没事。"彼得冷静地回答,"我把餐盘打翻了,卫兵去给我拿新的。"

接下来的十分钟里,彼得坐在床上凝神思考。

传来几下急促的敲门声。"进来。"彼得说。

一口烂牙、满脸胡碴的卫兵端了另一盘餐食进来。"大人,我向您道歉。"他的声音里带着蠢笨和僵硬,"我这辈子从来没做过这样的事,不知道中了什么邪。我发誓,我真的不知道,我……"

彼得摆摆手打断他,一脸倦意:"别人都和你一样想吗?其他卫兵?"

"大人。"卫兵轻手轻脚地把餐盘放在彼得的桌子上,"我的想法变了。"

"但是别人认为我有罪?"

卫兵沉默好久,点点头。

"有什么最不利于我的？"

"他们说有一只老鼠被烧死了，还说沛纳问话的时候，你哭了。"

彼得忧郁地点头。是的，哭是错的，可就是忍不住。况且已经哭了，还能怎么办？

"最严重的是，大家都说你被逮了个现行，说你想当国王想疯了。一定是这个原因。"

"因为我想当国王，所以一定是这个原因。"彼得重复了他的这句话。

"是的，大人。"卫兵很不自在地站在那里，看着彼得。

"谢谢。现在请你离开吧。"

"大人……我很抱歉……"

"我接受你的道歉。请离开，我要好好想想。"

卫兵离开了，顺手带上门，愧悔得恨不得自己从未生下来。

彼得把餐巾铺在腿上，但没吃一口。他刚才还觉得饿，现在却一点儿胃口都没有。他拉了拉餐巾，想着母亲。很幸运——简直太幸运了——母亲没有活着目睹这件事，没有看到他的遭遇。他一向有福，受众神眷顾，有时还会给人以"绝对不会有大难临头"的观感。可是现在看来，所有的厄运只不过攒起来了，等着一下子降临，外加十六年来的利息。

最严重的是，大家说你想当国王想疯了，一定是这个原因。

他心里明白，百姓虽然盼望有一位贤明、可敬的君主，但也乐意得知他们在生死存亡之际逃过一劫——逃过差点儿就被邪恶的继承者统治的厄运。他们想听血腥故事，想知道秘密，想知道腐败王室的恐怖八卦。至于为什么想知道，只有上帝知道。大家说你想当国王，所以一定是这个原因。

沛纳绝没有怀疑，彼得心想，卫兵绝没有怀疑，所有人都是这么认定的。这不是噩梦，我被指控谋杀了父王，我以往的善行、对他衷心的敬爱都无法抵消这一指控。他们就是愿意相信是我干的。"

彼得仔仔细细地折好餐巾，盖在一口没动过的炖菜上。他吃不下。

44

之后，开庭审判，过程跌宕起伏。如果读者有兴趣，相关的史料都有记载。整件事的梗概和基调是：罗兰的儿子彼得因一只烧死的老鼠被德兰大法官传讯，经历了不是庭审的七人审判，最终被卫兵定罪。卫兵定罪的方式是往他的炖菜里吐口水。这是故事梗概。有时，故事揭露的真相超过史料，而且更简洁。

45

奥里克·维克斯抽到了白石头，代替沛纳进行审判。宣判结果时，百姓热烈鼓掌，其中很多人也是曾经赌咒发誓说彼得绝对会成为德兰开国以来最称职的国王的那些人。人们起立拍手，还要往前拥。要不是一排卫兵拔剑拦住，他们很可能推翻"终身囚禁于针塔顶"的判决，直接上私刑。卫兵领彼得退席。百姓的口水吐了彼得满身，险些把他喷死。但他仍旧抬头挺胸。

大法庭左侧是一道狭长的走廊，大约有四十步长，走廊的尽头是楼梯。台阶盘旋向上，直达针塔顶。那里的两间牢房将是彼得的住所，直到他咽气。楼梯共三百级，彼得稍后便去那里。诸位读者读下去就知道，彼得的故事远没有结束，但我们不陪他走这段楼梯了。这是一段屈辱之路，他在针塔底交出了国王的权利，抬头挺胸迈向针塔顶，成了囚犯。任是谁走这段路都不好受，太残忍。

我们先想想托马斯,看看他刚回过神就发现自己成了德兰国王会有什么反应。

46

"不要。"吓破胆的托马斯小声地说。

他睁大双眼,面色苍白,嘴唇颤抖。弗拉格告诉他,他成了德兰国王。可是托马斯的反应并不像是得知自己成了国王,反而更像是得知自己明天一大早就要被拉出去绞死。"不要。"他又说一次,"我不要当国王。"

确实,他从小对彼得百般羡慕,但唯独不羡慕彼得是王储。他做梦都不想肩负那样的重担,如今噩梦却找上门。他一醒来,听说哥哥因为谋杀父王而被关在针塔顶,弗拉格这会儿又站在他面前宣布这个爆炸性的消息,说他要取代彼得,成为国王。

"不要,我不要当国王,才不要当。我……拒绝!拒绝到底!"

"你不能拒绝,托马斯。"弗拉格干脆地说,他知道这是对付托马斯的最佳方式,友善、果断。托马斯现在最需要的就是弗拉格,他这辈子都不会这么迫切地需要谁。弗拉格显然很清楚这一点。但他也明白,托马斯此时可以随心所欲地处置自己。起初,托马斯可能会情绪失控,易受惊吓,那就什么事都做得出。他必须步步紧逼,从一开始就把托马斯紧紧地攥在手心里。

你需要我,托米,但是这句话一定不能由我讲出来。没错,必须由你亲口说。至于谁去发号施令,这还有什么可质疑的?现在没有,以后也绝不会有。

"不能拒绝?"托马斯小声反驳。听到弗拉格带来的可怕消息,他用手肘支起了身子,又一下子虚弱地躺回枕头上。"不能?我又开始不舒服了,好像又发烧了。去叫御医来,让他帮我放放血,我……"

"你没事。"弗拉格站起身,"我给你开了很多特效药,你已经退烧了。现在出去转转,透透气就好了。如果你一定要让医生过来告诉你一模一样的话,托米,"弗拉格故意在语气里加一点责备,"你拉铃叫人就是了。"

弗拉格指着铃铛微笑,那笑容很不友善。

"我知道你这时候只想躲在床上,可是作为朋友,我有义务告诉你,躲在床上装病只能躲过一时,躲不了一世。"

"一时?"

"我劝你还是起床,练习恢复体力。三天后你就要在登基大典上接受加冕了。如果躺在床上被抬到高台、从沛纳手里接过王冠和权杖开启统治生涯,将会很羞耻吧?如果有必要,我向你保证,他们抬也要把你抬上去。国家不可一日无君,沛纳打算让你尽快登基。"

托马斯倒在枕头堆里,努力消化着这个消息,因为害怕而双眼发呆。

弗拉格拿起挂在床柱上的红缎斗篷披上,扣好颈部的金链,然后拿起搁在角落里的银头拐杖,挥舞着划过腰部,对托马斯鞠了一躬。斗篷……帽子……拐杖……这些都是吓唬托马斯的道具。在他最需要弗拉格的时候,弗拉格却在打扮,准备……准备……

像准备远行。

如此一来,之前感受到的恐惧不过是小儿科程度的受惊罢了!此时此刻,托马斯的心像被冰冷的手攥住。

"亲爱的托米,祝你一生健康、一生快乐,执政长长久久,国泰民安……多保重,再见。"

他往门口走去。孩子惊慌得呆住,以致他改变策略,试图自我圆场。托马斯终于挣扎出一句:"且慢!"

弗拉格转身假装关心,浮夸地问:"什么事,陛下?"

"你……要去哪里?"

"唉……"弗拉格一脸讶异,像没想到托马斯竟然关心这个,"先去安杜安。那里的人懂航海,你是知道的。在明日海的另一边,还有好多陆地我没见识过。有时船长会接纳巫师,以祈求好运或在风平浪静时呼风唤雨。如果没人待见巫师——我毕竟没有刚来德兰时年轻了——我还可以念念咒语让帆船顺利起航。"弗拉格微笑着摆了几个姿势,一直没放下拐杖。

托马斯只好用手肘支起身子。"不要!"他几乎尖叫出声了,"不要!"

"国王陛下……"

"不要叫我国王!"

弗拉格挤出一副关心的表情:"那就叫你托米。亲爱的托米,你怎么了?"

"怎么了?你怎么这么蠢?父王被毒死了,彼得被关进了针塔,我必须当国王,你却打算离开,现在反过来问我怎么了?"托马斯发出尖锐、刺耳的笑声。

"这些事情都是不可避免的,托米。"弗拉格温柔地说。

"我不能当国王,"托马斯抓住弗拉格的手臂,指甲深深地陷入他古怪的皮肤中,"彼得才应该当国王。彼得一直都很聪明,我笨……我到现在还是笨,不能当国王!"

"上帝造就了国王。"弗拉格说。上帝啊……有时是巫师。他心里乐开了花。"上帝要你当国王,听我说,托米,你就是新国王。如果不当,就要被埋到土里。"

"那就埋到土里!我要自杀!"

"不准你做那种事。"

"我宁可自杀,也不想被笑话千年说我是被吓死的王子。"

"你会成为国王,托米,别怕。我真得走了,天冷了,夜里更冷。我想赶在傍晚前离开城堡。"

"不要走！留下来！"托马斯拼命抓住弗拉格的斗篷，"如果我必须当国王，你就留下来当我的顾问，就像你以前替父王做事那样！不要走！你为什么非要离开？你在这里待了这么久！"

总算说出来了，弗拉格暗喜。太好了，哦，不，是太绝妙了！

"我也伤心呀，"弗拉格幽幽地说，"很舍不得。我爱德兰，也爱你，托米。"

"那就留下！"

"你不了解我的处境。安德斯·沛纳权倾朝野，他不喜欢我，说他痛恨我也不为过。"

"为什么？"

一方面，他知道我在这里待了好多年，可以说非常久了；另一方面，他可能觉察到我对德兰有所图谋。

"这很难讲，托米，可能因为他大权在握。位高权重的人通常都不喜欢别的位高权重的人，比如国王最信任的顾问。"

"比如你？父王最信任的顾问？"

"对。"他拉过托马斯的一只手，握了握，放开，深表遗憾地叹了口气，"国王的顾问就像御花园里的鹿，这些鹿本应备受爱惜，被精心地喂养。顾问和鹿的生活都应该过得有滋有味。可一旦皇家猎场猎不到野味，那么御鹿园里的鹿就会被做成烤鹿肉或炖鹿肉端上桌。在位的国王一旦驾崩，前朝的顾问就常常莫名其妙地失踪。"

托马斯又惊又怒："难道沛纳威胁你？"

"那倒没有，他对我客客气气的，"弗拉格说，"还特别有耐心。但是我接触到他的眼神，知道这份耐心坚持不了多久，很快会消失的。他的眼睛告诉我，可能安杜安的气候更适合我。"他又披上了斗篷，"所以……我也不想走呢。"

"等一下！"托马斯又喊起来。

看着他苦闷、苍白的面孔，弗拉格知道自己的计谋即将成功。

"如果父王在位时能保护你，只因你是他的顾问，难道你做我的顾问，我保护不了你吗？"

弗拉格装出认真思考的样子："也可以……应该可以……只要你清楚明白地告诉沛纳……一定要特别清楚明白……说国王不允许任何人对我不利，绝不允许。"

"好，我跟他说！"托马斯急忙表态，"我会的！那么你愿意留下来了？求你了！你要是走了，我一定自杀！我根本不知道怎么当国王。我一定会自杀！"

弗拉格低着头，脸隐藏在黑暗里，显得还在犹疑，实际上已经乐不可支。

他抬头时换上了严肃的表情。

"我这一生都效忠德兰，"他说，"既然你命令我留下……留下来辅佐陛下……"

"这是我的命令！"托马斯像在说梦话，声音在颤抖。

弗拉格立刻单膝跪下："遵命！国王陛下！"

托马斯如释重负，喜极而泣，扑到弗拉格怀里。弗拉格抱着他。

"别哭，小国王，"他低语着，"不会有事的，你、我、这个国家，都会平安无事。"他笑了，露出一口大白牙。

47

托马斯明天就要在针塔广场登基了，他当晚难以入睡。到了早上，由于过度紧张，其实是怯场，他上吐下泻起来。"怯场"听上去叫人又气又好笑，但他的状况并不是傻乎乎。托马斯只是一个小男孩，他整晚提心吊胆，实属情有可原，就像我们独处时所感受到的那份惶恐不安,称之为致命的恐惧都不算夸张。他摇铃喊仆人,惨白的面色和呕吐物的酸腐味儿把仆人吓坏了,一路小跑去弗拉格的房间,没等喊他"进来"就忙不迭地冲进去告诉弗拉格:小王子重病卧床,八成要没命了。

弗拉格知道症结所在,差仆人回话说他马上过去,请主人不必担心。

"我无法出席典礼了。"托马斯哭喊着。他吐在床上,床单散发着臭气。"我当不了国王,真的,求你,阻止这件事。我撑不住,我会在沛纳和所有人面前呕吐的……还有……"

"你不会有事。"弗拉格很平静地说,他调了一杯酒,不但能抑制恶心,还能暂时关闭肠道,"喝下去。"

托马斯喝了。

"我快死了。"他把杯子放到一边,"我不用自杀,心脏会自己蹦出来。父王说有时候兔子掉进陷阱里就会这样,即使没受伤。我现在就是掉进陷阱的兔子,快吓死了。"

亲爱的托米,你说得倒也没错。弗拉格心想。虽然你不会被吓死,但你确实是掉进陷阱的兔子。

"我觉得你会改主意的。"弗拉格又调了一杯药,雾状的,粉红色,让人安心。

"那是什么?"

"镇定药,有助于睡眠。"

托马斯又喝下了。弗拉格坐在他床边,托马斯很快入睡了。如果仆人在那一刻看到他的睡颜,真会以为自己的乌鸦嘴说对了——托马斯果然死了。弗拉格拿起孩子软软的小手搁在自己的掌心,仿佛以疼爱的方式轻轻拍着。他确实在用自己的方式宠爱着托马斯,但是萨莎知道,那就像主人疼爱宠物狗。

他真像他的父亲呀,弗拉格心想,老头一直不明白。哦,托米,你和我将会共度多么愉快的时光啊。等我大功告成，这个国家的王室将被杀光。那时候我就离开，但不会走远，就待在附近。我还会改头换面地回来，来看看你长了蛆虫的脑袋被挂在尖木桩上……我要用我的小刀割开你哥哥的胸膛，掏出他的心吞下肚，就像老头吃下那颗巨龙的心。

48

登基大典一切顺利，没有人闹事，没有任何纠纷。托马斯的仆人（因为他太小了，还没有给他配备管家——这个问题马上就会解决）为他穿上缀满宝石（都是我的，托马斯一边惊叹一边想——还带着刚刚萌生的贪婪——现在都是我的了）的黑丝绒的国王的新衣，套上最上等的小羊皮缝制的黑色长皮靴。弗拉格于十一点半准时出现，"时辰已到，国王陛下。"托马斯并不像自己以为的那样紧张，巫师前一天给他配制的镇定药的药效还在。

"扶着我的手，"他说，"我怕摔倒。"

弗拉格扶着托马斯的手。之后数年里，城堡里的人便习惯了这一画面——弗拉格像搀着小老头一样搀扶着小国王。

两个人携手走进冬天的暖阳里。

他们一现身，就引发欢声雷动，像海浪拍打着东邑那漫长的、荒凉的海岸线。托马斯很惊讶，四下环视，冒起的第一个念头是：彼得在哪儿？他们当然是在为彼得欢呼！随后他醒悟过来：彼得被关进了针塔顶。这下他明白，原来人们是在为自己欢呼，心下顿时十分愉悦……我不得不说，这份愉悦不仅因为百姓在为他欢呼，还因为他知道，被关押在针塔顶的彼得一定也听到了欢呼声。

你总是比我优秀，那又怎样？幸灾乐祸让他有些飘飘然，又有些酸楚，那又怎样？你被关进了针塔顶，而我……成了国王！所以你每天晚上给他端一杯红酒又怎样？

最后那个念头使他冒出一脑门的油和汗，于是他不再想这个。

欢呼声一浪一浪地涌来，迎接着托马斯和弗拉格走入针塔广场，穿过卫兵高举佩剑形成的拱门。卫兵又换上红色礼服，戴上狼毛高礼帽。托马斯渐渐地享受了，举手致意。吹呼声更热烈了。男人们把帽子抛到空中，女人们激动地落泪，呐喊声此起彼伏——国王万岁！国王万岁！国王万岁！看呐！国王驾到！"光明使者托马斯"来了！国王万岁、万岁、万万岁！由于托马斯还是个孩子，他真的以为大家在为他雀跃；但从不知天真烂漫为何物的弗拉格知道，举国欢腾证明危机已过，人们在庆幸生活得以恢复正常：商店可以重新开张；头戴皮帽、目露凶光的卫兵不必深夜站岗、守卫城堡；每个人都可以在隆重的大典之后喝个烂醉，不必担心子夜时分听到暴乱的噩耗……大致就是这些。

任何一个人都能取代托马斯。他只是个傀儡国王。

但弗拉格保证，托马斯永远不会知道这个真相。

无论如何不能让他知道，直到大功告成。

登基大典很简单，由这几天一下子老了二十岁的安德斯·沛纳主持仪式。托马斯谨遵弗拉格的教诲，在适当的时刻回答"我会、我承诺、我发誓"。仪式现场保持了肃静，所以连最外层的人也听得清清楚楚。仪式行进到尾声，王冠被戴在了托马斯的头上。百姓的欢呼再起，比之前的更响亮。托马斯抬起头——视线顺着针塔光滑的圆柱形石墙仰望塔尖，那里有一扇打开的窗子。他看不清彼得是否在向下张望，希望他在看。他希望彼得正懊丧地紧咬下唇往下看，咬破下唇流出的血滴落在下巴上——自己常常这么咬，咬得嘴唇上都是白色的疤痕。

听见了吗，彼得？他在心里狂喊。他们在为我欢呼！他们为我欢呼！他们终于为我欢呼了！

49

成为国王的第一晚,"光明使者托马斯"夜半醒来,盯着床铺,全身僵硬、恐慌,两手死命地捂着嘴,生怕下一秒就会尖叫出声。他刚刚做了噩梦,比上次关于东塔的那个噩梦更吓人。

这个梦活灵活现,像真实发生的一样。他又在秘道里偷看父王,还是在罗兰喝醉了冲墙上的兽首标本狂吼的那一晚。但是当父王走到耐尔的首级面前,说出的话却不一样了。

"你为什么看着我?"父王在梦里大叫,"也许你阻止不了他杀我,但你怎么忍心看着你哥哥去坐牢?你回答我呀!该死的!你看看我,看看我!"

父王燃烧起来,面孔被烧得血红,大股的浓烟从他眼睛、鼻子、嘴巴里同时喷出,他痛苦地缩起身子。托马斯看到父王的头发也着火了。

那杯红红酒!他寒毛直竖。弗拉格那天晚上给他端了一杯红酒!每个人都知道彼得每晚给他端一杯酒,所以都以为是彼得在酒里投毒!但那天晚上,弗拉格破天荒地端酒送去!毒药是弗拉格投的!虽然他说毒药在几年前被偷走了,可是……

他不能再想下去了,绝对不能。如果他继续想下去……

"他会杀了我。"托马斯恐惧地、小声地说。

可以去找沛纳,沛纳不喜欢他。

对,他可以。可是对彼得的嫉妒又涌上心头。如果去找沛纳,彼得就会被放出针塔,取代自己。托马斯就成了普通人,成了只当过一天国王的废物王子。

仅仅一天的工夫,托马斯就发现自己喜欢当国王——也许非常喜欢,况且还有弗拉格帮扶。他真的知道真相吗?他只是瞎猜。他的猜测从来都不对。

"也许你阻止不了他杀我,但你怎么忍心看着你哥哥去坐牢?"

算了吧!托马斯心想,这个想法不一定是对的,一定是不一定是对的。就算是对的,那也是彼得活该。他翻了个身,决定继续睡。过了好久,才终于睡着。

接下来的几年里,他时不时地做这个梦——梦见父王严厉指责偷窥的儿子,然后缩起身子冒烟、头发着火。托马斯发现:愧疚、秘密与冤死的幽灵一样不消停。

但是,尽管知道上述三者的存在,也不影响活着。

50

如果问弗拉格,他必定一脸鄙视地笑着说,托马斯就是一只被锯掉嘴儿的葫芦,根本守不住秘密,除非对方的智商过于低下,以至于连托马斯都蒙骗不了。弗拉格当然会说,即使托马斯想隐瞒,也不可能瞒过自己——仅凭一己之力就能让他登上王位的智者。弗拉格这样的人都很自负,这种人可能确实读了点儿书,有点儿阅历,自以为见多识广,但有时自信得盲目。弗拉格根本没想到,托马斯当晚就躲在耐尔的眼睛后面亲眼看见他端毒酒给罗兰。

但托马斯守住了秘密。

51

彼得站在针塔顶的小窗边俯瞰盛大的登基仪式。像托马斯所希望的那样,从托马斯挽着弗拉格的手臂出场接受欢呼到他挽着弗拉格的手臂回宫,彼得都看到了,也都听到了。

加冕仪式结束后，他在窗边站了差不多三个小时，看着下方的人群。人群久久不肯散去，因为有太多八卦可以聊、有太多细节可以品。A告诉B，他在先王驾崩时身处何地；然后这两位再去告诉C。女人则最后一次为罗兰哭泣，然后争相夸赞托马斯是多么神气，举止是多么沉稳。小孩们疯跑打闹，玩扮演的国王游戏、滚铁环、摔得四脚朝天、磕破膝盖、哭叫，接着疯跑打闹。男人们互相拍着对方的背，说天下太平喽——过去的一周虽然波诡云谲，但现在好了，没事了。可是这片沸腾的海洋中仍隐藏着黄绿色的不安，所有人似乎都知道。先王被毒杀的事情还没解决呢。

孤独地待在针塔顶的彼得不知道这些，他只有一种感觉，对，感觉。

酒馆三点就开张了，提前了三个小时。名义上是庆祝新国王登基，其实是抓住了商机，大家都喝喝小酒，庆祝庆祝。到了七点，大多数人东倒西歪地走在街上，举杯祝福"光明使者托马斯"万寿无疆（酒后闹事）。等到狂欢的人终于各回各家，天已经黑了。

彼得离开窗子，走向起居室，抱起双臂，坐在唯一的椅子上，看着房间里慢慢地暗下来。晚餐送来了：肥肉、淡麦酒、咸面包。彼得没吃肉，没喝酒，也没碰面包。

大约九点，街上又摆起了热闹的酒宴（这一波更热闹，搞得像暴动）。彼得走进卧室，脱得只剩背心，用脸盆打水洗脸，跪在床边祈祷，然后上床睡觉。小房间里异常寒冷，床上仅有一条薄被。彼得把被子拉至胸口，双手交叠着枕在后脑勺下，看着上方的一团漆黑。

针塔底传来不绝于耳的尖叫声、欢呼声和笑声，偶尔还有爆竹声。接近午夜十分，有个醉酒的士兵朝天开了一枪，发出夸张的爆炸声（第二天，这名倒霉的士兵因为醉酒庆祝新国王登基而被发配边疆——那时，火药还很稀有，军火得小心存放）。

凌晨一点，彼得终于闭上眼睛入睡。

次日早上七点，彼得醒了。他被冻得发抖，口中呼出白气，没有遮挡的赤裸手臂和双腿都起了鸡皮疙瘩。他跪下祈祷，穿好衣服，走进起居室。他静静地站在窗边长达两小时，看着下方的城堡渐渐热闹起来，却比往常显得迟缓、古怪。大多数成年人醒来时都头痛欲裂，心情很差，缓缓地走去工作。男人干活时都被老婆痛骂，她们才不同情他们的头有多痛（托马斯也头痛，昨夜喝了太多的红酒，幸好他还没有王后）。

彼得的早餐送来了，典狱长（此人醉起来别具特色）白森端来无糖麦片、掺水过多的酸臭牛奶和咸面包——这与彼得以往在书房里享用的早餐有天壤之别——他一口没吃。

十一点，狱卒默默地端走早餐。

"小王子是想把自己饿死吗？"他对白森说。

"好极了，"白森不为所动，"省得麻烦。"

"可能他怕我们给他下毒。"狱卒大胆猜度。虽然头还在痛，但白森哈哈大笑。这玩笑可真幽默。

彼得几乎整天坐在起居室的椅子上。下午三点，他又站在窗边。窗户没装铁栏，除非他会飞，否则爬出去只能摔死。没有人担心囚犯会往下爬，沛纳、弗拉格和白森都不担心。针塔的石墙非常光滑，没有人能爬出去。

假如他郁闷得跳塔，会有人担心吗？八成不会。人们反而会庆幸省下一笔养活王室杀人犯的费用。

阳光在地板上移动，渐渐移到了墙壁上。彼得坐在那里看着。他的晚餐送来了，还是肥肉、淡麦酒和咸面包。彼得还是碰都没碰。

太阳西下，他在房间里坐到九点，然后到卧室里脱到只剩内衣，跪下祈祷，口中呼出白气。然后上床，双手交叠着枕在后脑勺下，大约在一点钟入睡。

第三天也是这样。

第四天也是这样。

整整一周,彼得没吃一口饭,没说一句话,只是站在起居室窗边或坐在椅子上,看着阳光从地板上一点一点慢慢挪移到墙上、天花板上。白森坚信,这孩子陷入了罪恶和绝望之中,无法自拔。他见过太多类似的案例,特别是达官显贵,尤其如此。他心想,这孩子终会死掉,鸿鹄焉能被困于燕雀的笼中?这孩子快死了,死了倒干净。

一周后的第二天,彼得召唤阿伦·白森,交代他几件事,一点儿不像囚犯。

倒像是一国之君。

52

彼得确实绝望,但不像白森以为的那样堕入绝望的深渊无法自拔。被关进针塔顶的第一周,他仔细研究了自己的处境,努力想着应该做什么、怎么做。他以空腹厘清了思路,却又感到迷茫。他想起了一个事实:纵使所有人都相信他杀父弑君,但他知道自己没有。

被囚禁的头一两天,他陷入内心交战。天真的那一面不断地呐喊着不公平、太不公平!当然不公平。但是这种想法无济于事。在接下来的绝食过程中,他恢复了理智。空荡荡的胃里没有了幼稚的想法,他觉得身心都被清洗,好像整个人蜕了一层皮,如脱胎换骨般清澈。像一只崭新的杯子,急等着被盛满。两三天后,肚子叫的咕咕声越来越小,他越来越清晰地听见发自内心的、真正的声音。祈祷的同时,他也对自己的心讲话,问:能否逃出戒备森严的针塔顶、逃出生天?

首先,他没有杀父;其次,有人栽赃陷害。这个人是谁?只有一个人。在德兰,只有一个人能弄到龙沙这样的毒药。

弗拉格。

绝对是他。他知道一旦彼得登基，自己就没有了立足之地。弗拉格软硬兼施，让托马斯对自己又依赖又忌惮。害死罗兰之后，他设法栽赃，把彼得送上了针塔顶。

　　在托马斯登基的第三天晚上，彼得想到了这些。

　　该怎么办？认命吗？他办不到。越狱？他做不到。没有人能逃出针塔顶。

　　除非……

　　第四天晚上，他看着餐盘，突然灵光一闪。肥肉、淡麦酒和咸面包、白色餐盘。没有餐巾。

　　除非……

　　那道灵光亮起来。

　　或许能逃出去，或许。这个法子或许危险得近乎疯狂，又耗费时间。即使孤注一掷，到头来或许仍难逃一死。但……是个办法。

　　如果越狱成功，接下来怎么办？能治巫师的罪吗？彼得不知道。弗拉格这只狡猾的老狐狸不会留下把柄成为指控的证据。彼得有办法让他认罪伏法吗？也许有，但首先要逮住他。如果弗拉格得知彼得越狱，可能会立刻逃遁。就算彼得有办法让他认罪，会有人相信吗？嗯，他当然会承认是自己杀了罗兰，人们会说，因为杀父后越狱的彼得正拿刀抵着他啊！人被逼迫时，什么罪都认了，即使被指控杀了神也得承认。

　　或许有人会笑话彼得，被关在三百英尺的高塔上竟然有空妄想这些？或许会说他异想天开。彼得想出了逃脱的办法。尽管这想法可能会害他年纪轻轻就死掉，尽管他觉得无论如何还是需要搏一搏，可是，有必要为了到头来可能只是一场空的事情费如此周折吗？可能会更糟，可能会害德兰陷入另一场灾难……他没法预见。

　　他预见了。他在祈祷。第四晚过去了……第五晚……第六晚……第七个晚上，他得出结论：试试总比不试强。如果出错，就想办法弥补，即使搭上性命也在所不惜。他是被冤枉的，而且罪行本身比他被冤枉这件事更严重。

托马斯登基的第八天，彼得召见了白森。

53

被囚王子说出的一番话让典狱长白森听了难以置信、大为光火。彼得刚说完，阿伦·白森就破口骂出一大堆脏话，连马贩子听了都要脸红。

"你这个杀了亲爹的小王八羔子！你别以为自己还过着优哉游哉的好日子，勾起兰花指就会有狗腿子仆人鞍前马后。这里可不一样，我的小王子，不一样，先生。"白森以此句收尾，语调瘆人。

白森上半身前倾，满脸胡须的下巴抬得老高。尽管被他浑身散发的汗臭、酒臭和油腻体臭熏得彼得简直快晕厥，但彼得还是撑住了，没动摇。二人之间没有铁栏隔着，白森从没怕过任何一个犯人，当然不会怕这个乳臭未干的小孩。典狱长年方五十、个矮、肩宽、肚子大。打了结的油腻头发垂在腮边、脖子上。他一进牢房，狱卒就锁上门。白森左手握拳，挥到彼得鼻子底下，右手插进上衣兜，紧紧握住一个光滑的圆柱体，抓着秘密武器的手只要大力挥出，一下子就能击碎对手的下巴。他试过。

"把这些劳什子要求塞进鼻孔，跟鼻屎作伴去吧。我亲爱的小王子，下次再为了摆这种无聊的贵族排场叫我进来，我一定打得你满地找牙。"

白森往门边走，矮小又驼背的他就像个侏儒山妖，所经之处均留下恶臭。

"你犯下这等大错，很危险。"彼得的声音虽轻却威严，典狱长感觉到了。

白森又转回身，一脸的难以置信："你刚才说什么？"

"你明知故问。"彼得说，"你这个臭芫菁，下次跟我讲话的时候，最好记得你对面的人是贵族。就算走过那些台阶，我的血统也不会改变。"

白森的嘴巴一张一合，像被拽出大海的鱼——任何渔夫捕到白森这种丑鱼都肯定立刻放生——却被噎得好一会儿说不出话。彼得的要求把白森气得脑袋嗡嗡直响，他的语调又表明这是项必须服从的命令。王子如果不是装模作样就是疯狂到了极点，白森一听就觉得都是些胡言乱语的无聊笑话。那个要求与送餐有关，加上彼得坚定的眼神，表明年轻的王子将不再颓唐，而是决意活下去。

原本梦想的每日无所事事、夜夜放松玩乐，现在成了泡影。这小子看起来很健康、很强壮，可能会长命百岁。白森可能余生都得用来看管这个年轻的杀人犯——光是想想就让人老大不痛快，现在还……

"哦，我亲爱的小王子，"白森说，"犯事的人是你啊……但我保证你绝不会再犯了。"他咧嘴笑了，露出几颗残缺的黑牙。白森马上要发起攻击了，动作干脆利索。他的右手从上衣兜里拿出来，紧握着一根铁棒。

彼得见状，退后一步，目光从白森的拳头移到脸上，又回到手上。白森背后的门上有一扇没有关上的小窗子，窗子上有几根铁条。两名狱卒挤在窗前，两张胡碴脸紧紧地贴在一起，嘻皮笑脸地等着看好戏。

"贵族犯人可以对细节提出要求。"彼得还在兜圈子，"这早就是惯例。我的要求又不麻烦。"

白森的嘴咧得更大，他认为彼得的声音里透出恐惧，要服软了。其实根本不是。他很快就会以一种他很不习惯的方式知道自己误会了。

"就算是贵族，按惯例，也是要给钱的，小王子。"白森蓄势待发,右手始终紧握铁棒。

"如果你的意思是收点儿小钱,那么可以安排,"彼得继续劝说,"但你得停止这种愚蠢的行为。"

"怕了吧?"

"如果有人怕了,也是你。你明摆着企图攻击德兰国王的王兄。"

这句话击中了典狱长。一瞬间,白森简直失去了信心,眼神飘忽了。他瞟到门上的小窗中那两名狱卒,又把脸阴沉下来。如果现在收手,以后可不大好管教这两个手下,虽然他有的是办法管教他们,但若不解决眼前这件小事,以后就得花更大的功夫。

他向前急冲,面上带笑地挥起铁棒。王子即将双手捂住流血、被敲断的鼻子,跌坐在石地上哀号。白森心想,就像个哭爹喊娘的雏儿。

彼得淡定地站起、后退,优雅得像是在移动舞步。他抓住白森的拳头,一点儿都不意外那拳头如此结实——他早就看见白森握在拳头里的铁棒。彼得手上的力道如此之大,白森五分钟前根本无法想象,他一个趔趄,撞上彼得起居室的弧形墙。这一撞,撞得他本来就没剩几颗的牙齿嘎嘣作响,撞得他眼冒金星,铁棒也被撞脱离手,落在地板上。没等白森回过神来,彼得已经纵身一跃,把铁棒捡了起来,身手敏捷得像猫科动物。

这不可能,白森想着,隐约感到害怕,又感觉太出乎意料。绝不可能发生这种事情。

他从来不怕进入针塔顶的这两间囚房。这里的犯人一向非富即贵,没一个人打得过他。虽然这里确实发生过几次著名的袭击事件,但他都好生教训了寻衅者,让他们知道谁才是这里的老大。虽然这些人曾在塔底统治过温顺的百姓,但是在塔顶,他才是那个发号施令的人。犯人们都尊敬他这个肮脏、矮小的典狱长。可这个小兔崽子……

白森狂暴地咆哮着,从墙边弹起,飞快摇晃着身体让自己清醒过来,好再度发起猛攻。彼得则紧紧地握着铁棒。两名狱卒看得目瞪口呆，谁都没想到要出手帮忙。他们和白森一样，不相信眼前正在发生的一切。

白森张开手又扑向彼得。既然王子抢了自己的暗器，白森便不打算用所谓的拳击式挥拳法了。他想扑过去牢牢地抓住彼得，然后把他压到地板上，再一屁股坐上去掐住他。

他没看见彼得是怎么突然神奇地站到自己旁边、蹲下身子的。这一蹲身，致使侏儒山妖典狱长扑了个空，还没转身就已经被彼得的右勾拳击中三次，拳头里还带着铁棒呢。不公平，彼得想，可是这根小铁棒并不是我带来的，是吧？那三拳看起来一点儿都不重，如果白森是观众，看到那挥出的三拳也会大笑，会说这不过是花拳绣腿罢了。白森心目中的硬汉拳法要像水手，出拳时要呼呼带风。

但不管白森等人怎么看，这都不是花拳绣腿，每一拳都由肩膀发力带动。彼得深得自己拳击教练的真传，他六年来每周要上两次课。这几拳拳拳到位，没有风声，白森却觉得自己好像被小马的马蹄连踹三脚，左脸骨折，痛到不行，脑袋里好像有根小树杈断了。他像个破布娃娃般被摔到了墙上，再弹起来，双膝跪地。

他一脸惊诧地瞪视王子。

从门上小窗看热闹的狱卒因惊讶而骚动了。白森挨了小孩的一顿揍？这种事就像天方夜谭一般不可思议。其中一名狱卒看着手里的钥匙，试图进入的念头一闪而过。他改了主意，进去可能会受伤哦。于是他把钥匙塞进口袋——事后就说自己找不到就好。

"你现在打算讲道理了吗？"彼得脸不红心不跳，"这太蠢了。我只不过请你帮两个小忙，你还能赚外快，你却……"

白森大吼一声，又扑向彼得。彼得虽然没料到，但还是避开了，就像斗牛士闪开偷袭的公牛。斗牛士会遭遇突然袭击，甚至会被牛角刺中，却鲜少失掉优雅的风度。彼得仍保持了优雅，却受伤了。白森的手指甲特别长，又参差不齐，指甲缝里全是黑泥——与其说是手指,还不如说是爪子——他也乐意告诉狱卒(特别在适合讲恐怖故事的冬夜),自己曾经用大拇指划开犯人的脖颈。

白森扑过去时,在彼得的左脸颊上抓出一道血痕。那道血痕从太阳穴一直延伸到下巴,差半寸就抓到左眼了。他的脸颊被抓得皮开肉绽,看来一辈子都要带着这道与白森近身肉搏时留下的伤疤了。

彼得发怒了。十天以来发生的一切涌上心头,有那么一刻,他几乎愤怒到不仅想给他一个难忘的教训,甚至想杀了这个典狱长。

白森转过身,先是吃了几记左勾拳,又吃了几记右勾拳。刺拳的威力通常不大,但是彼得拳中紧握的那重达一磅半的铁棒把刺拳升级为鱼雷。彼得的指关节打碎了白森的下巴,白森痛苦地嗷嗷叫,又扑向彼得。他不应该这样做——"嘎吱"一声,鼻子断了,鲜血顺着嘴角流到下巴,滴到肮脏的无袖背心上。紧跟着,一记结实的巴掌掴得他嘴巴歪到一边,又是一阵钻心的痛。白森往地上吐出一颗牙,想绕开彼得。他忘了狱卒正在围观,吓得不敢抬头,也忘了自己有多恨小王子的态度不够好,不敢再教训他了。

出任典狱长以来,他这是头一次不顾一切地只想活下去。他也是头一次知道什么叫害怕。

不仅仅是彼得恣意地对他进行的拳打脚踢让他害怕——他不是没被人暴揍过,揍他的人没一个是犯人——更让他害怕的是彼得的眼神,那是一国之君的眼神。苍天啊!救救我,那是国王的眼神——怒火像夏日的骄阳。

彼得把白森逼到了墙角,对他的下巴再次狠狠地来了一记,这才收回握着铁棒的右手。

"需要我继续说服你吗,臭芜菁?"彼得冷冷地问。

"不用了,国王陛下,手下留情,手下留情。"白森飞快地用被揍肿的嘴颤抖着回答。

"你说什么?"彼得惊得呆住,"你刚才叫我什么?"

白森慢慢地贴着弧形墙滑溜下去。他喊彼得"国王陛下"时纯属下意识，其实他根本不记得自己说了什么。彼得却忘不了。

54

白森昏迷了两个多小时。如果不是他气喘如牛，彼得还担心自己可能已经把典狱长打死了。这个人卑鄙无耻，着实是一只阴险的臭猪……可彼得并不想置他于死地。狱卒轮流从橡木门上的小窗往里看，眼睛瞪得溜圆，就像围观皇家动物园里的安杜安猛虎，谁都没尝试去救他们的长官。他们的表情告诉彼得，他们觉得彼得会随时扑向白森，不是用手撕开就是上牙咬开他的喉咙。

他们一定会这么想，彼得自问，因为他们以为我杀害了自己的父王——既然能干出此等人神共愤之事，自然什么下作的事情都干得出来，包括杀掉昏迷的对手。

白森总算能呻吟了，身子也能蠕动了，右眼眨了两下，勉强睁开；左眼却不行，接下来的好多天都睁不开。

他以右眼注视彼得时，那眼神不是憎恶，而是明显带着警觉。

"打算讲道理了吗？"彼得问。

彼得听不清白森的回答，他的声音模糊不清，像粘稠的粥。

"听不清。"

白森又说了一遍："你差点儿杀了我。"

"我从没杀过人，"彼得说，"也许有一天会有杀人的必要。但就算有必要，我也不希望是从昏迷倒地的典狱长开始。"

白森用后背抵着墙，睁着独眼打量彼得。肿得老高的脸上浮现出沉思、荒谬和一丝劫后的恐慌。

他终于又吐出了另一句含混不清的话。这回彼得听清楚了，但又希望能百分之百地确认。

"请再说一遍,典狱长先生。"

白森大吃一惊。就像彼得是第一个称呼约瑟夫为"马夫长大人"的,从没有人叫白森"典狱长先生"。

"我们可以做个交易。"他说。

"好极了。"

白森挣扎着站起来,他不想再跟彼得有任何交手,至少今天已经够了。他还有别的问题。狱卒看着他挨揍,揍他的还是一周没吃过东西的孩子;他们只会袖手旁观,一点忙都不帮,两个死酒鬼。他的头痛得不行,但恐怕还得先给那两个孬种吃一顿鞭子再上床休息。

他刚要往外走,彼得叫住了他。

白森闻声回头。这个回头足以让外面两个孬种知道谁才是这里的老大。白森白白挨了犯人一顿揍,而犯人让他等一下,他就得等一下。

"我还有话说,这对我们两个都好。"

白森不开腔,防备地看着彼得。

"你告诉他们,"彼得向门后歪歪头示意,"把窥视孔关上。"

白森看了彼得一会儿,然后转过身对两名狱卒下令。

狱卒本来正脸贴窗往里看,此时一脸茫然,听不清白森发音含混的话语……或者是不想听清。白森用舌头舔了舔沾血的牙齿,又尽量清楚地说了一遍,表情相当痛苦。这一次,窥视孔立刻关上了,还从外面插上了门闩……但白森没忽略属下嘲讽的笑声。他疲惫不堪地叹了口气,是的,没错,必须在回家前狠狠地教训他们,有样学样地当懦夫可不能这么轻松。但不管怎么样,这位王子不是懦夫。他不知道自己是不是真的想跟彼得做交易。

"我要你帮我带封信给安德斯·沛纳,"彼得说,"希望你晚上过来拿。"

白森没吭声,脑子里却在飞速运转。情势急转直下,一下子转到沛纳那里！带信给沛纳？当彼得提醒他自己是当今国王的王兄时，白森心里就咯噔了一下，但毕竟比不上现在。沛纳，我的天！

他越想越别扭。

托马斯国王也许并不在意哥哥在针塔顶受了欺负，毕竟是哥哥杀了他们的父王，现在托马斯对他应该没有手足之情了。况且彼得听到"光明使者托马斯"的名号时不仅毫无触动，而且缺乏敬畏，就像德兰的多数百姓，比如白森，也不那么把托马斯放在眼里了。可是沛纳……沛纳不一样。

对白森这号人来说，安德斯·沛纳比一个连的国王加起来更让人胆寒。国王遥不可及，神秘如光辉太阳，不论是躲进云层把人冻得半死还是露出脸来把人晒熟，大家都得忍着。太阳不是凡人所能理解和改变的。

沛纳却很真实，是处于白森理解范围之内的……并且使他畏惧。脸庞瘦长、蓝眸冰冷的沛纳总是穿着高领法官袍，由他决定谁能活下去、谁将伏在刽子手的斧下受死。

这孩子真能在针塔顶的囚房里命令沛纳？还是他已经失去理智到了这种地步？

如果他写信让我亲自送过去，那会是虚张声势吗？

"我如果是国王，沛纳就要听我的命令，"彼得说，"但现在我不是国王，而是犯人。可是前不久，他欠我一个人情，他会知道该怎么做的。"

"是这样啊……"白森嗫嚅着，尽可能地敷衍。

彼得叹了口气。他突然觉得心累，不知道自己到底在做什么白日梦。他真以为痛揍了这个蠢蛋典狱长，让他俯首听命，自己就能奔向自由吗？他真的能保证沛纳肯帮一个微不足道的小忙？也许只有彼得才认为沛纳欠他人情。

可他非试一下不可。在过去一周孤寂的思考中，他悃怀父亲，也同情自己，那时他就认定，放任一切、什么都不做地束手待毙是最造孽的。

"沛纳不是我的朋友，"彼得接着说下去，"我不会痴人说梦。我被认定谋杀了我父王，所以整个德兰都不可能有我的朋友。你说是吧，典狱长先生？"

"对，"白森机械地回答，"我同意。"

"但是沛纳会按照你跟犯人拿钱的惯例打赏你。"

白森点点头。只要贵族们被关进针塔，不管时间长短，白森一般都会让犯人吃得好一点，而不是肥肉、淡麦酒之类的。他一周提供一次干净床单，有时候还允许犯人的老婆或情人来探监……这些服务当然不免费。这些犯人均出身望族，所以无论犯了什么事，家里总有人愿意花钱打点白森。

虽然这孩子的罪名惊世骇俗，但是他说安德斯·沛纳愿意打点狱卒。

"还有一件事，"彼得很温和地说，"我相信沛纳之所以愿意，是因为他重承诺。如果我出了什么事——比如我刚刚打了你，所以你今晚带狱卒来——我相信沛纳会有兴趣一探究竟。"

彼得顿了顿。

"他会特别感兴趣。"

他凑近看白森。

"你明白了吗？"

"明白，"白森点头，又补上一句，"陛下。"

"可以给我纸和笔吗？"

"好。"

"过来。"

白森哆嗦着过去。

典狱长一身恶臭,可彼得并没有躲开——他背负的污名更臭,他已经习惯了汗臭和油腻味——微笑着看着白森。

"在我耳边说出来。"

白森不知所措地眨着眼睛:"说什么,大人?"

"说个价。"

犹豫了一会儿,白森说了。

55

狱卒送来彼得需要的纸和笔,看彼得的眼神就像常常被一脚踢飞的野猫——马上就要成为气急败坏的白森的出气筒。

彼得坐在窗子下那张总是摇晃的餐桌边。寒冷中,每一次呼吸都喷着白气。他听着针塔外不停呼啸的风声,望着城里的灯火。

"亲爱的沛纳大法官……"他写着,又收笔。

你一看署名就会知道是谁寄来了这封信。你会一把揉掉、看也不看就丢到火炉里去吗?还是会看一看,然后嘲笑这个傻瓜在谋杀了父王之后竟然胆敢要求大法官伸出援手?或者会直奔主旨,理解我的想法?

那天晚上,彼得觉得轻松多了。他觉得上面三个问题都会得到否定的答复。他的计划也许会失败,但像沛纳这样讲秩序、守规矩的人应该看不穿。大法官不可能洞察彼得的计划,除非他能穿上女人的裙子在月圆之夜随着木角笛的乐音在针塔广场翩翩起舞。彼得想,何况我的要求并不多,他唇上浮现一抹笑意。至少我希望,也相信,他是这样的人。

他向前欠身,以鹅毛笔蘸了墨水,开始写信。

56

第二天晚上九点过后,安德斯·沛纳的管家听到有人敲门。他用鼻孔看出去,看到典狱长站在台阶上。管家阿尔伦是见过白森的,这个人跟他的主人一样,都是德兰司法界的成员。但是阿尔伦这会儿不认识白森了。彼得痛打他是前一天的事,他的脸色如落日余晖般泛着红、紫、黄三种颜色,左眼勉强能睁开,但只能睁开一条缝。白森今天像个小矮子食尸鬼,管家差点立刻把门关上。

"慢着。"白森低喝一声,这句话令管家迟疑了,"我有信带给你家主人。"

管家犹豫了一阵子,把门敞开一些。外面这张恼怒的猪头脸好吓人。他不会是从北方小国来的小矮人吧?那些长毛野人应该早就灭绝了,或者在他祖父那个年代就被杀光了。可是……也很难说……

"这是彼得王子写来的信,"白森说,"依我看,你要是现在关上门,你家老爷以后准会教训你。"

阿尔伦仍在犹豫,不确定是该把门甩在食尸鬼的脸上还是顾忌彼得王子的名号。如果这个人是彼得派来送信的,那他肯定就是针塔的典狱长,可是……

"你看着可不像白森。"他说。

"你看着也不像你爹,阿尔伦,我不止一次地想知道你妈都去过什么鬼地方。"短粗有力的食尸鬼粗鲁地抢白了他,从没关死的门缝里塞进一只带有脏手印的信封,"拿去,给他。我就在这儿等着,要关门随你的便。这外头真冷死了。"

阿尔伦完全不在意现在是否是零下二十度,也没打算请这个丑家伙去厨房烤烤脚。他使劲抽过信封,关上门,插好门闩便往回走……转过身关上另一道门。

57

沛纳正在书房里盯着火炉想心事。托马斯登基时是新月，现在尚未满月，他就已经对时局不满了。最糟糕的是弗拉格，就是他。这个巫师比罗兰在世时权力更大了。无论罗兰的脑子有多笨，他至少是个成年人。托马斯却只是个毛孩子，沛纳担心弗拉格很快就能打着托马斯的旗号在德兰称王称霸。到那时，这个国家就完蛋了……安德斯·沛纳也得遭殃，就冲他从不掩饰对弗拉格的厌恶。

待在书房哔剥作响的壁炉前很舒服、很惬意，但沛纳总感觉有冷风吹进他的脚踝。这阵风可能会越刮越起劲，吹走一切。

为什么，彼得？为什么？为什么你等不了呢？为什么你表面完美得像秋天里的红苹果，内心却这么下作？为什么？

沛纳不知道，直到现在也不愿意承认，对彼得罪名的怀疑已经在啃咬他的心。

有人敲门。

沛纳强打起精神四下里看了看，没好气地喊："进来！最好是真的有事！"

阿尔伦进了房间，很不悦，又很迷惑，手里拿着一只信封。

"什么事？"

"老爷，门口有人，至少看着像是人……脸肿得像猪头……好像是被打的……要不就是……"阿尔伦越说越紧张，拿起脏兮兮的信封，把它当成盾牌，"还带来这个，说是彼得王子写来的。"

听到这句话，沛纳的心突然漏跳了一拍，脸上却仍对阿尔伦蹙着眉头。

"到底是不是？"

"是不是彼得王子写来的信？"阿尔伦也快胡言乱语了，平日里的镇定消失得无影无踪。沛纳看了，反倒觉得有趣，他还以为就算碰到火灾、水灾或巨龙袭击，阿尔伦都会泰山崩于前而色不变。"老爷，我可不知道……我……我……"

"我问来人是不是白森，你这笨蛋。"

阿尔伦舔舔嘴唇。他真的舔了嘴唇，前所未见啊。

"可能是，老爷……有点儿像……门口那位的脸上都是青紫，又肿胀……我……"阿尔伦吞了口口水，"看起来像小矮人。"他说出最不像话的一句话，勉强挤出个笑容，试着挽回失态。

那就是白森，沛纳心想，那是白森。如果他看上去像被人打了，那么打他的一定是彼得，所以他才肯来送信。他被彼得打怕了，不敢不送。那种人不打不服。

沛纳顿时觉得欢喜，仿佛在黑暗中窥见一丝光明。

"把信拿来。"他说。

阿尔伦递给他之后就想赶紧离开。这又是前所未见的，阿尔伦平时干什么都是不疾不徐的。沛纳的心思和担任大法官时一样有条有理、逻辑严谨。他想，我从没见他如此惊慌失措过。

他任由阿尔伦走到门边，像有经验的渔夫先任由咬了钩的鱼多游一会儿，等时机差不多时再猛地收竿。

"阿尔伦。"

管家回过身，像挨了骂似的，非常紧张。

"难道令堂没有告诉过你世上已没有小矮人了？"

"她说过。"阿尔伦忸忸怩怩地回答。

"那就好，她真有智慧。那么你的幻想是来自令尊？让典狱长进来吧，请他去仆人厨房里暖和暖和身子，今天很冷。"沛纳想到，罗兰驾崩后的每一晚都异常寒冷，是天意吗？先王竟然自燃至死。

"是，老爷。"阿尔伦一脸不情愿。

"我过一会儿再摇铃叫你，告诉你怎么跟他说。"

阿尔伦听从地出去了，随手带上门。

沛纳把信封拿在手里翻来覆去，不拆开看。那些污渍显然来自白森油乎乎的手指头，他能闻到信封上那个小矮子的汗臭味。信封上是普通的蜡封。

他暗忖，如果把这封信直接丢进火里，以后再不去想这件事，其实更为妥当。是的，丢进火里，再摇铃让阿尔伦给驼背的典狱长端一杯热乎乎的甜酒——这么一想，他确实像小矮人——随便打发他。对，我就该这么做。

但他知道不可能这么做。在所有的荒谬之中、在无尽的黑暗之中看到一丝光亮的直觉，促使他将手指探进了信封的封盖，拆开，取出短信，就着炉火读。

58

沛纳：

　　我决定活下去。

　　被关到这儿之前，我仅偶然读过关于针塔的事。尽管听到的比读到的多一些，但这么多年来都只是一些捕风捉影的传闻。听说在针塔可以买通狱卒，拜托他们帮些小忙，果然不假。我没有钱，但也许可以请你帮忙支付相关费用。考虑到不久前我帮过你，如果你能赏给典狱长八个吉尔德——我在这个倒霉的地方每关一年，你就不得不在年初支付这笔钱，就当作你还了我那份人情。这个数字，你会注意到，是很小的数字，因为我只要求两件事。如果你能安排给白森"分一杯羹"，便可使我的愿望达成。我保证此后再不打扰阁下。

　　我很清楚地知道，如果走漏风声，被别人知道你帮助我，那么无论这个忙有多小，你的处境都将变得颇为尴尬。你如果愿意，建议你找我的朋友本当中间人。我被关押之后，尚未与本有过交谈。我认为并且希望他依然是我的朋友。我本应该请他帮忙的，可是斯塔德家并不富裕，本也没有任何财产。向别人要钱实在惭愧，但我别无他法。如果你觉得此事难办，我也能谅解。

我没有谋杀父王。

59

沛纳读了这封信很久，一遍又一遍、惊奇地凝神盯住第一行和最后一行：

我决定活下去。
我没有谋杀父王。

这孩子抗议，不叫人意外。他知道，虽然有很多犯人长年宣称自己没有犯下在法庭上被法官判处的罪行，但真正有罪之人的抗辩不会如此直白，如此有……威仪。

是的，最让他费解的是信里的这一点——挥斥方遒的淡定。沛纳相信，真正的国王不会因为被流放、被囚禁甚至被判刑而有所改变。真正的国王不会浪费时间去为自己辩解，他只会直截了当地表明心意。

我决定活下去。

沛纳叹了口气。良久，他才把墨水瓶拿到近前，从抽屉里取出一张上好的羊皮纸开始书写。他的信比彼得的更短，不到五分钟便写完、吸墨、洒上细沙、折好、封漆、摇铃叫阿尔伦进来。

"白森还候着吗？"沛纳问。

"是的，老爷。"阿尔伦面带愁容。他知道白森还在，他从锁孔里偷偷看了那个人，见他手里抓着一只冰冷的鸡腿，就像握着短棒，歪歪晃晃地从仆人厨房的一头挪到那一头。吃光了鸡腿肉，他还啃起骨头，发出让人神经衰弱的碎裂声，又唑唑有声地吸食骨髓。

阿尔伦仍然深深地怀疑此人是小矮人……或者是侏儒山妖。

"把这个交给他，"沛纳把信封递给阿尔伦，"这是赏他的跑腿钱。"两个吉尔德叮当响着落入管家的另一只手里，"告诉他，要是有回信，他必须像今晚这样晚上送来。"

"是，老爷。"

"别跟他闲扯。"沛纳说。对他而言，这算是最亲切的玩笑。

"我不会的，老爷。"阿尔伦闷哼一声，出去了。他满脑子都是白森咬断鸡骨的声音。

60

"拿去。"第二天，白森去了彼得的囚房，不悦地将信封甩给他。说老实话，他确实不悦。但阿尔伦给他的两个吉尔德真是意外之喜，他当晚就拿去买酒喝，两个吉尔德能买很多蜂蜜酒，所以他今天觉得头昏脑涨。"我真的成了跑腿送信的。"

"谢谢。"彼得捏住信封。

"怎么？你不拆开看？"

"拆，等你离开就拆。"

白森呲牙、握拳。彼得站直了看着他。过了一会儿，白森松开拳头。"跑腿送信的，就是这个！"他又骂了一回，大力甩上厚重的门，出去了。随后是转铁锁、插门闩的声音，每一种声音都响三下，每一道门闩都粗得好像彼得的手腕。

一切安静下来，彼得拆开信。只有三行字：

> 我知道你提到的那项历史悠久的传统。你要求的数额没有问题，我将按照你信中所嘱的支付。但是，我得知道，你要我们共同的朋友帮什么忙。

彼得微笑了。大法官沛纳不像弗拉格那么狡猾，他的本性并不狡诈，但谨慎，这封信证明了这一点。彼得早就料到沛纳的处境，如果大法官根本不问他想要什么，反倒会使他觉得蹊跷。让本当中间人，沛纳就能从这件事里撇清。但他还是如履薄冰，谨慎行事。

彼得走到门口，轻敲牢房大门，对白森说了几句话，又拿到了墨水瓶和脏兮兮的鹅毛笔。白森又开始念叨自己被当成跑腿送信的，嘴上骂骂咧咧，心里却没有不满——也许又能赚两个吉尔德了。

"如果这二位经常通信，我就发达了。"他自言自语，虽然因宿醉而头痛，却仍忍不住大笑。

61

沛纳打开彼得的第二封信，发现王子这次省略了称呼。不错，这孩子学得很快。他边看边扬起了眉。

> 你想知道我有何求，或许逾规，也许没有，但这不重要，我此时只能听凭你的摆布。你每年支付的八个吉尔德用来购买以下两样物品：

一，我想拿回我母亲的玩具娃娃屋。我总是在那间娃娃屋里发现乐趣，从小就喜欢；

二，我希望三餐有餐巾，而且是品质上乘的王室专用餐巾。如果你觉得王室的刺绣龙纹不妥，可拆。

以上就是我的要求。

沛纳翻来覆去地读了好几遍，最后将信丢进火炉。他心烦意乱，怎么也猜不透个中玄机。那孩子一定在谋划什么……不是吗？他要他母亲的玩具娃娃屋干什么？以沛纳的理解，那玩具应该在城堡的某座仓库里的某条床单底下等着落灰。他没有理由拒绝，但得派人先仔细查看，把所有尖锐的物件拆掉，比如小刀之类的。他清楚地记得彼得小时候多么喜欢萨莎的这间娃娃屋，也依稀记得——印象非常模糊了——弗拉格曾提出，未来的国君不应该玩这个，会损害英武之气。那次，罗兰强硬地反对了弗拉格……沛纳认为此举颇为明智。之后，彼得就不玩了。

他疯了？

沛纳并不这么认为。

至于在这种情况下要求餐巾……这一点，沛纳倒明白。彼得一向坚持每餐都使用餐巾，每次都整整齐齐地铺在腿上，像一块小桌布。就算是跟父王在外露营，他也要使用。怪就怪在他不要求改善那寒碜的伙食，只要求配备餐巾。以前的显贵入狱后的第一个要求几乎都是改善伙食。他偏不，他要餐巾。

随时保持整洁……随时要有餐巾……我相信这全都归功于他的母亲。这两个要求之间有关系吗？如果有，会是什么关系？餐巾……萨莎的玩具娃娃屋。代表什么呢？

沛纳想不通，但那道希望之光突然出现，那份荒谬的感觉挥之不散。他一个劲儿想着弗拉格曾经不同意让小彼得玩娃娃屋，多年以后，彼得却点名要它。

这件事背后的隐情莫不像水果派里包裹的馅儿？沛纳不敢深思。如果——只是如果——彼得没有谋杀他父王，那会是谁干的？当然是最先持有那种毒药的人。如果彼得继位，那个持有者便将在德兰无处容身……但如今登基的是托马斯，那人便一手遮天。

沛纳想到这里很是后怕。这意味着公理和正义在关键时刻缺席，没有彰显。这不好。这还意味着是他仅仅因为看到彼得的眼泪就私心产生嫌恶，抛弃了一向自傲的逻辑推理。他执业以来最重要的判决居然是仅凭感情因素，而不是以事实为依据——这让他特别难受。

只要先拆掉锐利的物件，就算把娃娃屋给他又有何不可？

沛纳把笔墨拿近，开始写短信。白森又拿到了两个吉尔德，又可以去买酒了。他现在已经拿到了王子承诺的一半款项。他盼望这两个人更加频繁地通信，却没想到他们突然停了。

62

本·斯塔德从小英俊挺拔，一头金发，眼睛湛蓝。从他九岁起，姑娘们看见他就会惊叹、傻笑。"好景不长的，"他父亲说，"斯塔德家的男人都是小时候漂亮，可是我大胆猜测，等他大了就会和我们一样。金发变暗棕，看什么都眯着眼，运气跟国王屠宰场里的猪一样差。"

他父亲的前两个猜测都没有成真。斯塔德家几代人里，本是头一个从七岁到十七岁都保持了一头金发的男孩，并且可以看清四百码开外鹰隼的瞳仁是棕色还是栗色。他不仅没有变成眯缝眼，视力还好得很。女孩们看到十七岁时的他，仍惊叹、傻笑，和看到九岁时的他一模一样。

至于运气……那是另一个故事。斯塔德家的多数男人都不走运，至少在过去的几百年里是这样的，这一点没什么可怀疑的。本的家人认为，这个孩子或许可以将全家从贫困中解救出来，毕竟他的发色没变深，视力没变差，岂不是逃过诅咒？何况他是彼得王子的好朋友，彼得王子总有一天会当上国王。

后来，彼得被判谋杀父王，斯塔德一家还没搞清楚是怎么回事，王子就被关进了针塔。本的父亲安德鲁参加托马斯的登基大典回来，脸上多了一块乌青。他妻子出于谨慎，认为最好不要多问。

"我相信彼得是清白的，"那天吃晚餐时，本这么说，"我决不相信……"

下一秒，他躺在了地上，耳畔嗡嗡响。他父亲扑向他，胡子上挂着豆子汤，脸膛红得发紫。本的小妹妹坐在高脚童椅上大哭。

"不要在这间屋子里提起那个杀人小魔头的名字！"他父亲说。

"安德鲁！"他的母亲大叫，"安德鲁，他还不懂事……"

他父亲平日里待人温和，非常善良，此时却怒目瞪视本的母亲："女人！给我闭嘴！"声音里的威吓迫使她坐下，连埃玛琳也吓得不哭了。

"父亲，"本平静地说道，"我不记得您上次打我是什么时候了。可能有十年，或者更久了吧？以前您再发怒也不会打我。我的想法没有改变，我就是不相信……"

安德鲁·斯塔德竖起一根手指作为警告："我说过，不准再提起他的名字，这可不是跟你开玩笑。本，我爱你，但你要是再提他，我就把你赶出家门！"

"我不提他了，"本起身，"那是因为我爱您，不是怕您。"

"别说了！"斯塔德太太嚷道，她从没这么怕过，"你们俩不准再吵了！你们想逼死我吗？"

"没有，母亲，您放心，一切结束了。"本说，"对吧，父亲？"

"结束了。"他父亲说,"本,你是个好孩子,以前是,现在也是。但别再提他了。"

安德鲁·斯塔德认为有些事情不能告诉儿子。尽管本已经十七岁了,安德鲁却认为他仍然是个孩子。要是安德鲁知道本很清楚他为什么掌掴自己,必定会大吃一惊。

你们现在已经知道,情势发生了不幸的转折,本与王子此前的友谊随即改变了斯塔德家的命运。他们家族在领地内的农场曾经相当广阔,但几百年下来,逼不得已地一次次变卖土地,如今只剩下不到六十里尔了。就连这六十里尔,多半还被抵押了。

过去的十来年里,境况有所好转。原本不断逼迫他们还钱的钱庄愿意延长贷款期限,甚至曾经破天荒地提供超低利率的新贷款。安德鲁·斯塔德眼看着祖先留下来的家产一点点地被变卖,心里非常不甘心。当他告诉隔壁农场的哈维,自己不打算卖掉被他觊觎了九年的那三里尔土地时,那可真是快乐的一天哪。他知道做成这件事要归功于谁,是他的儿子,王子的好朋友。王子恰好是未来的国王。

如今,他们又变回倒霉的斯塔德家族了。若一切只是恢复原状,他还是可以承受的,晚餐时也犯不上掌掴儿子——他已经愧悔难当了——但现实并不是简单地恢复原状,他们的境况比以前更难了。

在钱庄从小绵羊摇身变成大灰狼之前,安德鲁就被骗了。他借了好多钱,有些是为了赎回之前变卖的土地,有些是为了添置风车之类的新设备。他现在确信,钱庄恶狼一定会撕下披着的羊皮,他将再次痛失祖先留下的产业,这次就不是一块一块地变卖了。

远不止如此,直觉告诉他要禁止家人参加托马斯的登基大典。他听从了自己内心的声音,并为此感到庆幸。

事情发生在大典之后。他懊悔自己没有早早地预料到。回家前,他去了酒馆。国王遇害、彼得被囚等悲惨的事使他觉得有必要喝一杯。人们马上认出他是本的父亲。

"斯塔德，你儿子帮他朋友干了那事没有？"一个喝得醉醺醺的酒客跟他叫板，引得众人大笑，"是不是他扶着老头子，好让王子把热辣辣的酒倒进他喉咙里？"另一个接腔。

安德鲁放下喝了一半的酒杯。这里不宜久留，他想溜走，尽快地溜走。

他马上溜出去了。突然，第三个醉客——全身散发着发霉的甘蓝味儿的粗壮大汉——把他往回拽。

"你知道多少内情？"壮汉的嗓门又粗鲁又响亮。

"我不知道。"安德鲁说，"我什么都不知道。我儿子也什么都不知道。借过借过。"

"我们想让你走的时候你才能走……我们不让你走你就走不了。"壮汉把他一把推搡到别的酒客的怀里。

接下来是一场欺辱。安德鲁·斯塔德被推过来搡过去，时不时被抽两个耳光、被拧胳膊拧腿或被绊倒。没人敢真的下狠手，但近乎下狠手。他从人们的眼神里看出，他们是多么地跃跃欲试。如果时间再晚一点儿，他们再喝多一些，他的麻烦就更大了。

安德鲁的个子不高，但是肩宽、背厚、肌肉强壮。他简单估量了一下，如果摆到台面上一对一地真干，他或许能解决任何一个喝大了闹酒疯的。那个壮汉除外，或许能跟他打个平手。一两个没问题，可能三个都没问题……但是这里总共有八到十个人。他如果还处于本那样血气方刚的年纪，就敢放手一搏，可是他四十五岁了，不想被揍个半死地爬回家。他如果受伤，家人就会担心、害怕——这两样东西都毫无用处。这是斯塔德家的霉运，他除了忍下这口气，没有任何办法。酒馆老板只是冷眼看着，压根不费心过来阻止酒客们闹事。

安德鲁担心妻子……女儿……更担心儿子本，他会成为那些人欺辱的主要目标。他很后怕：如果今天滞留在酒馆里的人不是我，而是本，他们可能已经下了狠手，会连踢带打把他锤昏……可能更糟。

有时候，人类真奇怪。

63

本·斯塔德那天只是恍惚地觉得时局要变。第二天，他便有了切身的体会。

他赶了六头牛去市集卖了个好价钱（牧场的老头不认识他，否则不会给那么高的价钱），正往城门走，一帮游手好闲的浪荡子围上来，叫他杀人凶手、共犯，还有更难听的。

本拼命抵抗。虽然最后被打得鼻青脸肿，但对方七个人也没有好下场——有的鼻子流血、眼睛睁不开，有的被打掉牙。本走回家时天都黑了。他浑身上下到处疼，可总体而言，他对自己很满意。

他父亲看他一眼，就明白发生了什么，说："告诉你母亲，就说你跌了一跤。"

"好的，父亲。"本知道母亲不会相信。

"以后还是我赶牛去集市，包括卖玉米之类的。只要去市场，就都由我去……在钱庄没把钱都收走以前，都这么办。"

"那不行，父亲。"本很平静，就像说"好的"一样平静。对于一个刚被群殴的小伙子来说，他的感觉比较奇怪，可以说有些开心。

"你说不行是什么意思？"他父亲纳闷了。

"如果我跑或躲起来，他们就会追上门。一旦迎头还击，他们很快就会觉得没劲了，就会去找下一个懦夫了。"

"万一有人从靴子里抽出刀来呢？"安德鲁说出最大的担忧，"你就没机会让他们觉得没劲了，本。"

本双手环抱，紧紧拥抱父亲。

"人算不如天算。"本说了一句德兰俗语，"你知道得很清楚啊，父亲。我会为彼……为那个你不许提起名字的人而战。"

父亲满怀悲伤地看着他："你不相信他干了那件事，是不是？"

"是的，"本的语气极为坚定，"至死不信。"

"我都没注意到，你已经长成男子汉了，"父亲说，"在市集的大街上跟一群流氓打架，然后长大成人。这真是令人懊恼而又悲伤的事。我们德兰也即将进入最悲惨的时期。"

"是啊，"本说，"确实悲惨。"

"愿神保佑你，"安德鲁说，"保佑我们这个不走运的家。"

64

托马斯是在漫长的冬天快结束时登基的。登基后第十五天，德兰遭遇了那年冬天最强的暴风雪。雪下得又急又猛，夜深了，狂风仍鬼哭狼号，卷起一堆堆小土丘。

风雪交加之夜的九点钟，但凡神志还清楚的人都早早地回了屋。斯塔德家却有人来敲门。结实的橡木门被敲得又急又重："快开门呀，我可没时间在这里耗一整夜。"

安德鲁和本坐在炉火前看书。苏珊·斯塔德，本的母亲、安德鲁的妻子，坐在二人之间做着刺绣，未来的成品上将绣有"神佑国王"四个字。埃玛琳早早地被哄睡着了。三个人听见敲门声都抬起头，然后你看看我、我看看你。本的眼里是好奇，安德鲁和苏珊则立刻本能地害怕起来。

"父亲？"本问。

"我去。"安德鲁说。

最好是个夜里迷路、只想找地方歇歇脚的旅行者。他暗自希望着。打开门却看到门口站着一名神情严肃的国王侍卫队的侍卫，戴着专为打仗而装备的皮帽，腰间插着一把抬手就能拔出来的短剑。

"找你的儿子。"侍卫开门见山。安德鲁腿一软，差点儿跪地。

"找他什么事？"

"沛纳叫我来的。"侍卫说，不再多解释。安德鲁明白了。

"父亲，怎么了？"站在他背后的本问道。

不，安德鲁在心里悲伤地说，这也太倒霉了！别对我儿子动手，拜托，放过我儿子吧……

"那就是你儿子？"

安德鲁来不及否认——就算否认也徒劳——本已经站出来了。

"我是本·斯塔德，"本说，"找我有事吗？"

"你得跟我走一趟。"侍卫说。

"去哪儿？"

"安德斯·沛纳的官邸。"

"不要！"他母亲在小客厅门口大叫一声，"不要，现在太晚了，天冷，路又滑……"

"我有雪橇。"侍卫冷冷地回答。安德鲁看到他的手扶着剑鞘。

"我跟你去。"本取来外套。

"本……"安德鲁张了张嘴。他心想，我们再也看不到他了，只因为他认识王子，我们就要失去他了。他没有说出口。

"没事的，爸。"本拥抱了父亲。安德鲁感到那个拥抱充满青春的力量，几乎就要相信真会没事。可转念一想，儿子还小，还没有经历过恐惧，不知道这个世界有多残酷。

安德鲁·斯塔德揽着妻子的肩，夫妻俩站在门口看本和侍卫顶风冒雪地走向雪橇。那雪橇只是远处一团模糊的影子，两边挂着鬼火状的提灯。本从一侧上了雪橇，侍卫从另一侧上去。夫妻俩默默地看着。

只有一名侍卫，安德鲁心想，这不正常。也许只是叫他过去问话,拜托,拜托,只是找我儿子过去问话!"

斯塔德夫妇俩默默站了半晌,细密的雪花在他们的脚踝处打转。雪橇渐渐远去,提灯的火光忽明忽暗,雪橇上的铃儿叮当响。

苏珊泪流满面,一直望着,直到再也看不见了。

"我们再也见不到他了。"她呜咽,"永远看不到他了!他们把他带走了!这天杀的彼得!是他牵连了我的儿子。我要诅咒他!诅咒他!诅咒他!"

"嘘——孩子他妈,"安德鲁把她揽紧一点儿,"别骂了。嘘——明天早上我们就会见到他,最晚中午他就回来了。"

听到丈夫颤抖的声音,她哭得越发肝肠寸断。哭声把埃玛琳吵醒了(也可能是因为门开着,寒风吹进来把她冻醒的),她一旦醒过来,就很难再哄睡着。最后苏珊不得不陪她睡,母女俩躺在一张大床上。

安德鲁·斯塔德当夜坐到天明。

他抱着一线希望枯坐在炉火前,心里却绝望地坚信,他再也见不到儿子了。

65

一小时后,本·斯塔德站在安德斯·沛纳的书房里。他感到好奇,又有些敬佩,但并不害怕。他认真地听沛纳的每一句话,硬币放在他手心里时发出了小小的碰撞声。

"都明白了吗,孩子?"沛纳以法庭上惯用的官腔冷冷地说。

"明白了,大人。"

"我必须确认一下,刚才交代你的事不是儿戏。你复述一遍。"

"我去城堡找丹尼斯,也就是布兰登的儿子。"

"如果布兰登出来阻止呢?"沛纳尖锐地提问。

"那我就告诉他,让他来找你。"

"对。"沛纳的背靠回椅背。

"我不能说'不要把这件事告诉别人'之类的话。"

"对,你知道原因吗?"

本低头站着,略微思索。沛纳等着他自己思考。他喜欢这孩子,他看起来沉着、冷静又勇敢,许多在半夜被带到他面前的人常常吓得说不出完整的话。

"如果我这么说,他反而会更快地说出去,倒不如不说。"本终于回答道。

沛纳的脸上露出微笑:"很好,继续。"

"你给我十个吉尔德,两个给丹尼斯,他可以留一个,另一个给那个找到彼得母亲的玩具娃娃屋的人;另外八个吉尔德交给典狱长白森。找到娃娃屋的人将娃娃屋交给丹尼斯,然后丹尼斯交给我,我交给白森。还有餐巾,餐巾由丹尼斯亲自交到白森的手上。"

"几条?"

"每周二十一条,"本迅速地答道,"必须是王室专用餐巾,挑掉龙纹绣线,你的仆人会找个女人负责做这件事。你会找人给我送钱来,不是给丹尼斯的就是给白森的。"

"你自己不留一点儿?"沛纳问。他刚才想打赏本,被拒绝了。

"我不要。就这样。"

"你很聪明。"

"我衷心地希望能帮更多的忙。"

沛纳坐直身子,突然换上一副严厉的表情:"不行,不准,"他说,"这件事已经到了危险边缘,你这是在帮助被判谋杀罪的犯人搞特殊,他犯下的是人世间第二重的罪。"

"彼得是我的朋友。"短短几个字显示出本为人称许的品质。

安德斯·沛纳似笑非笑地回味着这句话,抬起手,指了指本的脸上那片渐渐消下去的乌青。"我猜,"他说,"你为你们的友谊付出过代价。"

"这样的代价,我可以再付一百次。"本说道。迟疑片刻后,他大胆地说:"我不相信是他杀害了先王。他爱罗兰国王,就像我爱我的父亲。"

"哦?"沛纳不以为然。

"是的!"本大声说,"你真的相信他杀死了自己的父亲?你真的这样认为吗?"

沛纳僵硬地干笑,笑容里的凶狠瞬间浇凉了本的热血。

"如果我不相信这一点,我就会特别警惕和我说话的人,"他说,"一定要特别小心,否则刽子手的斧头马上就会砍断我的脖子。"

本看着沛纳,没有答话。

"你自称是他的朋友,那么做好我交代给你的事情就行了。一件都不能多做。你如果以为这个秘密差事能把彼得放出来——我从你的表情里看出来了——趁早别做这个梦。"

沛纳没有摇铃叫阿尔伦进来,而是亲自送那孩子从后门离开。今晚派去接他的侍卫,明天就会被发配到西邑去。

沛纳在门口说道:"我再强调一次,只做好我交代给你的事情,别的任何事都不准多做。现在,彼得的朋友在德兰不吃香了,你脸上的乌青就是明证。"

"我会打回去!"本斗志昂扬,"有一个打一个,有多少打回去多少。"

"那倒是。"沛纳又僵硬地干笑了,"你想让你的母亲和你的小妹妹也跟着你打回去?"

本呆呆地看着这个老头子,恐惧像一朵娇艳的玫瑰花在他心里悄悄地开放。

"你如果不敬畏恐惧,事态就会失控。"沛纳说,"德兰的暴风雪远未结束,现在只是开始。"他打开后门,黑暗的狂风卷着雪花涌进门,"回家吧,本,你的父母一定很高兴看到你这么快就回家了。"

这句话说得还是过于保守了。本打开家门时,他的父母穿着睡衣在门口等着。他们听到了雪橇上越来越近的铃铛声。他母亲紧紧地抱着他,满脸是泪。他父亲则涨红了脸,很少掉泪的他热泪满眶,用力握住本的手,握得他都觉得疼了。本想起沛纳说的,暴风雪远未结束,现在只是开始。

随后,本躺在床上,两手枕着后脑勺,望着漆黑的天花板,耳边听见屋外狂风呼啸。他这才回过神来:沛纳根本没有回答他的问题,没有表示到底相不相信彼得。

66

托马斯掌权第十七天,布兰登的儿子丹尼斯把第一批二十一条餐巾送进了针塔。这些餐巾出自彼得、托马斯、本·斯塔德和沛纳等原本都不知道的某间储藏室,但在彼得被囚禁的日子里,这些人都知道这个地方了。丹尼斯知道,因为他是历代管家、管家、管家……的儿子,但是俗话说得好:"亲不敬,熟生蔑。"越是熟悉的越觉得平常。他并没有在意过这间供给餐巾的储藏室。我们稍后会再次提到这个地方。现在只能告诉你,日后所有人见了那里都极为震惊,特别是彼得。要是他早知道有这么一个被丹尼斯视为稀松平常的储藏室,可能会提早越狱,或许提早三年……无论如何,事情的走向都将不同了。

67

沛纳雇了一名妇女挑掉餐巾上的王室纹章刺绣，选中她是因为她手脚麻利、嘴巴牢。她每天坐在储藏室外头的摇椅上拆掉年深月久的绣线，在工作时闭紧嘴巴，原因是：拆掉如此精细的针线活儿对她而言不啻于某种亵渎。可是她家里穷，沛纳付的这笔工资无疑是天上掉下来的馅饼。于是在接下来的几年里，她坐在摇椅上前摇后摇，不停地把针上下翻飞，就像读者在别的故事里看到过的怪阿姨。她没对任何人提起她的拆线大业，连她的丈夫都没告诉。

这些餐巾带着一股怪味儿——不是霉味儿，而是久未使用过的陈腐味儿。除此之外，没有任何瑕疵，每一条都是二十乘二十龙德尔见方，完全能盖住老饕们的膝盖。

第一次送餐巾时出现了一段小插曲。丹尼斯在白森眼前晃来晃去地徘徊，等着对方给赏钱。白森任由他在那里晃来晃去，以为这个笨蛋晃到最后会想起来给自己赏钱。结果他俩最后同时得知一个事实：都拿不到钱。丹尼斯终于往门口走，白森还假意在背后踢了他一脚，催他走快一点儿。这个场面逗得两名狱卒哈哈大笑。白森装模作样地拿起餐巾假装要替丹尼斯擦屁股，此举把两个属下逗得更乐呵。但白森很小心，这些都是假动作，毕竟这些事跟沛纳有关，还是小心为妙。

但沛纳可能快失势了。白森在不论是卖蜂蜜酒还是红酒的酒馆都听到人们在悄悄议论，说弗拉格的爪子已经伸到大法官身上了。只要他出一点儿差错，可能就会失去目前在法庭上的位置，换成更高的虚职来旁观诉讼程序了。这些闲人闲聊的时候遮着嘴巴，说不准沛纳正从房梁上看着呢。

68

　　托马斯掌权第十八天。彼得拿到早餐盘里的第一条餐巾。早餐很少,餐巾很大,可以盖住整份餐食。彼得露出了自进入冰冷针塔之后的第一个微笑。他的脸颊和下巴都长出了胡碴,这些胡碴在这个四面透风、透心凉的地方将越长越茂密。他看起来特别颓丧、绝望……但展颜微笑时就不一样了,笑容神奇地点亮了坚毅的面孔,让他容光焕发。可以想见,他在战场上必定会是一位擅长鼓舞士气的领袖。

　　"本,"他低语,手微微颤抖着掀开餐巾一角,"我就知道你行。谢谢你,我的朋友,谢谢。"

　　彼得拿到第一条餐巾后做的第一件事是,用它擦掉脸上的泪。

　　沉重木门上方的窥视孔突然开了,两名狱卒再度脸贴脸地出现。两张大脸挤在小小的洞前,活像弗拉格的双头鹦鹉。

　　"但愿这孩子不会忘记擦他的小下巴。"一个声音嘶哑、颤抖着。

　　"但愿这孩子不会忘记擦他衣服上的小脏点。"另一个是大嗓门,然后两只脑袋同时爆发出刺耳的笑声。彼得没看他们,他的脸上始终挂着微笑。

　　那个笑容像是有着某种震慑的力量,使得狱卒们的嘲笑渐渐干涸。

　　他们关上窥视孔,让彼得一人待着。

　　当天午餐时有餐巾。

　　晚餐时也有餐巾。

　　往后的五年,关在针塔顶牢房里的彼得每一餐都有餐巾。

69

"光明使者托马斯"登基的第三十天。玩具娃娃屋被送进了彼得的牢房。那天，报春使者莫迪尔（也就是我们说的矢车菊）在路边盛放，"光明使者托马斯"签署颁行了《农民增税法》。接着，这个税法就被亲昵地称为"托米黑心税"。卖蜂蜜酒或红酒的酒馆里流传着新笑话，国王的封号由"光明使者托马斯"改为"课税使者托马斯"。税率不是百分之八，那倒还算公平；也不是人们铆足劲儿也还能接受的百分之十六，而是百分之八十。一开始，连托马斯都难以置信，但是弗拉格很快就用"事实"说服了他。

"我们必须课以重税，因为百姓总是瞒报或不报收成。我们就是要收回他们历年来欺骗税务官而免缴的应缴税款。"弗拉格如是说。如今城堡里到处都是红酒，喝得稀里糊涂的托马斯看着弗拉格精打细算的脸，如他所愿地点了头。

彼得担心这么多年没碰过的玩具娃娃屋可能找不着了——几乎找不着。本·斯塔德请丹尼斯代为寻找，多日遍寻不着，丹尼斯便把这个秘密透露给了他的非凡老爹布兰登——这样的重担，他只敢委托给唯一信任的人来办。布兰登又花了五天时间，终于在西边角楼九楼的小仓库里找到了。一块因天长日久而变成灰色的古老防尘布（还有被虫蛀的痕迹）盖着娃娃屋依然色彩鲜艳的假草皮和层层叠叠的小厢房。原始的家具摆设都还在，布兰登父子和沛纳亲自挑选的一名士兵花费三天时间才确保拆掉了所有的尖锐物件。最后，由两名仆从用板子抬着这个沉重的大玩具费劲地爬了三百级台阶送上去。白森紧跟其后，大骂着威胁他们千万不能在半道上摔了，否则他们一辈子都要吃不了兜着走。两名少年仆从汗如雨下，没回一句嘴。

牢门打开，娃娃屋被抬进来。彼得见了，惊得目瞪口呆。不仅因为娃娃屋终于被找到、送来,还因为两名少年仆从中的一名居然是本·斯塔德。

本眨眨眼:别露馅!

别一直盯着我!彼得也眨眨眼。

沛纳给过他建议,如果彼得看见本出现,肯定会吃惊。沛纳忘了,即使把所有老年人的智慧加在一起,也无法揣测一位少年的行事逻辑,只要那少年心胸开阔、善良、忠诚,便能一往无前。本·斯塔德恰恰具备上述三种品质。

说服一名搬运娃娃屋上针塔的侍卫与他交换,可能是全世界最容易完成的任务了。只要支付一个吉尔德——本所拥有的全部财产,丹尼斯就帮着搞定了。

"千万别跟你父亲说。"本警告丹尼斯。

"为什么?"丹尼斯问,"我几乎所有事情都告诉他……难道你不告诉你父亲?"

"以前告诉。"本想起父亲禁止自己在家里提及彼得,"但是男孩子长大以后,情形就变得不太一样了。不管怎么说,这件事无论如何都不能告诉他,丹尼斯。他可能会对沛纳说,而沛纳一定会把我扔进锅里煮。"

"好吧。"丹尼斯向他保证,并且果然信守承诺。丹尼斯爱戴的主人先是被指控,进而被定罪,已经深深地刺伤了他的心。过去几天,本让丹尼斯不再那么空虚,还帮了大忙。

"好极了。"本亲近地捶了丹尼斯肩膀一拳,"我想见见他,好让他打起精神。"

"他是你以前最好的朋友,对吧?"

"现在也是。"

丹尼斯惊讶地望着他:"你怎么把杀父之人当作好朋友?"

"因为我根本不相信是他干的。"本说,"你相信吗?"

没想到丹尼斯竟然哭了:"我的心跟你一样,可是……"

"那就听从你的心,"本豪放地搂了搂丹尼斯,"擦干眼泪吧,省得被别人看见你哭鼻子。"

"抬进另一个房间去。"彼得说,暗骂自己不争气,声音居然微微发抖了。白森没有察觉到这一点,他正忙着斥责这两个少年又笨又傻,还碍手碍脚的。他们把娃娃屋搬到卧室里放下。看上去一副痴呆相的那个提早放下了自己抬的那一头,放下时力道过重,一个细微的声音意味着娃娃屋里有个物件碎裂了。彼得大吃一惊。白森抬手甩了那孩子一个嘴巴,脸上却笑意盈盈的。自从这两个孩子搬来这么个该死的东西以后,这是他碰到的头一件好事。

痴呆相的孩子站着,摸着微微肿起的脸,愣愣地看着彼得,显然吓破了胆。跪在地上的本稍后站起身。玩具娃娃屋前门有小小的藤垫,也就是我们说的脚垫。本的大拇指抚过那块小垫子,然后看向彼得。

"滚出去!"白森吼道,"两个都给我滚蛋!回家去骂你们的娘居然生出这样两个笨蛋!"

两个男孩子经过彼得身边,行为粗鄙、不懂礼貌的那个晃了一下,像担心王子有传染病要过给他似的。本偷偷地瞟了一眼彼得,看到好朋友的眼睛里充满了关心和感动。两个男孩离开了。

"好了,现在你拿到想要的了,亲爱的小王子,"白森说,"还要什么?绦子边的衣服?真丝内裤?"

彼得慢慢转过身看着他,只是看着他。白森于是低下头,眼睛看向别处。彼得的眼神真可怕,不管他看上去是不是柔弱,白森都没法忘记他之前打得自己满地找牙、肋骨痛了两天、脑袋晕了一星期。

"随你的便,"他放低了音量,"都已经送来了。我可以帮你找张桌子摆放,再找把椅子让你坐……"他挤出个鬼脸,"坐着玩。"

"多少钱?"

"给三个吉尔德就行。"

"我没钱。"

"可是你认得有权势的人啊。"

"没了。"彼得说,"我帮过他,他还我一个人情,仅此而已。"

"那就坐在地上等屁股生冻疮吧,活该!"白森扭头甩着大步走了。自从彼得来到针塔,那笔稳定的小收入到今天显然终止了。他因此不高兴了好几天。

彼得确保所有的门闩和门锁都上停当之后,才掀开了本用大拇指轻轻抚过的小藤垫,发现一张邮票大小的纸片,两面都密密麻麻写满了字,字与字之间不留丝毫空隙。这封信上的字非常小,彼得必须眯起眼睛才能看清。他猜本写的时候一定用上了放大镜。

彼得,看完立即销毁。我不相信是你干的,相信别人也有同感。我仍旧是你的朋友,现在依然爱你。丹尼斯也不相信。只要我能帮忙,尽管让沛纳来找我。要有信心。

彼得读着信,感动的泪水在眼睛里转啊转的。真正的友谊常常会让我们充满感激。这个世界上每时每刻都有严酷的沙漠,而在沙漠上长出花来是多么不容易。"本真是个大好人!大好人!"

他第一次感觉到,自己的计划虽然有些草率,又有很大风险,但或许真的能成功。

他又想到这张纸条是本冒着生命危险写的。本的确有贵族血统——算是有一点儿吧——却不是王室,无法被赦免,所以逃不掉刽子手的板斧。如果被白森或其手下发现了这张纸条,一定会猜到是搬玩具娃娃屋的少年写的。那个痴呆相、不懂礼貌、恐怕连儿童书上斗大的字都不认识的小子不可能写出这么小的字。他们会认定是另外那个人,那么大好人本过不了多久就会被送上断头台。

他只想到一种方法可以消除本被砍头的危险。事不宜迟,赶紧行事。他把纸条用右手大拇指和食指揉捻了一下，吞下了肚。

70

我相信诸位已经猜到了彼得的越狱计划，因为沛纳看到彼得要求之物的时候还没你们知道的多。总之，现在是时候告诉你们了。他打算用棉线制作成绳子，当然了，棉线来自餐巾。最后把绳子悬垂至地面逃掉。有的人听见这个计划可能会大笑，用餐巾的织线搓成绳子，逃出三百英尺高的针塔？你们或许会不以为然：不是说故事的人疯了就是彼得疯了。

他没疯。彼得知道针塔有多高，也知道不能过于贪心地从每条餐巾里拆下来太多的线，否则容易让人起疑。就算典狱长发现不了，洗衣妇也有可能会发现每条餐巾都缩小太多了，如果她再跟某个朋友提起这事……这个朋友再跟别人提起这事……事情就传开了。彼得担心的其实不是白森，说良心话，白森是笨蛋一个。

弗拉格可不笨。

弗拉格杀了父王。

弗拉格眼观六路，耳听八方。

只可惜彼得没想到过餐巾的陈腐味儿，也没问过被雇来拆纹章的妇女是拆了若干件之后丢了这份工作还是仍旧在拆线——他的心思不在这里。他注意到这些餐巾十分老旧，这绝对是好事，因为这样他就能从每条餐巾上拆下更多的线，多到他做梦都想不到。只不过他后来才知道，自己其实可以拆下更多的线。

我听到有些人议论：用餐巾的棉线制作的绳子能从针塔顶牢房的窗口垂至地面？用餐巾的棉线制作的绳子能支撑一百七十磅的重量？这个玩笑开大了。

其实人们之所以有这样的想法，是因为他们没有想到娃娃屋……更没有想到娃娃屋里有一台织布机。那是一台迷你织布机，餐巾线刚刚好可以挂在机器的小梭子上。有这种想法的人忘了，娃娃屋里的每件摆设虽然都特别小，却都能实际操作，只是里面的尖锐物体被拆掉了，比如织布机的刀刃……一台完整的织布机仅缺这个。

很久以前，弗拉格确实对玩具娃娃屋心存顾忌。如今看来，它果然成了彼得越狱的唯一指望。

71

要讲述彼得在针塔顶的五年可能需要更好的讲故事技巧。他吃饭，睡觉，望着窗外，早、中、晚做运动，梦想重获自由。他住的地方夏天热，冬天冷。

第二年冬天，彼得患上很严重的流感，差点儿没活下来。

盖着单薄的被子躺在床上，连续发高烧，咳嗽不止。起先他担心自己万一烧得神志不清，说胡话透露出卷得整整齐齐的绳子就藏在卧室东侧的两块石砖下。随着高烧越来越严重，绳子越来越不重要了，他以为自己快死了。

白森和狱卒们也是这么以为的。他们还为此下注，赌王子哪天死。彼得已发烧一周，这晚又是狂风大作，气温降到零度。彼得梦到了罗兰，他相信父亲是来接自己去遥远之乡的。

"我准备好了，父亲！"他大喊，烧得神志不清，不知道是不是真的喊出了声，"我准备走了！"

你还不能死，在梦里……或是眼前……随便哪里……父亲说，你还有好多事情要做，彼得。

"父亲！"彼得的声音很大，楼下的狱卒和白森都惊恐地以为彼得看到死去的罗兰国王冒着青烟来拖他的灵魂下地狱。他们那天晚上没下注，事实上，其中一名狱卒第二天就去众神教堂再次皈依了，后来甚至成了牧师。那狱卒名叫迦兰，我会在另一个故事里提到他。

彼得确实看到了幻影，但到底是他父亲的魂魄还是发高烧导致的脑内幻象就不得而知了。

他的声音低下去，狱卒们听不清楚他后来又说了什么。

"天好冷……我好热。"

"可怜的孩子，"散发着微光的父亲说，"你遇到了很多考验，以后还会遇到更多的困难，但是丹尼斯会知道……"

"知道什么？"彼得倒抽了一口凉气，脸颊烧得通红，额头却像蜡烛般苍白。

"丹尼斯会知道梦游的人去了哪里。"他的父亲轻轻地说，旋即消失了。

彼得昏沉沉地睡去。之后，烧退了。第二天，这个一年来每天做六十个俯卧撑、一百个仰卧起坐的孩子醒了，虽然虚弱得下不了床，但头脑恢复了清明。白森和狱卒很失望。但那晚过后，他们对彼得又增添了三分敬畏，尽量留意不靠近彼得。

于是他的计划进行得更轻松了。

这个故事不难讲。当然，要是我能确认鬼影到底是真实存在过的还是他的幻象，那么这个故事就会更精彩了。可是故事如人生，能有多精彩，得由读者自行决定。

至于彼得全年无休地用小织布机进行的无聊工程该怎么讲，这可把我难住了。他花了太多时间，有时口鼻喷着雾，有时脸上淌着汗，还要时时刻刻提防被发现。在孤独的、漫长的劳作中，只有无边的遐想和荒诞的希望陪着他。我可以告诉读者一些事，以后也会再说，但是我的笔力有所不逮，没办法描述如此枯燥、乏味的过程。可能谁都描述不好，除了那些古老得早就没了影儿的讲故事的老手。唯一能模糊地证明彼得在那两间屋子里花了多少时间的可能是他的胡子。他被关进去时只在两腮略有胡碴，唇上有一圈青色，也就是男孩那种淡淡的胡子。在其后的一千八百二十五天里，他的胡子越来越长、越来越密，最后拖到了胸口。尽管他才二十一岁，胡子却已有些花白。唯一没长出胡子的地方是被白森以指甲抓出的伤痕。

第一年，彼得只敢从一条餐巾上抽取五根线，一天共抽取十五根。他把线藏在床垫下。这样一周便有一百零五根。以我们的测量标准来看，每根线大约二十英寸长。他拿到娃娃屋的一周后，用小织布机纺出了第一批线。十七岁时操作织布机与五岁时可大不一样，他的手指变粗、变长了，可织布机并没有。加上他特别紧张，担心万一被狱卒看见，或许可以借口在用织布机织补餐巾脱线的边缘，也可以辩解只是打发时间……但愿他们相信，但愿织布机还能用，他本来根本不能确定，直到看到织布机的那一端吐出第一条完美的细绳，紧张的心情终于稍微放松了一些，可以织得更快了：把线穿上，押直，用大拇指按压踏板。起初，织布机"嘎吱嘎吱"地响，不过很快就像他小时候使用时那样顺畅了。

然而织出的绳子非常细，直径不及一英寸的四分之一。彼得在绳子末端打结，试着拉了两下，居然没断。他因此精神大振。绳子要比外表看上去坚韧。他本以为这是必然的，毕竟这是王室专用餐巾，是用德兰第一流的棉线精工制作而成的，并且他织出的绳子很紧实。他更用力地拉，想试试这条细绳可以承受多少磅的重量。

更加用力地拉，绳子仍结实着呢。他觉得又多了几分希望。不知不觉间，他发现自己想起了约瑟夫。

他一直想着约瑟夫，那个马夫长，神奇而又重要的断裂伸长率就是从他那里听来的。那是一个艳阳高照的夏日，他们正在围观安杜安公牛搬运用来建造新市场的石头。一个汗流浃背、满口脏话的放牛人骑在牛背上。彼得那时顶多十一岁，觉得眼前的景象比马戏团更有趣。约瑟夫说每头牛都挂着沉重的皮鞍,拉动石块的铁链拴在皮鞍上,牛头的左右两侧各拴一条。负责切割巨石的石匠要小心地估算每块巨石的重量。

"如果石头太重,牛会被拉伤。"彼得说。这根本不算是问题,他觉得答案不言而喻。他倒是很同情那头牛,竟然要拉这么多的石头。

"不对。"约瑟夫点燃以老玉米芯制作的烟卷,差点儿烧到自己的鼻子,然后很是享受地吸了一大口。他很喜欢跟这位小王子待在一起。"不是这么说的。牛不傻,人们之所以误解,是因为它们又大又听话,还能帮着干活。我跟你说啊,牛比人聪明多了……不过先不说这个,先不说。如果牛拉得动,它就拉;要是拉不动,它就不拉。牛会试两次,然后低头不动,就算主人狠命地抽它的屁股,它也不动。牛看起来笨,其实一点儿都不笨。"

"既然牛知道自己能拉多重,那么石匠为什么还要估算切下来的石头有多重?"

"问题的关键不是石头,而是铁链。"约瑟夫指着一头牛,它正拖着一块巨石,在彼得看来,那巨石简直是一座小山。牛低头俯视前方,放牛人骑在它身上,用一根棍子轻轻地拍打着指引方向。两条铁链拖着石头缓缓挪移,在泥地上刨出一道沟。那道沟很深,小一点儿的孩子得费些力气才能从里面爬出来。"牛拉得动就拉,可是他不懂铁链,也不懂断裂伸长率。"

"那是什么?"

"拖拉的东西如果太重,铁链就会断。"约瑟夫说,"铁链一旦断了,就会乱甩。如果牛拉得动,而铁链却因为石头过重而断掉,那么接下来发生的事你一定不想看到。那些超荷负重的铁链有可能飞到任何一个地方,一般是往后飞,很可能砸到人,把人割成两半,或割断牛腿。"

约瑟夫深吸一口烟,然后把烟头扔到泥地上。他幽默而又友善地看着彼得。

"断裂伸长率,"他说,"这是王子应该知道的事。如果拉力过大,铁链就会断。老百姓也一样,记好了啊。"

彼得一直记到现在。拉第一条绳子时,他就考虑到了这一点。这条绳子能承受多大的拉力?五鲁尔?少说也有这个数。十鲁尔?也许。不过这可能只是他一厢情愿的想法。大概是八鲁尔?不对,七鲁尔。如果估计必出错,就宁愿估计得保守一点。如果估过了……针塔广场的石地是很硬的。

他再次更用力地拉,手臂上的肌肉鼓起来。第一条绳子终于拉断了,彼得估算出他的拉力至少有十五鲁尔——差不多六十四磅。

他对这个结果还算满意。

当天晚些时候,他把断掉的绳子扔出窗外。每天都要清扫广场的清道夫第二天会把绳子和其他垃圾一起扫掉。

彼得的母亲见他对玩具娃娃屋和屋子里的小家具感兴趣,还教过他怎么先织出绳子,再用小辫子的方法织成小毯子。如果太久没接触,很可能会忘记。可是彼得有大把的时间,经过多次的摸索、练习,逐渐掌握了"花插编小辫"织法的要领。

"花插编小辫"是母亲的说法,被他沿用。其实这么说并不准确,准确的说法是,"花插"是以两条绳子编织,但织毯子要用三股以上的绳子,是多股织法。多股织法是先将两条绳子并列,头尾对齐,第三条放在这两条之间,但位置略在下,交叉编织。随着长度增加,每次都如法炮制,看起来有点儿像中国古代夹犯人手指的刑具(拶指)。想象一下外婆家手织毯的样子?

彼得花了三周时间才攒够了做这种编织的绳子,又花了第四周几乎整周的时间回忆"花插编小辫"的编法,便有了一根真正的绳子。这跟绳子很细,你会认为彼得一定是疯了才敢把自己悬吊在这根绳子上。其实绳子坚韧、结实。但他发现这根绳子还是会被拉断,当然得把它两端紧紧地绑在手上死命地拉，胳膊、胸大肌都鼓起来，脖子也得暴青筋才行。

他的卧室上方有几根坚固的橡木檩。一旦他的绳子够长，他就用这些檩来测试绳子够不够强韧。如果断了，就重来……想太多没好处，彼得明白这个道理，于是埋头苦编。

他拆掉的每根餐巾线都是差不多二十英寸长，编出来会缩短两英寸。他耗时三个月才编出了三英尺长的三股绳，每股都是由一百零五根线编成。一个晚上，他确信狱卒们不是醉倒在地就是在玩牌，便把这条小辫绳绑在了横梁上。他把绳子抛过梁，再系个活扣，那根小辫绳只剩下一英尺半。

绳子看上去细得可怜。

但彼得还是抓住绳子，悬吊在半空中，抿紧嘴巴等着绳子断裂把他摔到地上。可是绳子没有断。

绳子没有断。

彼得不敢相信，他凭借一根细得几乎看不见的细绳悬吊在空中。足足吊了一分钟，他才站在床上解活扣。手指微微颤抖，解了两次才解开，因为视线被泪水模糊了。这是他看到本的小纸条后第二次喜极而泣。

72

彼得一直把绳子藏在床底，可他知道那个地方藏不了多久。从地面到达针塔顶，高度为三百四十英尺，从他的窗户到石地差不多三百英尺。他本人六英尺高，自认为敢从二十英尺高往下跳。那么最保守的估计，他也得准备长达两百七十英尺的绳子。

他在卧室地板的东边发现了一块松动的石头，便小心撬开了它。

他又吃惊又开心地发现那下面有一小块空间。因为看不清楚，便伸手下去摸。他全身紧绷，随时准备会有什么动物爬过他的手或咬他一口。

没有。他正要把手抽开，手指头却拂过了什么东西，有冰冷的金属触感。彼得抄起那东西，是一个带有一根细链的心形坠盒。坠盒和链子看上去都是金质的，他掂了掂重量，应该是纯金的。看了一会儿，他发现有个精巧的机械压簧，一压，坠盒应声弹开。盒子里面左右各有一小帧画像，就像萨莎娃娃屋里的迷你画作一般精致，可能更精致。彼得盯着画像上的脸，大为惊讶。画中的男人非常英俊，女人也很漂亮。男人脸上带着浅浅的、漫不经心的微笑；女人有一双深色的眼睛，神情端庄。彼得很惊讶。一方面，从画中人依稀可辨的穿着打扮来看，这一定是个很古老的坠盒；另一方面，这两个人看着特别面熟，似曾相识。

他合上坠盒，翻到背面。这里应该刻有姓氏的缩写，但那些花体字复杂得难以辨认。

冲动之下，他再度把手伸进小洞，这回摸出了一张纸。很大的一张书写纸，已非常陈旧，几乎一碰就碎，可是上面的字迹十分清晰，署名也好认：列文·瓦雷拉。这是南邑臭名昭著的"黑心大公"。原本可以成为国王的瓦雷拉在死前的二十五年里都被关在针塔顶，罪名是谋杀发妻。怪不得坠盒里的画像这么眼熟！那个男人就是瓦雷拉，女人则是被他谋杀的妻子伊莲娜——被民谣传颂至今的绝世美人。

瓦雷拉所使用的是一种奇怪的铁锈红色的墨水，信的第一行就让彼得心里一惊。其实整封信都让他吃惊，并不仅仅因为瓦雷拉曾经和他的境遇相同。

致寻得此信者：

　　我用我的血写成这封血书，以左颈静脉之血为墨，以在卧室石墙上研磨很久的勺子柄为笔。我在这个空中楼阁里已经待了四分之一个世纪,来的时候是青年,现在却垂垂老矣。咳嗽、发热找上门来,这一回怕是躲不过去了。

我没有杀害我的妻子,绝无此事。不管摆出什么证据,我的妻子绝不是我杀的。我爱她,到今天仍深爱着她。可即使我再心碎,也无法阻止她笑靥如花的美貌消逝。

我坚信,杀害伊莲娜的是国王的巫师。那人精心设局,必欲除掉我而后快,只因我着实挡了他的道,不利他实施奸计。现在看来,确实是小人阴谋得逞,且势力日益壮大。可我仍然坚信,众神必将惩罚那个耍弄阴谋诡计之徒,恶人必将走上穷途末路。大限将至,我更加相信,神会指派某人来到这悲惨之地,必将严惩恶人,也必将找到我的这封血书。

若真如我所愿,那么我在此对你大声疾呼:复仇!复仇!复仇!别在意我或我所受的冤屈,但别忘记我至爱的伊莲娜,她被害死在床上,往酒杯里投毒的人并不是我。我以我的血在这里写下凶手的名字:弗拉格!弗拉格!弗拉格!

请带走我的金坠盒,请记得在除掉这个世上罪大恶极的恶棍之前拿给他看。在他一命呜呼之前,他将知道,为了使他覆灭,我也出了一份力,即使我背负杀妻之罪,被埋于恶人之墓。

列文·瓦雷拉

现在你们知道彼得大吃一惊的原因了。也许还不是很清楚,但我提醒各位,尽管弗拉格看起来是一个健壮的中年男人,实际上他已经非常老了。这么说,就能明白了吧?

彼得确实读过列文·瓦雷拉的犯罪故事,他是在史书上读到的。这张年代久远、几乎一碰就碎的羊皮纸先是提到国王的巫师,后指名道姓是弗拉格。那是指出他的名字吗?简直是在呐喊、咆哮地吼出他的名字!

瓦雷拉所犯的罪行发生在阿兰二世统治的时代,而阿兰二世是四百五十年前的德兰国王。

"我的天,我的天哪,"彼得低呼,挣扎着走回床边,一屁股坐下,险些双腿一软跪在地上,"他以前就干过!他以前就干过!同样的伎俩,四百多年前他就干过!"

彼得的脸上全无血色,寒毛直竖。现在他明白了,国王的巫师弗拉格实质上是怪物弗拉格,他这次重回德兰,就是要加害另一个国王——他那糊里糊涂、极易受骗的亲弟弟。

73

彼得起先还想再次贿赂白森,让他把坠盒和古羊皮纸送给安德斯·沛纳。他激动地认为这封信足以指证弗拉格,使自己被释放,重获自由。但细细思考,他认为或许故事书里会有这样的情节,但真实的人生里不如意事常八九。沛纳可能看完一笑了之,觉得这是一件仿制的假货。就算他当了真,那么大法官和牢里的王子可能会因此双双丧命。彼得的听觉十分敏锐,会竖起耳朵聆听白森和狱卒谈论从酒馆听来的小道消息。他听说了《农民增税法》,听到了百姓吐槽"光明使者托马斯"应该改名为"课税使者托马斯",胆子再大一点的人甚至管他弟弟叫"霹雳连环炸的行尸走肉小汤姆"。自托马斯登基以来,刽子手挥动板斧的频率和钟摆一样有规律,二者唯一的差别是,这座钟报出的是"叛国——叛乱、叛国——叛乱、叛国——叛乱"。要不是斧头令人触目惊心,这报时简直刻板、乏味。

此时,彼得已然看清了弗拉格居心叵测,企图彻底毁灭长治久安的德兰王国。拿出坠盒和血书只会令自己被讥讽,或者只能迫使沛纳采取行动——但毋庸置疑,他俩都会为此送命。

彼得把坠盒和羊皮纸放回原位，连同编了一个月、小猪尾巴般的三股绳。他今晚并没有感到辛酸、痛苦。绳子没有断，还发现了四百多年前的坠盒和羊皮纸——这至少证明了一件事，把东西藏在这儿不容易被发现。

但他还是有太多的心事，久久不能入睡。

好不容易入睡了，他好像仍能听到列文·瓦雷拉那冰冷、僵硬的声音在耳畔低语：复仇！复仇！复仇！

74

时光，对，就是时光——彼得在针塔顶耗费了许多时光。他的胡子长得很长，脸上只有那道闪电形的白色伤疤上没胡子。在他留胡子的漫长岁月里，从窗口看到外面经历了天翻地覆，听见了很多可怕的事件。刽子手的钟摆没有减速，反而加速，不停地发出"叛国——叛乱、叛国——叛乱、叛国——叛乱"的报时，有一天，六个人的头被砍下。

彼得被囚禁的第三年，终于有办法利用卧室中央的横梁每天做三十下单杠运动。就在那一年，沛纳因难忍嫌恶，辞去了大法官一职。酒馆里有一周的时间都在议论这条新闻，狱卒也日复一日地絮叨。他们相信，趁着沛纳的大法官空位还热乎，弗拉格就要把老头拿下，德兰的百姓很快就会知道大法官的血管里流淌的是热血还是冷血了。由于沛纳一直行动自由，没被逮捕，于是曾经沸沸扬扬的流言渐渐停歇。彼得庆幸沛纳没被逮捕，尽管沛纳相信是他杀了父王，但他并不恨他。他知道栽赃陷害的人是弗拉格。

彼得被囚在针塔顶的第三年，丹尼斯的父亲布兰登过世了。他死得很突然，但不失尊严。尽管他的胸口和半边身子痛得不行，但还是做完了当天所有的活计,慢慢地走回家。他坐在小客厅里等着疼痛渐消,没承想痛得越来越厉害。他把妻儿叫到身边,亲吻了他俩,要了一杯杜松子酒,一饮而尽,又一次亲吻了妻子,然后让她离开片刻。

"丹尼斯,你要好好侍奉你的主人,"他说,"你已经长大了,要肩负起成年人的使命。"

"我会好好服侍国王的,父亲。"虽然丹尼斯一想到要接他父亲的班就害怕,淳朴的脸上挂满了泪水。过去三年来,布兰登和丹尼斯是托马斯的管家,丹尼斯的工作跟以前服侍彼得的时候差不多,但有些事再也回不去了,甚至连"差不多"都做不到了。

"要服侍托马斯,"布兰登轻声说,"但如果有机会帮助你的第一个主人,丹尼斯,你绝不能有任何一丝一毫的犹豫。我从不……"

话未说完,布兰登手捂左胸,身子一挺,过世了。他如愿死在了自家的椅子上,死在自家的壁炉前。

彼得被囚在针塔顶的第四年,藏在石头底下的绳子越来越长。斯塔德一家仍下落不明。一旦看到贵族子弟下落不明,王室就会把他们所剩无几的土地据为己有。托马斯登基以后,越来越多的贵族下落不明。

那是纷纷扰扰的一周。斯塔德一家的失踪只是众多小道消息中的一桩,其他还有:他们家的四个人都被砍了头;赋税再次提高;一位老太太在王宫前示威三天,听说她的孙子因为反对提高牲口税而被抓进监狱,饱受折磨……彼得从狱卒的闲言中听到斯塔德一家的名字,心脏登时漏跳一拍。

斯塔德一家因为一连串遭遇而失踪的新闻在德兰已经不新鲜了。在刽子手挥动斧头的"咔嚓"报时声中,贵族人口大幅下降,许多被处以极刑,有的原因竟然是其家族服务国家太久——长达几百年甚至几千年了。他们简直不敢相信此等不公正的命运竟然落在他们的身上。其他人看到墙上写的血字便赶紧逃跑,斯塔德一家应属此列。

小道消息又开始满天飞。

人们捂着嘴嘀嘀咕咕，说这些贵族其实并没有四散逃去，而是在什么地方聚集，可能是北邑，在那里密谋着要推翻国王。

这些流言穿过城墙和门下的缝隙传进彼得的耳朵里……营造出一个妖魔化的外部世界。他的大半时间都在编绳子。第一年里，绳子每三周就长十八英寸；到了年末，细绳已经长达二十五英尺。理论上讲，这根绳子足以支撑他的体重，可是吊在卧室横梁上毕竟不能与吊在三百英尺的高空相提并论，彼得清楚地知道这一点。说他把自己的命系于这根细绳上，一点儿不为过。

一年编织二十五英尺恐怕还是不行，照这个速度，他得花八年时间才能越狱。他听到的二手传言更让他揪心了，德兰再也承受不了更多祸患了，绝不能发生暴动，必须以法律的手段拨乱反正，而不是用箭、弓、锤子或棍棒解决问题。与国家社稷相比，托马斯、列文·瓦雷拉、罗兰、他自己，甚至弗拉格都不重要。所有的一切都没有法律重要。

坐在炉火前渐渐老去、悲哀的安德斯·沛纳如果知道他这样想，一定会爱死他。

彼得决定尽早越狱，为此他做了许多计算。为了不留下任何痕迹，他只好心算。他翻来覆去地运算，反反复复地验算，最后确认他的答案没错。

从在针塔的第二年开始，他从每条餐巾上偷十根线，第三年是十五根，第四年是二十根。绳子越来越长。第二年结束，绳子已经长达五十八英尺，第三年结束是一百零四英尺，第四年结束就到了一百六十英尺。

离地面还有一百四十英尺。

最后一年，彼得从每条餐巾上拆三十根线。这样一来，偷盗行为就要暴露无遗了。餐巾的四角都脱线磨损得十分严重，像被老鼠咬过。彼得焦虑地坐等被发现。

75

可是在当时或者后来，都没有人发现彼得的行为，没有人提出疑问。彼得熬过许多漫长得看不到头的黑夜（至少他感觉是这样的），揣测、担心着弗拉格什么时候会听到风声或接到密报，从而识破自己的计划。彼得以为他可能会派探子到处打听。他非常审慎地全盘考虑过，但估错了一步——继而估错了第二步（往往是一步错、步步错）。这第二步就是犹豫。他以为餐巾的数量有限，可能只有一千条左右，并认为这些餐巾是重复使用的。他就是这样想的，没想更多。要是丹尼斯告诉他并不是这样的，也许他能节省两年的时间。可是从来没有人问过丹尼斯啊。事实十分简单，彼得的餐巾不是一千条，不是两千条，也不是两万条。所有古老的餐巾共计约五十万条。

城堡地下有很多层，其中一层有宴会厅般巨大的储藏室，里面堆满了餐巾……餐巾……满目皆是餐巾。彼得觉得这些餐巾有一股陈腐的味道并不奇怪，因为无论是不是碰巧，绝大多数餐巾都可以追溯至列文·瓦雷拉从入狱到死亡的那个年代。之所以有这么多的餐巾，都要归功于弗拉格，不管是直接还是间接。换句话讲，是因为他，才有了这些餐巾。

当时确实是德兰的至暗时期，弗拉格渴望已久的混乱差点儿降临。瓦雷拉被除掉了。疯子阿兰继位，要是他能再多活十年，这个国家一定尸横遍野、血流成河……可是在一个下着暴雨的日子，阿兰在后院草坪上玩腕尺（我说过他是疯子），居然被闪电劈中。有人说，这是神灵亲赐的闪电。他的继任者是他的侄女，人称"好人凯拉"……从已故女王到罗兰，再到你现在听到的这兄弟俩，都是她的嫡系子孙。正是女王"好人凯拉"率领德兰走出了黑暗与贫困。德兰几乎是举全国之力去做她想做的事情。她知道货币——硬通货——是国家的命脉，而阿兰二世在位期间，德兰的硬通货都快被他败光了，这个疯狂又诡谲的国王会割开仆人的耳朵直接去吸血，或者号称自己会飞，对巫术、魔法的迷恋远高于对国家利益或百姓福祉的关切。凯拉知道必须以仁爱和财富去弥补阿兰二世的过失。她雇下德兰的每一个人，不论老少，只要是还能活动的人，都要有工作。

城堡内许多年纪大的市民都接到了制作餐巾的活儿，并不是国家需要餐巾（我应该说明过德兰贵族对这样东西的态度），而是百姓需要工作。有些人已经失业二十年或更久了，渴望重新获得工作，一个个端坐在萨莎玩具娃娃屋里那样的织布机前……当然尺寸是不一样的。

十年来，一千多位老人不停地制作餐巾，再从凯拉的国库领取钱币作为工资。这十年里，比较年轻、健壮的市民负责把餐巾搬进城堡地下那间干燥、通风的储藏室。即使彼得发现有些餐巾散发出陈腐的味道，还被虫蛀过，也仍然惊叹这些餐巾中的绝大多数竟然保存得如此之好。

如果丹尼斯告诉他，这些餐巾被送去针塔用过之后就被运出针塔（除了彼得抽掉的几根线），被干脆利落地丢弃了。留着它有何用？这些餐巾足够五百位王子用上五百年……甚至更久。安德斯·沛纳虽然严肃，却很仁慈，他知道可用的餐巾虽然数量有限，但坐在摇椅上的妇人很需要那份拆纹章的工作来换取几个钱（当年的"好人凯拉"也知道这一点），所以让她继续做这份工作，并且让白森继续领到赏钱——即使斯塔德一家已经逃亡。那个用针拆线的无名妇人总是坐在储藏室里，年复一年地坐在摇椅上拆了几万个皇家纹章。所以彼得的偷盗从未传入弗拉格耳中。

现在你们知道了，除了这个估错和不是问题的问题，彼得其实早就可以完成任务。他有时沾沾自喜地认为这些餐巾竟然看不出少了几根线，却从未想到去质疑自己先入为主地认为这些餐巾会被重复使用的念头（尽管没什么理由质疑）。他从未问过自己这个简单的问题。

冥冥中自有天意。

也可能没有，读者自行判断。

76

最终，丹尼斯克服了担任托马斯的管家所带来的恐惧。当然，托马斯大多数时候根本不搭理他，除了偶尔训斥他忘记把鞋子找出来（多半是托马斯自己乱丢，然后忘了丢在哪儿）或坚持要管家陪他喝一杯红酒。丹尼斯虽然慢慢地喜欢上小酌一杯杜松子酒，但红酒让他恶心、反胃。可他还是应允着喝了。丹尼斯不需要父亲再一次告诉自己不可以拒绝国王约酒。有时托马斯喝醉了，不让丹尼斯回家，坚持要他留在国王寝宫里。丹尼斯猜——果不其然——大概是托马斯这晚太孤独了，受不了无人陪伴的凄冷。他叨叨不停，醉话连篇，说当国王有多累，自己当国王是多么拼尽全力，努力做到公平、公正、公开，说无论他怎么做，百姓仍怨声载道……常常一边说一边掉眼泪，或没来由地突然狂笑。他总会在打算为新税法辩解时睡着，有时跌跌撞撞地摸到床上。丹尼斯睡在沙发上，但托马斯有时在沙发上睡过去了，丹尼斯就只好睡在壁炉前冷却的、坚硬的地板上。其他国王的管家可能没碰到过如此奇怪的事，但在丹尼斯看来，这实属平常，因为他习惯了。

托马斯大多数时候不搭理他是一回事，弗拉格不搭理他却是另外一回事，这一点更重要。在栽赃陷害彼得的这桩阴谋里，弗拉格完全无视丹尼斯所扮演的角色。对他来说，丹尼斯不过是工具，用完就随手一扔。如果他花上哪怕一丁点心思研究丹尼斯，就会发现这个丹尼斯不简单——他现在竟然是国王的管家了。

彼得二十一岁、托马斯十六岁那年，那个初冬的夜晚，彼得的绳子即将完工，丹尼斯看到的场面改变了一切。现在，我就要说说丹尼斯那晚看到了什么。

77

那一晚的天气和罗兰弥留之际一样。天地间苍茫茫的，漆黑一片，狂风怒吼着席卷了德兰的大街小巷。王宫领地的牧草和德兰城堡的石地上都落了霜。起初还有半弯月亮在急速飘移的云朵间跑出来、藏进去，可到了子夜，厚厚的云层完全遮住了月亮。凌晨两点，丹尼斯被拉门闩的嘎吱声惊醒，那是托马斯在拉起居室和走廊之间的那扇门。外面下起雪来。

丹尼斯听到声音，坐起来。由于睡得后背僵硬，腿又麻，他做了个鬼脸。托马斯今天又是在沙发上睡去的，没有跌跌撞撞地回他的床上去，年轻的管家只好将就睡在壁炉前的地板上。炉火已熄灭，他靠近壁炉的那一侧身体被烤得快发焦，另一侧却快被冻僵了。

他往门那边一看，惊得全身的血都凝固了。他以为门边是个幽灵，差点儿失声尖叫，回过神来才发现那是穿白睡袍的托马斯。

"国王……国王陛下？"

托马斯毫无反应，睁着眼，但没看门闩。他的眼睛睁得很大，却无神、直直地看向前方。丹尼斯意识到：国王在梦游。

丹尼斯以为他在梦游，托马斯却好像很清楚要开门就得拉门闩。他拉出门闩，迈步走出。在走廊上摇曳的烛光里，托马斯好像一缕孤魂，长长的睡袍下摆打着旋儿裹缠着他的赤脚。他光着脚走出去。

丹尼斯一动不动地坐在壁炉前，忘掉了身体的疼痛、僵硬，心狂跳着。屋外的狂风将雪卷起，甩到起居室窗户的菱形玻璃上，发出妖精般的长啸。他该怎么办?

显然只有一件事是重要的,国王是他的主人,他得跟着。

也许是因为今晚的狂暴天气,在托马斯的记忆中,罗兰的形象越发鲜明了。这么说不太准确,托马斯其实常常想起父亲。自责就像疼痛的伤口,令人沉溺其中,负疚的人总是忍不住看了又看,还要戳上几下,那伤口便永无愈合之日。托马斯今天喝得比平时少,可是在丹尼斯的眼里,他比平时醉得厉害。他叨咕着,前言不搭后语,断断续续,含糊不清。他的眼睛瞪得溜圆,露出特别多的眼白。

大部分原因是弗拉格不在宫里。有传言说贵族叛徒——包括斯塔德一家——聚集在北邑的"遥远之林",所以弗拉格率领精锐部队前去搜寻、围剿。一旦弗拉格不在,托马斯就特别胆小。他知道自己言听计从的那个有问题的巫师阴森森的,却不知道自己为什么处处依赖他。托马斯的问题不仅是酗酒,心里有秘密的人通常夜不能寐。托马斯的失眠非常严重。不知不觉地,他对弗拉格的安眠药上了瘾。弗拉格率部北上之前给他留了药,他本来打算三天就回来,顶多四天。托马斯在这三天里不是睡得特别差就是几乎没睡。他有一种奇怪的感觉,好像时时刻刻处于半梦半醒之间。对父亲的思念长久地啃噬着他的心。他好像听到风里传来父亲的呼喊:你为什么看着我?你为什么这样看着我?

他想象着看到了那杯红酒……看到了弗拉格开心又狰狞的表情……看到了父亲的头发着火……种种影像让他翻来覆去睡不着。城堡里的人都睡着了,只有他仍在漫漫长夜里徒劳地瞪大双眼。

到了第八天的晚上,弗拉格仍然未归(当时他扎营在离城堡五十里之外的地方,心情极差。找寻多日,所发现的唯一的贵族痕迹只是已上冻的蹄印,这说明叛军已离开数日或数周)。于是托马斯派人去叫丹尼斯来。正是在那一晚,托马斯从沙发上起来,开始了梦游。

78

丹尼斯跟着他的主人经过四面透风的走廊。读者看到这儿，应该猜到"光明使者托马斯"打算去哪儿了。

风雪交加的夜晚快要结束，风雪交加的黎明即将到来。走廊上没有人，至少丹尼斯没看到人。如果真有人冒出来，那么他或她一定会扭头就跑，而且边跑边叫，以为自己看到了鬼——前面那个穿着很容易被误会成死人衣服的白睡袍，后面那个穿着浅色的无袖罩衫，光着脚，面色惨白，说是一具尸体也不过分。是的，我相信任何人看见他俩都会逃跑，在睡前念上一长串祷词……再多的祈祷也摆脱不了这般可怕的梦魇。

托马斯在丹尼斯几乎从没经过的某处停下脚步，然后打开丹尼斯从未注意过的一道陷进去的门。年轻的国王走进了另一条走廊（弗拉格上次带王子来的时候还碰到了一名双手抱着被单的女仆，这次不一样，没有女仆经过，所有的好女仆都在睡觉）。走到半道，托马斯突然停步，丹尼斯差点儿撞上他。

托马斯环顾四周，像是在查看有没有人跟踪，空洞的眼睛直勾勾地扫过丹尼斯。丹尼斯的寒毛都竖起来了，只能拼命忍住，不让自己尖叫出声。这条几乎被人遗忘的甬道，墙上的蜡烛快要燃尽，发出油脂的恶臭，烛光既阴森又恐怖。那双空洞的眼睛就像被月亮照到时才发出荧光的、被熄灭的马灯，那眼神扫过自己时，年轻的管家吓得连寒毛都被冻住，似乎要从皮肤脱落。

他在那里，托马斯却看不见。对托马斯来说，他的管家是混沌的、不可见的。

唉哟，我非得跑了不可。丹尼斯在心里狂叫——这种神经错乱般的低喃不啻于在他耳边大叫。唉哟，我非得跑了不可，他死了，他在睡梦中死了，我现在跟着的是一具行尸走肉！可他又听见敬爱的父亲低声说：如果有机会帮助你的第一个主人，丹尼斯，绝不要有一丝一毫的犹豫。

还有一个声音比这两个更低沉，那声音告诉他，时机已到。

丹尼斯，一名因为发现老鼠起火而改变了国运的卑贱仆人也许可以处变不惊地完成惊天逆转……尽管这份恐惧吓得他动弹不得，心也跳到了嗓子眼。

托马斯用与往常完全不同的低哑嗓音（在丹尼斯听来，那声音透着某种诡异的熟稔）说道："从底部有缺角的那块石砖往上数，第四块。压住它，快！"

丹尼斯天生习惯服从，他真的想立刻动手去压，但马上醒过来，那是梦游的托马斯用另一个声音在命令他自己。丹尼斯仍然不动，托马斯伸手压住了石砖。那块石砖向后滑出三英寸左右，发出"咔哒"一声，一部分石墙缩进去。丹尼斯目瞪口呆地看着。托马斯把门往里推了推，丹尼斯看到那是一扇巨大的暗门。这秘密的暗门让他联想到秘密的机关，而秘密的机关让他联想到着火的老鼠。他再次拼命压下想逃跑的强烈冲动。

托马斯走进暗门。丹尼斯有片刻的错觉，觉得他只是一件在黑夜里发着微光的白睡袍、一件空空荡荡的白睡袍。石墙关上了，但那份错觉似乎更真切了。

他好像又听到了父亲的声音，很不耐烦，不容反驳：跟上去，没用的小子！跟上去！快！麻利点儿！现在！跟上去！

可是父亲，太黑了——

脸好像被打了一巴掌，火辣辣地痛，丹尼斯在心里歇斯底里地说："父亲，你都死了，手劲还这么大！好了，我跟进去就是了！"

他从底下有缺角的那块石砖往上数四块，然后用力压。门向黑暗的里侧缩进三英寸。

沉寂的走廊里传来微弱的嘎吱声，像老鼠的爪子划过石头。过了一会儿，丹尼斯意识到那是自己咬紧颤抖的牙齿而发出的声音。

唉哟，父亲，我害怕！他无力地哀号，跟着国王托马斯走进黑暗。

79

五十英里外，裹着五条毯子抵御刺骨严寒的弗拉格在梦中大叫，丹尼斯也在此时跟着国王走进秘道。不远处，山上的狼群随着弗拉格的叫声而号叫起来。挨着弗拉格左侧的士兵突发心脏病而死掉，因为梦到雄狮把他吞噬。挨着弗拉格右侧的士兵第二天醒来发现自己的眼睛瞎了。世界有时会动荡，天翻地覆，现在就处于这种时候。弗拉格觉得不对劲，但又搞不清哪里不对劲。一切真善美的东西能够被拯救只能趁着关键时刻，搞邪门歪道的人会突然变瞎。一早醒来，巫师记得自己夜里做了噩梦，却不记得梦到了什么。也许是被遗忘了太久的过去。

80

秘道里是彻底的黑暗，没有一丝对流的空气，又闷又干燥。丹尼斯听到前方传来凄惨的声音。

国王在哭泣。

听到这哭声，丹尼斯不那么恐惧了。他很惊讶，也同情托马斯。他看起来永远那么不快乐，当了国王以后更胖了，脸像面包一样鼓着；常常因为喝太多酒而面色惨白，口气也奇臭。托马斯彻底成了罗圈腿。弗拉格不在的时候，他总是低头走路，垂下来的头发遮住了整张脸。

丹尼斯伸出双手摸索着往前走。哭声越来越近……秘道里浓重的黑暗像是突然被撕裂,他听见隔板滑动声,能隐约看到托马斯了。托马斯站在秘道尽头,浑浊的琥珀色幽光从暗影中的两个小洞照进来。丹尼斯还以为那两个洞是飘浮在半空中的眼睛。

丹尼斯开始觉得也许不会碰到什么危险了,可以撑过这次奇怪的梦游了。突然,托马斯尖叫起来,声音大得好像声带快要撕破了。丹尼斯的两条腿一下子失去了力量,双膝跪下,双手捂住嘴巴,免得自己也跟着尖叫。现在他觉得这条秘道里到处是鬼,这些鬼就像挥着翅膀的蝙蝠,随时有可能被自己的头发缠住。是的,对丹尼斯来说,这里真的有好多狂躁的死魂灵。或许真的有,或许。

他差点儿晕厥过去了……差点儿……差点儿。

他听到下方传来狗叫声,惊讶地意识到他们正位于先王的狗舍上方。罗兰那几条还活着的狗没再移到外面去,只有这些动物——丹尼斯除外——听到了刚才的尖叫声。这些狗是活的,不是鬼。丹尼斯抓住这一信念,像快要被淹死的人紧紧地抓住漂浮的桅杆。

又过了一会儿,他知道托马斯不仅尖叫,而且边哭边喊。一开始,丹尼斯只听出他反复喊的那句:"不要喝那杯酒!"

81

三天后,领地内某间农舍的起居室传来敲门声。斯塔德一家曾经住在这座农场附近。

"进来!"安德斯·沛纳吼道,"最好你真有急事,阿尔伦!"

自白森捎来彼得的信,已过去多年。阿尔伦越来越老。但比起沛纳,他的变化还不算大。前大法官的头发几乎掉光,本来就消瘦的身材越来越像皮包骨。比起他的脸,头发和体重的变化简直不算什么。他以前面色严峻,现在则是冷酷,眼睛下方凹下去深棕色的大洞,绝望布满眉梢眼底——这是有来由的。他看到自己一生捍卫的理想逐渐崩塌……一切在如此短的时间内接连地、轻易地崩溃了。唉,我以为聪明人都知道,法律、正义、文明等在本质上是多么脆弱、多么不堪一击,但他们就是不肯思考,生怕如果思考就无法安睡,食不下咽。

看到一生所追求的理想如小孩堆砌的沙堡般被肆意践踏已属不幸,这四年来,还有一件悲惨的事啃咬着沛纳的心,那就是:他明白,弗拉格不是凭一己之力搞垮德兰的,是自己助了他一臂之力。是谁轻率地决定审判彼得?是谁对彼得的罪行深信不疑——不是因为证据确凿,只是因为那少年震惊的眼泪?

自从彼得被囚于针塔顶,针塔广场的断头台就沾染了罪恶的铁锈红,连最强烈的暴雨也冲刷不掉。沛纳相信自己看见了那片罪恶的铁锈红液体从断头台漫延到广场、市集、街巷……在极度不安的梦里,沛纳梦见血流过石子路,如小溪般流入下水道。他梦到星星状的德兰城堡在太阳下散发血色的光芒。沟渠里,锦鲤被血毒死,翻着鱼肚白。血不但从水沟里流出来,也从地上冒出来,到处都涌出血,遍染田野和森林。在这些可怕的梦里,太阳像一只布满血丝的濒死之眼。

弗拉格放了沛纳一条生路。酒馆里那些捂着嘴巴小声说话的酒客说沛纳跟巫师有协议,也许沛纳供出了某些叛徒的名字,也许沛纳捏住了弗拉格的秘密——万一沛纳突然死了,这些秘密就会被抖出来。这些自然都是没影儿的事。没人能威胁弗拉格,沛纳不能,谁都不能。大法官没有捏住他的秘密,没有达成协议,甚至没打过交道。弗拉格只是放了他一条生路……沛纳心知肚明:死了,还能安息;活着,就得受良心的谴责。巫师就是要让沛纳活着,活着看德兰如何被他整得民不聊生。

"嗯?"他愠怒地问道,"什么事?阿尔伦?"

"有个男孩求见,老爷。他说一定要见你。"

"打发他走。"沛纳怒气冲冲,记得一年前尚能听见敲大门的声音,看来他的听力一天不如一天了,"你知道我九点以前不见客。虽然许多事情变了,但这一点不会变。"

阿尔伦清了清嗓子:"我认识那孩子,是布兰登的儿子丹尼斯,国王的管家。"

沛纳盯着阿尔伦,简直不相信自己的耳朵,难道耳聋比想象得更严重了?他让阿尔伦再说一遍,结果一样。

"行吧,让他进来。"

"是,老爷。"阿尔伦转身离开。

沛纳立刻觉得今晚是白森帮彼得送信来那晚的重现,连外面呼啸的风声都一样。"阿尔伦——"他唤管家。

"老爷?"阿尔伦回过头。

沛纳的右嘴角微微抽动了一下:"你确定他不是小矮人?"

"我确定,老爷。"阿尔伦答话,左嘴角也抽动了一下,"世上已经没有小矮人,至少我母亲是这么说的。"

"显然她富有智慧,又明辨是非,努力把儿子养大了。就算真有什么问题,也是儿子父亲那边造成的。带那孩子进来。"

沛纳望向火炉,摩挲着备受关节炎折磨的双手,流露出久违的激动。国王的管家来了,此时来,为什么?

任何瞎猜和臆想全无意义,门即将打开,年轻人即将带着沛纳想知道的答案走进来。他一定冻得发抖,甚至可能冻伤了。

如果沛纳还住在德兰城堡的大宅子里,那么丹尼斯来见他就会比较容易。可是沛纳辞任大法官后,他的房子竟然以补税的名义被强制拍卖。他只能靠四十年来的积蓄买下这间小农舍,勉强支撑着,继续支付白森的那笔年费。严格地讲,这间农舍仍在领地内,但必须出城往西走好多里路……况且天是这么地冷。

门外走廊上传来两个人渐渐走近的低语声。来了,答案即将进门。刹那间,那种荒谬感——满怀着希望,似强光即将照进暗黑的山洞——充满了他的内心。答案即将进门。他心想,有那么一刻,他真的相信了。

安德斯·沛纳从旁边的架子上拿起心爱的烟斗,看到自己的双手在不停地颤抖。

82

那个男孩已是成年人,但阿尔伦并没有说错,至少当晚没说错。他冻得发抖,沛纳看到了;但抖成这样,应该不仅仅因为受冻。

"丹尼斯!"沛纳突然探过身体(不顾因动作过猛而引发背痛),"是国王出事了吗?"沛纳的脑袋里浮现出各种恐怖的设想和悲惨的可能——国王驾崩,不是因为酗酒就是自我了断了。德兰上上下下都知道,年轻的国王十分抑郁。

"没有……我的意思是……但不是……不是你想的那样……不是我以为你想的那样……"

"过来,离壁炉近一点。"沛纳大喝一声,"阿尔伦!不要傻站在那里当呆头鹅!去拿条毯子来……两条!先让他暖和起来,否则他会像甲壳虫那样自己抖死。"

"是,老爷。"阿尔伦说着。他这辈子从没如此目瞪口呆过。他和沛纳都明白眼下的状况极不寻常。他迅速转身离开,从自己的床上抱了两床毯子回来。在这间稍微布置过的小农舍里,另外两床毯子在沛纳的床上。丹尼斯蹲在火炉边,尽量靠前,再往前就要着火了。他头上厚厚的霜雪渐渐融化,如眼泪般顺着脸颊往下淌。丹尼斯用毯子紧紧地裹住自己。

"拿茶来，泡得浓一点儿，一杯给我，一杯给这孩子。"

"老爷，我们只剩半罐茶叶了，喝完了就——"

"别管还剩多少，一杯给我，一杯给这孩子。"他略作沉吟，"给你自己也来一杯，阿尔伦，过来一块儿听。"

"什么？老爷！"训练有素的管家阿尔伦大吃一惊。

"该死！"沛纳大吼，"你想让我相信你跟我一样聋吗？快去！"

"是，老爷。"阿尔伦起身去泡最后那点儿茶。

83

沛纳还没忘光曾烂熟于心的审问程序。事实上，他从没忘记。或者应该这么讲：他永远牢记在心。他睡不着觉的时候，倒常常希望可以真正地忘记一些事情。

阿尔伦泡茶时，沛纳设法安抚这个受了惊的——也可以说是吓丢了魂的——年轻人。他问起了丹尼斯的母亲，问起城堡里近年来严重的排水问题是不是已经解决，问丹尼斯对插春秧的看法……尽可能避开任何危险的话题。丹尼斯的身体逐渐暖和起来，情绪也慢慢平复。

阿尔伦端来热乎乎的浓茶，丹尼斯一口喝掉半杯，做了一个奇怪的表情之后，又大口大口地喝。始终不动声色的阿尔伦帮他续杯。

"慢慢喝，孩子。"沛纳终于点燃了烟斗，"喝热茶、安抚小马驹都要慢慢来。"

"真冷，我还以为会被冻死在路上。"

"你是走来的？"沛纳掩饰不住惊讶。

"是啊，让我母亲跟仆人说我得了流感回家了。这个借口可以撑几天，这个季节本来就容易得流感，我觉得应该没问题。我是走来的，走了一整天。怕被人留意，不敢搭车。没想到这么远！要是知道居然这么远,我可能会搭车。我是三点钟离开的。"他勉强讲了这几句话,才发现能发出声音了,突然大叫:"我不回去,死也不回去!我看见他回来后看我的眼神!他站在一边瞄着我,我只看到他的黑眼珠!他从没这么看过我,从来都不看我一眼。他知道我看到了!知道我听到了!他现在还不知道哪里不对劲,但他一定发现了。他能听到我脑袋里的声音,就像我听到众神教堂的钟声!要是我留下,他以后一定会听得清清楚楚!一定!"

沛纳皱着眉头看他,试着厘清他这一大篇话的意思。

丹尼斯的眼泪在眼眶里打转:"我是说弗……"

"别说了,丹尼斯。"沛纳温和地打断他,眼神中却露出凶光,"我知道你说的是谁,最好别太大声说出他的名字。"

丹尼斯望着他,一脸感激之情。

"说说你来找我要说什么吧。"沛纳说。

"嗯,嗯,好的。"

丹尼斯迟疑片刻,努力克制住自己,整理了一下思绪。沛纳没有任何表情地等待着,也在努力克制自己越来越激动的心情。

"是这样的,"丹尼斯终于开口说,"托马斯让我过去陪他,他有时会找我过去。大约是在半夜……"

84

读者已经知道丹尼斯接下来要说的话。我必须表扬这个孩子,因为他没有谎称自己不害怕。他讲述的时候,屋外的风依旧狂啸着,屋内的炉火越来越微弱,沛纳的眼神却越来越炽热。真相比他想象的更严重,他心想,不仅彼得毒杀先王,托马斯居然还旁观。

这就难怪年轻的国王总是抑郁不快。酒馆里传言托马斯早就半疯了，远比沛纳以为的离谱。

丹尼斯停下来，喝了一口茶（阿尔伦将茶壶里剩下的茶渣给他添上）。沛纳转念一想，如果托马斯看到的是彼得毒杀先王，丹尼斯又怎么会来这里……怎么会这么害怕弗拉格？

"你还听到别的？"沛纳说。

"是的，大法官大人。"丹尼斯说，"托马斯……他颠三倒四地说了好半天，我俩在那个黑漆漆的地方待了好半天。"

丹尼斯尽力讲得更明白，却一时找不到准确的措词可以描述那秘道里的可怖。托马斯在黑暗里咆哮，下方是先王的狗在吠。那里的气味没法形容——是一种无人知晓、暗自腐烂的气味，就像把牛奶泼到不见天日的地方，年深日久累积下来的气味。没有任何语言可以形容他看见托马斯在梦里发疯时有多恐惧。

他一遍遍叫着国王巫师的名字，哀求先王仔细看那杯酒，会看到杯子里有一只泡在酒里却着了火的老鼠。为什么看着我？他大叫着，陛下，我也拿杯红酒来给您，想告诉您我也爱您。最后，他喊出了彼得如今已经知道的那句话，比来自四百年前的呐喊更有冲击力：是弗拉格！弗拉格！就是弗拉格！

丹尼斯伸手接过茶杯，还没碰到嘴唇，杯子就掉落了，在火炉边摔碎了。

三个人盯着那堆碎片。

"然后呢？"沛纳温和地问。

"然后有好久没有声音，"丹尼斯声嘶力竭，"我的眼睛适应了……黑暗，可以看到他了。他睡着了……就在那两个小洞前睡着了，下巴杵着胸，两眼紧闭。"

"他这样待了多久？"

"大人，我不知道，狗不叫了，也许我……我……"

"你也睡过去了？很可能是这样的，丹尼斯。"

"后来,他好像醒了。总之,他睁开眼睛,关上板子,四周又变得漆黑。我听到他走动的声音,就把自己的双脚往回缩,省得绊住他……他的睡袍……拂过了我的脸……"

那种感觉好像蜘蛛网拂在脸上。想到这里,丹尼斯又做了个怪表情。

"我跟上去了,他是自己走出去的……我跟在他后面。他关上门,于是那里又成了一面石墙。他回了自己的寝宫,我也跟着回去了。"

"你们碰上什么人没有?"沛纳忽然厉声问道,吓得丹尼斯惊跳。

"没有,大法官大人,一个人也没碰上。"

"哦。"沛纳放缓语调,"很好,那晚还发生了其他事吗?"

"没有,大人。他回到床上,睡得像死人。"

丹尼斯犹豫了一下,补充道:"我一分钟也没睡,从那之后,几乎没睡过觉。"

"那么他第二天早上……"

"全忘了。"

沛纳咕哝着什么,双手交叉,透过指缝看着渐渐熄灭的炉火。

"你后来重走过那条秘道吗?"

丹尼斯好奇地反问道:"大人,如果是您,会重走一遍吗?"

"会。"沛纳冷冷地说,"问题是,你重走过吗?"

"走过。"

"那很自然。有人看到你吗?"

"没有。我在走廊上碰到一名女仆,洗衣房就在那附近,我闻见了肥皂味儿,像我妈妈用的那种。她经过之后,我从有缺角的石砖往上数了四块,又进去了。"

"为了看看托马斯到底看到了什么?"

"是的,大法官大人。"

"看到了吗?"

"看到了,大人。"

"是什么?"沛纳明知故问,"你推开板子看到了什么?"

"大人,我看到先王的寝宫。"丹尼斯说,"墙上都是兽首标本,大人……"

炉火即将燃尽,但尚有余温。丹尼斯又发抖了:"那些动物好像都在盯着我。"

"但有一颗首级你没看见。"沛纳说。

"没有啊,大人,所有野兽都……"丹尼斯突然收住话头,眼睛睁得老大,"是耐尔!"他倒抽一口凉气。

"那两个窥视孔就是……"他又停住了,眼睛瞪得像小盘子。

屋里恢复了平静,屋外北风呼啸。数英里外,原本应该登基的彼得正在针塔顶弯着腰用一台小小的织布机编织着几乎看不见的细绳。

沛纳长叹一声。坐在火炉前地板上的丹尼斯闻声看向他,眼神中充满祈求、希望和恐惧。沛纳慢慢地探身去摸他的肩膀。

"丹尼斯,布兰登的儿子,你来这里来对了。你找个理由请假也很好,这理由还很有说服力。你今天就和我们一起睡,睡在阁楼上。那里虽然很冷,但相信会是你近日来睡得最好的一觉。我没说错吧?"

丹尼斯缓慢地摇头,右眼滑落一滴泪珠,缓缓地滑下脸颊。

"你母亲不知道你请假的理由吧?"

"不知道。"

"那么她可能不会受牵连。阿尔伦会带你上去的,那应该是他的毯子,你得还给他,阁楼上铺了稻草,很干净。"

"我盖一条毯子就够了,老爷。"阿尔伦说。

"胡说八道!年轻小子就算睡着了也会全身滚烫,火力旺,阿尔伦,你的血都凉下来了。你确实需要毯子……免得梦到侏儒山妖。"

阿尔伦笑了。

"明天早上再说,丹尼斯,我必须告诉你,你可能得有一阵子见不到你母亲了。但我从你的表情已经猜到，你知道你不适合回德兰了。"

丹尼斯想挤出一个笑容，但眼里的恐惧使那个笑容很不成功。

"说实在的，我来的路上想到了比流感更可怕的事。现在我连累你们也跟着遭殃了，是不是？"

沛纳豁达地一笑："我老了，阿尔伦也老了，老人的身子骨本来就不大好。有的人会因为身体不好而更爱惜健康，有的人却会出于同样的理由更豁得出去。"再说了，他心想，有太多事情需要补救。"明天早上再说，你现在先好好休息。阿尔伦，你点灯带他上去吧。"

"是，老爷。"

"等一下再回来找我。"

"是，老爷。"

阿尔伦领着精疲力竭的丹尼斯离开了，安德斯·沛纳独自在炉火前沉思。

85

阿尔伦回来后，沛纳平静地说："我们需要拟定一个计划。阿尔伦，你先去倒些红酒。最好等那孩子睡着了我们再说。"

"老爷，他把稻草收拢了当枕头，脑袋还没沾到稻草就睡着了。"

"很好。不过还是先倒些酒。"

"酒也只剩下一点点了。"阿尔伦说。

"好极了，那么明天出发时就不会个个头大、不会有宿醉之苦了。你说是吧？"

"什么，老爷？"

"阿尔伦，我们仨明天离开，去北边。你我都知道，丹尼斯说德兰正在爆发流感，既然如此，我们就有可能被传染。为健康而离开。"

阿尔伦缓缓地点头。

"但把好酒留给税务官是罪过,所以要喝掉……然后上床睡觉。"

"听老爷的吩咐。"

沛纳的眼睛炯炯发光:"但你上床前得到阁楼上去拿回你不听我的话硬要给那孩子的毯子。"

阿尔伦张大嘴看着沛纳,沛纳也张大嘴学他的样。阿尔伦担任沛纳的管家以来,第一次也是最后一次如此放声大笑。

86

沛纳躺在床上无法入睡。不是因为风太吵,是因为脑海中的冷笑。

他没法再忍受那笑声,只好起身回到起居室,坐在壁炉的冷灰前。他的白发朝后翻,看上去像飘在头顶的云朵。他没意识到自己模样可笑(即使意识到了可能也不在意):裹着毯子,像世间最古老的印第安人,默默地看着熄灭的壁炉。

骄兵必败。小时候,母亲这样教育过他。骄傲是个笑话,迟早有一天会逗笑你心里的陌生人。她也说过这句话,以前他不懂,现在懂了。今晚,他心里的陌生人一直在笑,吵得他睡不着,尽管明天还要面对漫长而又艰辛的一天。

沛纳清楚自己当下的境况有多讽刺。他一生奉公守法,越狱、暴乱等都令他齿冷。他虽然初衷未改,但也必须直面现实,比如德兰已经有了地下组织,逃去北方的贵族自称流亡者,即将成立革命党了。他也许应该利用地下组织,帮助"某个犯人"逃出针塔。那就是引得他心里的陌生人笑得特别开心的笑话。笑声太吵,影响他入睡。

他当下所设想的行动背离了他前半生所有的行动。他决心大干一场,就算因此丧命(很有可能)也在所不惜。彼得坐的是冤狱。德兰真正的国王不仅不在王位上,还被关在针塔顶那两间冰窖般的牢房里,必须动用法律之外的力量去拨乱反正,只能如此。但是……

"那些餐巾。"沛纳低语,思绪兜兜转转,又跳回来思索那些餐巾背后到底有什么,"在我们借助武力释放真正的国王并使他重登宝座之前,一定得先查清楚餐巾的事。必须派人去问问他。派丹尼斯……或斯塔德家那孩子……没错……"

"老爷,"阿尔伦在他背后问,"您不舒服?"

阿尔伦听到了主人起床的声音。大多数管家都能听到。

"我的确不舒服。"沛纳懊丧地顺着管家的话说,"但不是医生能解决的,阿尔伦。"

"我很遗憾,老爷。"

沛纳转过身看着阿尔伦,深陷的双眼闪烁着神采。

"在我们成为暴徒之前,我得知道他为什么要求拿回他母亲的玩具娃娃屋……还有,为什么要求餐餐有餐巾?"

87

第二天早上,丹尼斯低哑着嗓子轻轻地问:"回城堡?回到他所在的地方?"

"如果你觉得很难,我不勉强,"沛纳说,"但是你非常熟悉城堡的内部路线,应该能避开他。当然那也是不能被别人发现的路线,要是被别人发现,就大大地不妙了。你看起来太健康了,不像待在家里休养的病号。"

这一天,虽然天气寒冷,但天空晴朗,一片澄明。领地内,连绵群山上的白雪映射出钻石般的光芒,多看几眼都会流眼泪。"也许没到中午我就会得雪盲症,它可真对得起我啊。"沛纳恨恨地想。他心里的陌生人好像连这个也觉得很好笑。

从这里可以遥望德兰城堡,蓝色城堡在天际线尽头如梦似幻,城墙、塔楼如书上的绝美插画。丹尼斯却不像即将踏上冒险之旅的年轻主人公,他惊魂不定,像刚从狮笼逃脱却突然得知把午餐落在里头了,尽管没有食欲,却必须再进去一趟把餐食取出来。

"也许有办法进去。"他说,"可是他如果闻见我的味儿,即使我混进去,也无可避免地会被他抓住。"

沛纳点点头,他不想加重这孩子的恐惧,但在这样的紧要关头,只有说实话才管用。"你说得没错。"

"那您还让我回去?"

"如果你可以,那么我还是这句话。"

他们吃着分量极小的早餐,沛纳告诉丹尼斯自己需要了解什么样的情况,并且教给了丹尼斯一些打探消息的方法。这会儿,丹尼斯正摇着头,不是拒绝,而是惊叹。

"餐巾。"他念叨着。

沛纳点点头:"餐巾。"

丹尼斯那双满含恐惧的眼睛遥望着天际线那一端宛如童话般的梦幻城堡:"我父亲生前跟我说,如果我有机会帮助我的第一个主人,绝不能有任何犹豫。我本以为来这一趟已经算是尽责,但如果一定要让我回去……"

一直忙着收拾的阿尔伦也加入了他们。

"阿尔伦,给我这间农舍的钥匙。"沛纳说。

阿尔伦递给他,他递给丹尼斯。

"阿尔伦和我要去北方,"沛纳停顿了一下,清了清嗓子,"去找那些流亡派。我把阿尔伦的钥匙交给你。等我到了那边的营地,会把我的那把钥匙交给你认识的那个人——如果他在那里。我相信他在。"

"你说谁?"丹尼斯问。

"本·斯塔德。"

丹尼斯忧郁的脸上出现了阳光:"本?和他们在一起?"

"应该是。"沛纳说,他确信斯塔德一家和流亡派在一起。他把耳朵贴在地上,就什么消息都听到了。他没有聋到充耳不闻。

"你会让他来这儿吗?"

"我确实是这么打算的,如果他愿意。"沛纳回答。

"到这儿干什么?大人,我还不太清楚。"

"我也还不太清楚。"沛纳说,有些生气,还有些困惑,"我这辈子做的任何事都是合情合理的。如果有些事我不做,就说明那些事不符合逻辑。我见过人们仅凭直觉蛮干或逻辑混乱地做事的下场,结果往往既可笑又尴尬,让人看了心惊肉战。没承想我这会儿也变成了这样,像一个榆木脑袋的算命人。"

"我听不懂。大人。"

"我也不懂,丹尼斯,我也不懂。你知道今天是星期几吗?"

见话题转换,丹尼斯眨了眨眼睛回答:"知道,星期二。"

"星期二,很好。我要问你一个问题,我那该死的直觉认为这个问题很重要。如果你不知道答案,拜托,哪怕只有一丝怀疑,你都要回答不知道。准备好了吗?"

"是的,大人,"丹尼斯说,但他并不确定自己是否真的准备好了。沛纳紧紧蹙起的白眉毛下的那双蓝眼睛让他紧张,可能那是一个特别难以回答的问题,"我想我应该准备好了。"

沛纳刚问出口,丹尼斯就立刻轻松了。虽然他不明白——在他看来这比餐巾问题更离谱——可他知道答案,便回答了。

"你确定?"

"是的,大人。"

"很好。下面就是我要你做的事。"

他们伫站在阳光明亮但寒冷刺骨的旧农舍前,沛纳和丹尼斯交谈了好一阵子。老法官再也不会回到这间农舍了。丹尼斯仔细地听着。沛纳叫他复述时,他很熟练地复述了一遍。

"特别好,"沛纳说,"特别好。"

"很高兴让您满意,大人。"

"现在这个局势,没有半件事能让我开心,丹尼斯,半件也没有。如果本·斯塔德和那些不幸流亡的人确实在'遥远之林',那我就要使他暂时离开安全之地而处于险境之中了。他或许能帮助彼得国王。我让你回城堡,就是觉得他特别要求得到娃娃屋和餐巾一定有原因……一定有。有时候我觉得快猜中了,却一下子又抓不住了。丹尼斯,他要那些东西绝不是随便说说的,这一点我敢拿命担保。可我实在想不出那原因到底是什么。"沛纳长吁短叹,流露出了挫败之情,"我要使两个优秀的年轻人处于险境了,直觉告诉我,这么做是对的。可是我……实在……不知道……原因到底是什么!"

曾经,这个人因为那孩子的眼泪而判他有罪;现在,这个人心里的陌生人不停地嘲笑他自己。

88

两位老人与丹尼斯道别。他们仨分别握了手,丹尼斯亲吻了大法官手上戴着的刻有德兰纹章的戒指。沛纳虽然辞去公职,却无法丢弃这枚戒指,它代表着法律的好的地方。他自知偶尔会失误,却没有被失误打败。即使是酿成如此大错的失误,也没有使他失去勇气和斗志。他就像现代社会中的我们,知道以善铺成的路常常通往地狱,也知道人们有时确实会好心办坏事。天使不会被诅咒,但人类就没那么幸运了——地狱之门随侍左右。

沛纳不让丹尼斯亲吻戒指,但是丹尼斯坚持要那么做。阿尔伦握住丹尼斯的手祝他一路顺风,丹尼斯笑着(沛纳仍能看到他眼底的恐惧)祝他们一路平安。年轻的管家向东出发,前往城堡,两位老人则向西前往查尔斯·雷驰的农场。雷驰以饲养安杜安雪撬犬哈士奇为生,心甘情愿地缴纳国王新规定的高额赋税,因此被视为忠诚子民……但沛纳知道他同情'遥远之林'的流亡派,也为想投奔那儿的人提供帮助。沛纳以前从未想过有朝一日自己会求助于雷驰,现在,这一天来了。

雷驰的女儿纳奥米挑选了农场里十二条最好的哈士奇,驾雪撬载着沛纳和阿尔伦一路向北,周三晚上抵达"遥远之林"的外围,扎营准备露宿。

"还要多久才能看到流亡者?"沛纳问纳奥米。

纳奥米把手上抽的细雪茄丢进篝火:"如果天气好,还有两天就到;如果下雪,就需要四天;如果遇上暴风雪,就永远到不了了。"

沛纳歇下后,几乎立刻睡着了。不说有没有逻辑,这是他这么多年来睡得最好的一晚。

接下来的两天,天气很好。周五——沛纳和阿尔伦与丹尼斯道别后的第四天——日落时分,他们抵达了弗拉格怎么都找不到的营地,看到了那些临时搭建的木屋。

"站住!来者何人?知道通关口令吗?"一个洪亮、有力、无所畏惧的声音响起。沛纳认出了这个声音。

"我是纳奥米·雷驰!"女孩大叫,"两周前的口令是'荣誉学位考试'。如果换了,本·斯塔德,就一箭把我射个透心凉吧!我做鬼也不会放过你!"

本从巨大的岩石后面大笑着现身:"纳奥米,我可不想见到你的鬼魂,你活着就够吓人了!"

她假装没听见,转身对沛纳说:"我们到了。"

"是的,"沛纳说,"我知道。"

我们到得好……时间不多了……实际上，时间很少了。

89

彼得有同感。

到了周日，也就是沛纳和阿尔伦抵达流亡者营地两天后，绳子距他的计划所需要的长度还差三十英尺，这意味着他就算伸直手臂吊在绳子底下，也得至少向下跳二十英尺。他知道再多四个月比较明智，哪怕再多两个月也好。如果他从绳子底下往下跳时摔断了两条腿，外加全身重伤，等广场卫兵巡逻时发现他瘫倒在石地上哀号，就会因为等不及多花四个月而浪费整整四年。

沛纳明白同样的道理，彼得则以直觉认为必须抓紧。以前，沛纳一定会不以为然，坚称逻辑才是硬道理……但可能现在不那么坚持了。

近一周来，彼得反复做同一个梦，梦境越来越清晰。在梦里，他看到弗拉格俯身看着某个明亮的发光体，脸被那发光体映照出病态的黄绿色。到了某个时刻，弗拉格先是睁大眼睛，好像大吃一惊，然后眯眼，露出一副凶狠的表情。他的眉毛、眼睛都耷拉着，印堂发黑，嘴角挂着弯月形的冷笑——梦中的彼得认为这种冷笑只代表一件事：死亡。弗拉格向前探着身子，嘴里吐出两个字，然后吹熄发光体。随后，那发光体就在巫师气息的笼罩下像烛光般散去。他只说了两个字，两个字就够了。弗拉格又惊又怒地说出的两个字是：彼得。

前一天，周六的晚上，月亮周围出现童话般的月晕，狱卒以为快要下雪了。这天下午，彼得观测天象，知道他们说得没错。父亲曾经教过彼得如何观测天象，此刻他就站在窗边，十分悲痛……愤怒……感到一定要把所有事情导入正轨。

干脆趁这个黑夜和这场暴风雪，行动吧！他想，雪地能减轻往下跳的冲击力。他想想就觉得合适——三英寸厚的雪总能缓冲了吧？这条看上去岌岌可危的细绳子或许经得住他……也可能会断。如果没断，他就得往下跳。他的腿要么受得了撞击，要么受不了。

如果它经得住，没断，那么之后你打算去哪儿？一个声音轻轻地问。所有愿意收留你、帮助你的人——比如本·斯塔德——早就被迫离开了城堡……早就流亡天涯。

那就全靠运气吧，靠国王的运气。他父亲以前常常说：世界上有幸运的国王和不幸的国王，但究竟是幸运还是不幸，得等自己当上了国王才知道。照我看，你一定非常幸运。

他成为德兰国王——他自己是这么认为的——已经五年了。他的幸运只有以倒霉出名的斯塔德一家能明白。但今晚，他可能会时来运转。

他的绳子、双腿和运气，这三样不是全撑住就是全完蛋。还有可能妥协。之前的运气太差了，他决定试试这一次的。

"就在今晚。"他低喃着从窗前走开。

当天晚餐时发生了一件事，让他改变了主意。

90

周二，沛纳和阿尔伦花了一整天才赶到十英里外的雷驰农场，到达的时候累得只剩下半条命。到德兰城堡差不多是到雷驰农场的两倍远，丹尼斯之前刚从那儿远道而来，这天下午两点就返回城堡在敲西城门了——只要他够疯狂、够大胆，他就敢。这是年轻人与老人家的区别。诚然，他有多大能耐并不重要，沛纳跟他交代得清清楚楚（说得如此清楚，沛纳还说他不知道该做什么、怎么做）。丹尼斯决心严格执行。他还得再等一阵子才能进城。

走了不到一半的路，他已开始寻找后几天的落脚点。到目前为止,他还没有碰到任何路人。晌午已过,人们很快就要从城堡市集往家赶了。丹尼斯不想被看到或认出,毕竟他这时候应该在家养病。没多久,他就寻到一个相当合适的藏身之所,那是一座荒废的旧农场,以前可能打理得还不错,现在却是一片废墟。多亏了"课税使者托马斯",沿途有很多这样的农场。

丹尼斯在那里躲藏到周六傍晚,共躲了四天。在此期间,本·斯塔德和纳奥米从"遥远之林"出发,前往沛纳的农舍。纳奥米拼命鞭策狗拉雪撬狂奔。如果丹尼斯知道他们正这样做,可能会安心一些,但他那时候不知道,所以备感寂寞。

阁楼上没有一粒存粮,他只在地窖里找到了一些土豆和少许芜菁。他把土豆吃了(他以前就讨厌芜菁,以后也不会喜欢),先用刀子切掉烂的部分,所以每个土豆只剩下不到四分之一,可吃的白色球体只有鸽子蛋大小。吃了几个,他看着菜篮里的芜菁叹了口气,不管喜欢(他不喜欢)还是不喜欢(是的),到了周五还是得吃。

只要我足够饥饿,丹尼斯乐观地想,也许就会觉得好吃了,没准儿还会大口大口地吞,最后欲罢不能呢。

末了,他确实得吃那几个芜菁了,虽然是扛到了周六中午才吃。芜菁看起来很好吃,可无论他有多么饥饿,仍然感到芜菁难吃至极。

丹尼斯预计以后的日子可能会更苦,为了填饱肚子,于是强忍着咽下了芜菁。

91

丹尼斯还在地窖里找到一双旧雪靴。绑带太长,他还有大把时间可以改短;但是鞋带烂了,他就没辙了,只得将就着穿。反正也穿不了多久。

他总是担心被发现，总睡在地窖里。在那漫长、难熬的四天里，丹尼斯多数时间都待在废弃农场的起居室里，观察过往的行人。三点钟左右，才开始出现稀稀落落的几个人。初冬时分，才五点，黑暗便笼罩了大地，空寂无人。起居室真是令人伤感的地方，空荡荡的，以前想必曾是其乐融融的所在，一家人在这里聊一天里琐碎的小事。可如今，老鼠把地方占了——当然还有丹尼斯。

沛纳听见丹尼斯声称自己"作为一名服务人员算是能读会写"，并亲眼看见他用贵族字体写字（那时丹尼斯在吃周二的早餐，也是他周一午饭之后唯一的一顿正餐，令他此时不断回味）之后，便给了他几张纸和铅笔。丹尼斯在空荡荡的屋子里，大多数时间都在努力写小纸条。他写了擦，擦了写，写完读、摇头、皱眉，用小刀拼命削铅笔，重写。他的拼写水平令自己惭愧，又怕把沛纳交代的重要事情忘了。有几回，他可怜的小脑袋无论如何都想不出更好的表达方式。他真懊恼沛纳在那晚没有多等一小时，等自己写完那张该死的纸条；或在那晚念给阿尔伦听，然后让他抄写一遍。更多的时候，他庆幸自己接受了这项任务。他这辈子都在辛勤工作，一旦无聊，就会心慌。虽然他宁愿使身体结结实实地吃苦也不愿忍受这份"年纪轻轻，脑子不好使"的屈辱，可工作毕竟是工作，他很高兴自己有事可忙。

到了周六中午，他写完了一封自认为满意的信（这无疑是好事，因为他只剩两张纸了）。他面露得意之色看着这封信，不但两面都写满，而且是他写过的最长的文章。他把纸折成药丸大小，把脑袋探出起居室的窗子，焦急地等待天黑时启程。彼得从针塔上方的寒冷斗室里看见外面阴云密布，丹尼斯则从旧农场的起居室里往外望。两个人的父亲——分别是国王和国王的管家——都教过他们如何观测天象。丹尼斯也认为第二天会下雪。

下午四点，农场的蓝色阴影从墙角倾斜出去，这时丹尼斯却又不那么盼着离开了。前路凶险……可能还会送命。他要回到弗拉格所在的地方，巫师可能正在变着法儿使妖术，可能正在寻找某个患流感的管家。但他在心里担忧并不耽误正事，因为他很清楚自己将恪尽职守，像布兰登家族数百年来的每位管家那样，他将竭尽全力。

他穿上雪靴，在寒冷的日落时分出发，穿过田野，笔直地往城堡方向前进，他紧张地猜测会遇上豺狼，只能祈求最好不要碰上。他全然不知彼得此时已经痛下决心，第二天晚上就要实施危险的越狱计划了。丹尼斯、沛纳及彼得所想的一致，都凭直觉知道必须加快步伐，好像心中和天空中一样风雪欲来。

艰难跋涉过了荒凉的雪原，丹尼斯自以为想到了既能进入城堡又不被发现或问询的办法……只要不被弗拉格发现就行。

他才想到巫师的名字，白恺恺的雪地里就出现了狼嗥。弗拉格在城堡地下有一间昏暗的起居室，巫师正把一本关于巫术传说的书搁在肚子上读，打瞌睡的他突然坐直身子。

"谁提到了弗拉格这个名字？"巫师小声说，双头鹦鹉跟着叫。

站在茫茫雪野中的丹尼斯听见那冰冷又粗砺的声响，好像蜘蛛从他脑袋里快速爬过。他停下脚步，屏住呼吸，再吐出气来的时候从嘴里冒出白色的雾气。他浑身发冷，脑门却冒出大颗汗珠。

他听见脚底传来清晰的断裂声——喀、喀、喀，旧雪靴上的几根鞋带断了。

寂静的四野传来狼嗥，那是饥饿而又冷酷的声音。

"没有人。"弗拉格在黑漆漆的起居室里说。他很少生病，活了这么久，大约只病过三四次。这次在北方，因为睡在霜地上着了凉，染上了重感冒。尽管已经恢复得差不多了，可身子还是不大舒服。

"没有人，一定是做梦。"

他拿起搁在肚子上的巫术书，合上，放在茶几上——桌子表面包覆了一张人皮，做工精美——靠在椅背上很快睡着了。

丹尼斯在城堡西边的雪地里逐渐放松。一滴汗流进眼睛蜇了他一下,他一把抹掉。他想到弗拉格……不知怎的,弗拉格听到了。巫师的阴霾掠过,像秃鹰的身影掠过趴在地上的兔子。丹尼斯长舒一口气,两脚酸软。他得努力坚持住——全心全意地坚持住——把巫师抛在脑后。夜幕降临,月亮带着鬼故事中阴森的月晕高悬在夜空。下决心做一件事总比做成它要容易。

92

八点,丹尼斯走出田野,进入皇家猎场。他非常熟悉这个地方,父亲布兰登随先王出外打猎时,他就是父亲的随从,罗兰即使上了年纪也常来。托马斯来的次数虽然比较少,但是小国王的几次出游,丹尼斯当然要随从。他很快就走上一条只有自己知晓的捷径,午夜前赶到了那片小树林。

他站在一棵树的后面,望着半英里外矗立在空旷雪野里的城墙。月亮依旧高挂天空。丹尼斯知道城墙上必有哨兵站岗。他必须等月亮王子驾着银色战车去到世界尽头才能走过那片开阔地,尽管那时候也许依然没有太多掩护。他一开始就知道,这里是全程最危险的一段。与沛纳、阿尔伦分别的时候艳阳高照,这份危险在当时看来好像能够承受,此刻却可怕得叫人发疯。

回去吧,心里有一个懦弱的声音祈求着,但丹尼斯知道自己不能后退。父亲也说过,如果众神执意叫他死在这段路上,那也只好听天由命。

城堡中央的塔楼上传来了更夫微弱而又清晰的声音,像来自梦中的私语:"十二点,平安无事。"

才不是平安无事呢!丹尼斯悲哀地想,没有一件事是平安的。他把单薄的外套拉紧,开始在月光下的漫长等待。

月亮终于隐退，丹尼斯知道是时候行动了。时间紧迫，任务艰巨。他站着对自己信仰的神祷告片刻，然后尽可能快地飞奔过空地，随时准备听见骑墙上传来断喝："什么人？"没有听见断喝声。夜空中的乌云渐渐厚重起来。城墙下是一大片阴影，丹尼斯没花十分钟就走到了壕沟边。他坐在沟边脱掉雪靴，雪在他屁股底下嘎吱作响。他滑入下方结了冰的壕沟里，河面上覆盖着更多白雪。

丹尼斯狂跳的心慢慢平静下来。他已经处于城墙的阴影中，理应没有人能看见他，除非哨兵碰巧视线垂直地看下来——即使那样，也不见得能清楚地看见他。

他很谨慎，没有直接横跨壕沟。还不到时候，因为城墙下面的冰比较薄，也比较软。他知道为什么会这样。薄冰、臭味和外墙湿滑的岩石是他偷偷潜入城堡的机会。他向左挪动，竖起耳朵倾听水流声。

终于听到了。他抬头向上看，齐眉高度的城墙上有个黑黑的圆洞，洞里流出涓涓的水流。那是下水道的排水管。

"是时候了。"丹尼斯悄声说，往后退五步，助跑，朝上跳，脚下的冰面因温暖的废水流过，在渐渐融化。他一把抓住排水管满是青苔的边沿，太过湿滑，必须用力抓紧才不至于掉下去。他用力撑起身子，手脚并用地往上爬，终于把自己塞进了排水管，等气息均匀，再顺着管子往上爬。斜倾的排水管向上延伸，他小时候和小朋友发现这些管道时还被父母吓唬说不能靠近——担心他们在里面迷路，更担心下水道里有老鼠。现在的父母也是如此。但丹尼斯自认为知道排水管的走向。

一小时后，城堡东侧死寂的走廊上，下水道的一个盖子动了一下，停住，又动了一下。盖子往旁边挪动，过了一会儿，脏兮兮（还散发着恶臭）的管家丹尼斯从洞里钻了出来，气喘吁吁地倒在冰冷的石地上。他其实需要多一点时间喘口气，但即使在这个时间段也难免有人经过，所以他赶紧把盖子盖上，迅速环视周围。

他没有马上认出走廊所在的位置，但这不是问题。他走到走廊尽头的一个丁字路口，回想着幸亏错综复杂的下水道里没有老鼠，这让他很是安慰。他对此是有心理准备的，不仅因为父亲给他讲的那些恐怖故事，还因为他小时候跟朋友们一边吓得尖叫一边推搡着进去时真的碰到过老鼠——这些小动物是探险活动里的必备项。

"可能本来确实有几只小老鼠，是你记错了，以为有一堆大老鼠。"丹尼斯心想。并不是这样，但丹尼斯永远都不会知道实情。他没记错，下水道里本来确实有很多大老鼠，自古以来就有这种携带各种病菌的啮齿类动物，但这五年来少了很多，元凶是弗拉格。巫师把一块石头和一把小刀扔进下水道，因为那两样东西沾到了龙沙。这些沙子散发的剧毒杀死了下水道里的硕鼠，它们经过漂有那两样东西的脏水时被活活烧死了，来不及抱头逃窜，窒息致死。五年过去了，尽管大部分毒气已经消散，但是鼠群元气大伤，数量一直恢复不了。虽说毒气大部分散掉，却并没有散光，还留有一点残余。如果丹尼斯从弗拉格房间那边的下水道进来，可能会被毒死。他还活着是靠运气，是命运或是他祷告的神保佑了他平安。对此，我就不多说了。我是个讲故事的人，不是算命的。丹尼斯为什么能活下来，读者自有答案。

93

丹尼斯走到路口，探头张望，看到远处有个昏昏欲睡的卫兵走过。他退后两步，心跳加快的同时又很得意。他知道自己的方位了。他再回头去看，卫兵已经走远。

丹尼斯快速穿过走廊，走下阶梯，穿过另一条长廊。他走得又快又稳。在城堡里待了很多年，对下水道东边出去之后的路径了如指掌。他走到存放餐巾的城堡西侧。

因为要避人眼目,丹尼斯选择了最少人走的路线。一听到脚步声(不管是真实的还是想象的,有好几次是虚惊一场)就往最近的缝隙或门洞里躲。这样走了将近一小时。

他从没觉得这么饿。

别再惦记你该死的肚子了,丹尼斯,先顾你的主人,再解决肚子。

他站在黑暗的门后,隐约听见更夫在喊四点钟,正要出去时,走廊上传来迟缓的脚步声、佩刀和刀鞘摩擦发出的金属铿响以及走动时皮绑腿发出的嘎吱声。

丹尼斯藏在阴影背后,满身大汗。

值班的卫兵停在丹尼斯躲藏的门口,站了一小会儿,先是用小手指抠鼻子,然后擤鼻涕。丹尼斯伸手就能碰到他,总觉得卫兵随时会转过身……瞪大双睛……抽出佩刀……布兰登之子丹尼斯将命丧于此。

拜托,吓傻了的丹尼斯心里不住地念叨着。拜托,哎呀,拜托……他闻得到卫兵的味儿,是他嘴里的酒味和烤肉味,也闻得到他身上的汗酸味。

卫兵终于挪动了脚步……丹尼斯才松了口气,谁想到他又停下来抠鼻子,丹尼斯差点儿惊叫出声。

"我有个小情人啊小情人,名叫玛琪玛琪玛尔达……"卫兵扯开嗓子唱起来,同时不忘抠鼻屎。他抠出来一大坨绿乎乎的东西,若有所思地仔细看了看,然后"啪"地弹到墙上。"她有个小妹儿艾莎玛尔达……我甘愿航行千山万水……就为了亲亲她的膝盖!咿呀咿呀哟!再来一大桶酒!"

此时的丹尼斯正经历着某种生死轮回,他的鼻子开始发痒,毫不含糊地暗示着马上就要打喷嚏了。

快走开啊!他无声地尖叫,哎,还不快走!笨猪头!

但卫兵像是根本无意离开,才在左边鼻孔里挖到宝,打算再接再厉地挖。

"我有个小情人啊小情人,名叫玛琪玛琪玛尔达……她有个小妹儿红发小卡拉……亲呀亲上一千遍……她甜美的小小樱桃嘴儿……咿呀咿呀哟,再来一大桶酒!

我要用那一大酒桶砸你的头,死猪头!丹尼斯怒从心头起。赶紧走!鼻子超级痒,可他碰也不敢碰,就怕卫兵用眼角余光瞥见什么。

卫兵皱眉、弯腰、擤鼻子,总算走了,嘴里还哼哼着他的小情人歌。他还没有走出视线范围,丹尼斯就用手臂遮住口鼻,对着臂弯打了个喷嚏。他等着听见金属磕碰的刀具声,卫兵可能会抽出刀转身往回走。但这家伙已经快睡着了,而且不知道值班前参加了什么宴会,喝得醉醺醺的。丹尼斯知道,要是搁在从前,这种懒骨头早就被揪出来发配到边疆了,奈何时代变了。这时传来门闩发出的"咔哒"声,接着是门绞链的"哗啦"声,随后"怦"的一下关门声……阻断了卫兵正要进行的副歌部分。丹尼斯瘫在藏身处,闭上了眼睛,脸颊和脑门发烫,双脚却像两大块冰。

刚才那几分钟,一点儿也没想起肚子饿。他心想,赶紧用双手捂住嘴巴,挡住吃吃的笑。

他望出去,看到附近没人,便快步来到右侧方的一扇门前。他熟悉这里,却对空摇椅和针线笸箩很是陌生。门后的储藏室里就是"好人凯拉"时代制作的餐巾,以前从没上过锁,当然现在也没有,显然没人认为古老的餐巾有必要锁起来。他往里看,盼望着他对沛纳提出的关键问题答对了。

五天前那个晴朗的早晨,他们伫站在路边,沛纳问他:"丹尼斯,你知道他们什么时候把干净的餐巾送到针塔吗?"

丹尼斯认为这个问题非常简单,但读者可能已经发现,难易因人而异。丹尼斯知道问题的答案,证明他本质是诚信的,以至于当有人把这当成问题提出来时,他惊讶了。他从本·斯塔德那里收了钱——

实际上，钱是安德斯·沛纳支付的——负责王子每餐有餐巾。虽然只有一个吉尔德，但钱就是钱，收了就是收了。他必须信守承诺，要时不时地去确认餐巾是否照常提供。

他对沛纳提到了大储藏室（沛纳当时听了大吃一惊），说每周六晚上七点钟，一名女仆会取出二十一条餐巾，抻平，熨好，叠整齐，再成打地放进小推车。周日早上六点——离现在只有不剩两个小时——就会有仆人负责把小推车推到针塔。敲敲针塔底插着门闩的大门，狱卒便会把推车拽进去，把餐巾摆到桌上，随着每一餐分配使用。

沛纳对此很满意。

丹尼斯边匆忙地走边在身上摸索他在旧农场写好的纸条。一时没找到，很心急，后来总算摸到，才如释重负。纸条跑到一边去了。

他略过周日早餐的餐巾、午餐的餐巾，本来还想略过周日的晚餐，万一那样，这个故事又要有完全不同的结局了——是更好还是更坏就难说了，但一定完全不同——可是丹尼斯认为三条餐巾应该足够厚了。他在旧农场两块木板间的裂缝里找到一枚大头针，插在他权作内衣的棉背心肩带上（如果他考虑得更周全，就会用大头针别着信放在一起，刚才就不会因为找不着纸条而着急了。但我说过，丹尼斯的脑袋有时会笨一点儿）。他取下大头针，小心地将纸条别在餐巾内侧。

"但愿您能发现啊，彼得。"他喃喃着，储藏室里堆满了远古时代的餐巾，充斥着阴冷和孤寂，"但愿您能发现，国王陛下。"

丹尼斯知道现在得找个地方躲起来，城堡里的人快起床了。马僮晃晃悠悠地走出马厩，洗衣妇去洗衣房，厨师学徒揉着惺忪睡眼来到厨房（想到厨房，丹尼斯的肚子立刻咕咕叫。此时哪怕是最讨厌的芜菁，吃起来应该也不错，但他估计还得再过一段时间才能出去觅食）。

他躲进大储藏室的最深处，到处是堆成山的餐巾，过道曲折，又不规则，像走在迷宫里。满屋子都是甜甜的、干爽的棉布味儿。丹尼斯终于走到远处的一个角落，认为这里很安全。他先推翻一整叠餐巾，躺平后又搬过来一叠当作枕头。

那是他睡过的最舒服的床垫，尽管肚子饿得咕咕叫，但是经过长途跋涉，头一晚又受了极大的惊吓，现在睡觉比喂饱肚子更重要。他立刻睡着了。现在我们暂时离开这个勇敢完成了第一阶段任务的男孩，让他侧卧着、手枕头睡在皇家餐巾榻上。我希望为诸位读者许个愿，愿各位今晚都像他一样，忙碌了一整天之后，有一个甜蜜的梦。

94

周六晚上，就在丹尼斯听见狼嗥、惊慌失措得感到弗拉格的阴影飘过的时候，本·斯塔德带着纳奥米·雷驰正在白雪覆盖的小山丘上扎营，再往南三十英里就是沛纳的农舍——应该说，在丹尼斯带着关于国王梦游的消息到来之前曾是沛纳的农舍。

营地草草搭建，既然待不了几小时就要出发，就不用太讲究。本负责搭帐篷，生篝火。他生篝火时，纳奥米照顾心爱的哈士奇。

很快，纳奥米也坐到篝火前一起烤鹿肉。他们默默地吃着，纳奥米吃完又去看她的雪橇犬。哈士奇差不多都睡了，只有她最爱的弗里斯奇例外。它用一对通人性的眼睛看着她，舔她的手。

"今天干得漂亮，宝贝。"纳奥米说，"睡吧，愿你在梦里抓到月宫里的兔子。"

弗里斯奇听话地把头放到两脚上，纳奥米笑着走回篝火边。本坐着，双手抱膝，面色严峻，若有所思。

"快下雪了。"

"我也会看云，本·斯塔德，还有，小精灵在月亮王子的头上放了光环。"

本看了月亮一眼，点点头，目光移回篝火："我担心……我梦到了……我梦到一个……最好不讲出他名字的人。"

她点起一支雪茄,雪茄用薄布包裹,以免受潮。她把小布包递给本。本摇摇头。

"我也做梦了。"她尽量满不在乎地说,但颤抖的手泄露了她的真实想法。

他睁大眼睛看着她。

"是啊,"她回答着,就像他问出口了似的,"梦里,那人看着会发光的东西,念着彼得的名字。我不是那种看见老鼠、蜘蛛就乱叫的女孩子,但是我醒来想起这个就想尖叫。"

她脸上又是羞愧,又露出不服。

"你梦到几天了?"

"两天。"

"我连着四天梦到了。梦境跟你的一样,你别以为我会笑话你,我可不会说你'远怕水,近怕鬼'……我醒来也想尖叫。"

"我梦里的那个发光的东西……最后好像是被他吹熄的。你觉得那是蜡烛吗?"

"不是。你也觉得不是?"

她点点头。

本沉思了一会儿:"应该是比蜡烛更危险的东西……现在我想抽你刚才给我的雪茄了。"

她给了他一支,他用篝火点燃,望着火花随风飘向黑暗中。风裹挟着大片的雪花在空中盘旋,像他俩的梦。火花熄灭,夜空又是漆黑一片。本似乎能闻到那风中的雪花。要下大雪了,他想。

纳奥米像是能读出他的心声:"可能会下老人们说的大暴雪,你觉得呢?"

"同感。"

她没有再像平时那样直来直去,而是迟疑了片刻才问:"本,这个梦说明什么？"

他摇摇头："我不知道，只知道彼得有危险。如果另有所指——我理解的意思是，我们必须抓紧。"他看着她的脸，她心跳加速。"你觉得我们明天早上能赶到沛纳的农舍吗？"

"应该能。只有上天知道哈士奇会不会摔断腿，或者冬眠的熊会不会突然走出林子把我们吃掉，但是……没问题，我们应该能赶到。出发前我换过一批雪撬犬，只有弗里斯奇没换，它永远不会累。雪如果下得早，就会拖缓我们的速度，可看上去雪来得还不太快……但暴风雪越晚来，灾难越大，这是我的看法。如果暴风雪真的晚一点儿来，咱们又跟着雪撬跑，我觉得应该能到。可是在你的管家朋友回来之前，我们只能在那儿干等，做不了什么。"

"不知道。"本叹了口气，一只手揉搓着面颊。是的，赶到了又怎样？无论那个梦意味着什么，发生的地点都是在城堡而不是农舍。沛纳已经打发丹尼斯去城堡了，可他怎么回来？本不知道，丹尼斯也没告诉沛纳。就算丹尼斯神鬼不知地进去了又能躲到哪儿去？城堡里虽然有一千个能藏人的地方，可问题是……

"本！"

"嗯？"思绪被她打断，他看着她。

"你在想什么？"

"没什么。"

"绝对有，你的眼睛都亮了。"

"有吗？那一定是想到肉饼了。我们该进去睡了，明天天一亮就出发。"

进了帐篷，纳奥米睡了一段时间，本·斯塔德仍全无睡意。是的，城堡里有很多地方可以躲藏，他认为有两个地方最为特别——他要么在其中一个地方找到丹尼斯，要么在另一个。

他终于睡着了……

又梦见弗拉格。

95

那个周日，彼得像往常一样开始一天的生活，先运动，再祈祷。

他起床时精神抖擞，充满干劲。抬头看了看天空，飞快地预测暴风雪的情况，开始吃早餐。

当然，餐巾是必需品。

96

那个周日中午之前，德兰人必定都走出过屋门至少一次，担心地看着北方的天空。大家都认为这场暴风雪将成为年老时值得讲述的传奇之一。天边野狼皮般深灰色的乌云密布，气温有所回升，屋檐下的冰柱几星期以来头一次开始融化，滴着水滴。但老人们互相诉说着（也跟任何愿意倾听的人诉说）他们可不会上当。气温还会骤降，不剩几小时了——可能两小时，或者四小时——就要下雪了。而且啊，他们说，这场雪会下好几天。

下午三点，还有牲口可以照管的好命农民把牲畜都赶进畜栏。牛哞哞地叫着，显示它们的不情愿。雪刚融，干草才露出头，现在是几个月以来最难得的吃草好机会。约瑟夫更老了，头发更花白了，但七十二岁的他仍精神矍铄。他要看管国王的马匹全部进入马厩，而国王的人马则另有人看管。之前只能挂在晾衣绳上等着冻硬的衣服正被妇女们忙着趁暖和赶紧晾干。眼看着天早早地黑下来，天空变成风雪欲来的灰黑色，她们便又赶紧把刚晾出去的衣物收回屋。妇女们很失望,被单、衣服都没干透,湿气很重。

动物们惊恐,人们紧张不安。明智的酒馆老板不肯开张,他们看到气压表里的水银柱一个劲儿地下降。根据以往的经验,气压越低,人越容易闹事。

德兰家家户户将门窗钉上木板,做好了防风雪的准备工作。人们静候暴风雪的到来。

97

本和纳奥米轮流在雪橇旁边跑步前进,周日下午两点到达沛纳的农舍——大约也是在这个时候,丹尼斯从王室餐巾床垫上醒来,彼得开始吃午餐。

纳奥米确实很漂亮,长途奔跑给她古铜色的小脸蛋添了两抹秋天的玫瑰红。雪橇驶入沛纳的农舍小院,狗吠不断。她笑着看向本。

"天啊,破纪录了,老天保佑!"她大喊,"我们提前了三……不对,四小时!没有一条狗累倒!我的弗里斯奇!真棒!"

弗里斯奇是黑白相间的安杜安哈士奇,有着一双灰绿色眼睛,是雪橇队的领头犬。它拼命往上蹿,想挣脱缰绳。纳奥米解开系绳,和它在雪地里共舞。那是一支奇特的华尔兹,优雅、奔放,狗和人互相逗彼此,又有着浓得化不开的感情。有的狗已经侧身躺下,呼哧呼哧喘着粗气,显然劳累过度,但弗里斯奇和纳奥米好像感觉不到累。

"就是啊,弗里斯奇!宝贝!你带大家跑得可真棒!"

"那又怎么样呢?"本郁闷地说。

她放开弗里斯奇的腿,转身生气地瞪着他……一看见他脸上的沮丧,便不气了。迎视他的目光,她明白,虽然到了这里,但那又怎样?不过是一间空荡荡的农舍。他们为什么火急火燎地赶到这儿?一小时、两小时……即使四个小时过后，这间农舍也不会有人。沛纳和阿尔伦在北方，丹尼斯在城堡里的某个地方。如果他被抓，就会在牢房里，或者等着入土的棺材里。

她走向本，犹豫着把手搁在他的肩上："别太难过，能做的我们都做了。"

"是吗？"他怀疑，"恐怕没有。"他长叹一口气，摘掉毛线帽，金发在午后暗淡的阳光下闪着光。"对不起，纳奥米，我不是冲你发脾气。你和狗都很棒。我只是觉得我们在这么远的地方帮不上实质性的忙，很无奈。"

她看着他，也叹了口气。

"好吧，"他说，"我们进去吧，也许能找到可以干点儿什么的线索。不管怎么说，等会儿暴风雪来临，我们好歹有了挡风的地方。"

屋子里什么线索都没有，这只是一间被主人匆忙遗弃的、四面透风的空屋子。本不死心地在每间房里东翻西找，却还是什么都没找到。一小时后，他心灰意冷地坐在纳奥米身边……安德斯·沛纳就是坐在那儿听丹尼斯讲了那个不可思议的故事。

"要是有办法找到他就好了。"本说。

他迎向她的目光。她的眼睛又大又亮，透着兴奋。

"也许有。"她说，"暴风雪晚来点儿就行……"

"什么意思？"

"弗里斯奇啊！"她大声说，"你还不明白呀？弗里斯奇能找到他！我觉得它的鼻子最灵！"

"他留下的味道已经过了好几天，"他摇着头，"即使最厉害的追踪犬也没办法……"

"弗里斯奇就是最厉害的追踪犬。"纳奥米开心地大笑，"冬天和夏天时追踪不一样，本·斯塔德。在冬天，足迹可以保存得更久。只要这里有丹尼斯的东西，有带着他气味的东西……"

"那别的狗怎么办?"本问道。

"我把那边的牲口栏打开,"她往某个方向一指,"然后把铺盖留下,只要给它们看一下我的铺盖,再解开它们,它们就知道自己去找食物,比如兔子之类的,也知道要回来休息。"

"不会跟着我们走?"

"只要我叫它们别跟,它们就不跟。"

"你做得到?"他佩服地看着她。

"做不到,"纳奥米打趣道,"我又不会说狗语。弗里斯奇也不会说人话,可它听得懂人话。只要我跟它说,它就会告诉别的狗,它们便会自己去找食物,但不会跑到再也闻不到铺盖的地方,何况暴风雪快来了。天气一变坏,它们就会回到躲避的地方,不管饿不饿,都不出去了。"

"那么只要找到丹尼斯的一样东西,弗里斯奇就能找到他?"

"对。"

本打量着她。丹尼斯周二离开这里,今天已经是周日。他不相信气味可以保存那么久。但这间农舍里一定会有什么东西保存着丹尼斯的气味,即使白费工夫,也比干等着什么都不做强。毫无意义的等待最让他烦躁,别的地方可能马上就有大事发生,他们却只能在这里戳着手指头熬时间。若换个情境跟纳奥米被困在风雪中,他一定会开心得飘起来,但此时东边二十英里处可能发生的事关乎这个国家的存亡,而且他的好兄弟的命已经交给那个脑袋有可能发懵的年轻管家。

"嗯?"她急迫地问,"你觉得怎么样?"

"太疯狂了。"他说,"但值得一试。"

她露齿一笑:"能找到有他气味的东西吗?"

"能找到,"他站起来,"把你的狗带进来,纳奥米,带着它上阁楼去。"

98

许多人对"气味之于狗就像颜色"这一点没有概念。微弱的气味颜色淡,就像经历了岁月的水粉画;强烈的气味则色彩鲜明。有些狗的嗅觉不很灵敏,气味对这些狗而言,就像颜色对视力不好的人一样,可能会把灰当作淡紫,把黑看作深咖啡。弗里斯奇的嗅觉是千里眼水平。丹尼斯睡过一夜的阁楼上有明显的气味(丹尼斯很多天没洗澡,可能对此有帮助)。弗里斯奇嗅了嗅干草,又嗅了嗅女孩拿着的毯子——闻到了阿尔伦的味道。弗里斯奇立刻知道那是酸酸懒懒的老人味儿,比较淡,没有干草上的味道强烈。丹尼斯的味道更有生命力、更具活力。

弗里斯奇闻到的丹尼斯是夏日闪电般的耀眼蓝。它叫了几声,表示知道这味道并记住了。

"太棒了,好姑娘。"高个儿男孩赞道,"能追上他吗?"

"它能。"女孩信心十足地说,"我们走吧。"

"再过一小时,天就黑了。"

"是啊,"女孩一笑。每当女孩露出这样的笑容,弗里斯奇就觉得自己的心将会因为太爱她而狂跳至爆炸。"我们需要的不是它的眼睛吧?"

高个儿男孩微笑着说:"我猜也不是。看吧,我一定是疯了,但我们只剩这张牌能打了。"

"是的。"她说,"走吧,本,趁天还没黑。快黑了。"

鼻子里充满耀眼蓝气味的弗里斯奇已经在热烈地欢叫了。

99

当天晚上六点,彼得的晚餐准时送到。预示着暴风雪即将来临的乌云笼罩着德兰的天空,气温降下来了,还没开始刮风,也没飘雪。广场的远方,丹尼斯穿着偷来的厨房学徒的薄制服,冷得直打哆嗦,躲在阴影深处,焦急地看着针塔顶那一方浅黄色的光——那是彼得窗口的烛光。

彼得不知道丹尼斯看向自己这里,他满脑子想的是,无论生死,这都将是他在这间该死的牢房里的最后一餐了。餐食越来越差,晚餐是咸肉、烂土豆、淡麦酒,但他会全部吃掉。过去三周,他吃得很少,醒着时不是编绳子就是做运动。但今天,无论如何,他把送进来的东西全吃下。夜里,他需要很多力气。

我会遭遇什么?他再次沉思着坐在小餐桌前,掀起餐巾。我要去哪儿?谁会收留我?有人愿意收留我吗?都说要听天由命,相信诸神……可是彼得,你是不是过于相信了?

别想了,该怎样就怎么样吧,现在吃东西,别想了……

他的脑子一下子停住——抖开餐巾时觉得被什么扎了一下,像被荨麻刺到。

他皱着眉头一看,发现右手食指居然渗出了小血珠。彼得立刻想到了弗拉格。童话故事里都会有一枚毒针,他现在可能被弗拉格下了毒。使他产生条件反射的就是这个。有这种想法并不奇怪,弗拉格确实下过毒。

彼得拿起餐巾,看到一个折起来的东西,上面有点点黑色污渍……他放下餐巾,不动声色,让人完全看不出他看到了折在餐巾内侧的纸条时内心的激动。

他故作轻松地瞄了一眼门口,突然害怕狱卒或白森正疑心地盯着自己。没有人。王子刚到针塔时像稀罕物，常常有人好奇地盯着他，把他当成收藏家鱼缸里的罕见鱼类，有人甚至专门偷偷地把女朋友带来看这个杀人狂魔（要是被抓到现行，他们都得去坐牢）。可彼得是模范犯人，很快就让人觉得无聊了。此时此刻，没有任何人在看他。

尽管早就没有了食欲，但彼得还是强迫自己把食物全吃掉。他不想冒任何风险使人起疑心，尤其在这个关键时刻。他不知道纸条来自何人，也不知道纸条里写了什么，更不知道自己为什么激动。数小时后即将越狱，此时收到这张纸条好像是个好兆头，但到底预兆了什么？

终于吃完了。他又看向门口，确定窥视孔关上了，才走回卧室，一只手假装不在意地抓着餐巾，像是根本忘了手上还抓着东西。他在卧室里取下纸条（由于手太抖，又被扎了一下）打开。纸条两面都密密麻麻地写满了字，笔迹虽幼稚，但能看懂。他先看署名……一下子瞪圆了眼睛：丹尼斯——您永远的朋友和仆人。

"丹尼斯？"彼得轻声地念着，他过于震惊，以至于没意识到自己念出了声，"丹尼斯？"他翻过另一面，开篇就让他心跳如擂：我的国王。

100

我的国王：

陛下可能已经知道，这五年来，我担任陛下的弟弟托马斯的管家。上周我才发现，陛下并没有谋害先王"仁慈的罗兰"。我知道是谁干的，托马斯也知道。要是我敢写下这个"黑心肠杀人犯"的名字就好了，可是我不敢啊。我去找过沛纳，他带着管家阿尔伦去找流亡派了。他命令我回城堡，写个纸条给陛下。沛纳说流亡派可能要闹革命了，他说绝不允许那种事发生。他觉得陛下可能有了计划,但他不知道是什么计划。他命令我前来助陛下一臂之力。我父亲生前曾如此嘱咐过我,我自己也是这么想的。我们家世世代代服侍国王,而陛下就是当朝国王。如果陛下有任何差遣,我一定竭尽全力,万死不辞。陛下看到这封信时,我就站在广场对面的黑影里,仰望着陛下位于针塔顶的牢房。如果陛下确有计划,就请陛下站到窗边;如果陛下有东西可以写信,就请丢下来,我会想办法在半夜过去取回来。如果陛下同意这么安排,请在窗边挥两下手。

陛下的朋友本和流亡派在一起。沛纳说会找他帮忙。我知道他(本)在哪儿,如果陛下叫我去找他,我就去找他,一天之内可以打个来回;如果下雪,就需要两天。我知道扔纸条下来会很危险,但我觉得没时间了。沛纳也这么觉得。我会仔细地读。为陛下祈祷。

101

彼得花了很长时间都无法理清纷乱的思绪。他不断回到同一个问题:丹尼斯到底看到了什么让他完全改变了想法?神啊,究竟看到了什么?

慢慢地,他觉得这个问题不重要了——丹尼斯看到了某件事,这就够了。

沛纳。丹尼斯去找过沛纳,沛纳也察觉到了……那只老狐狸也觉得不对头,"他觉得陛下可能有了计划,但他不知道是什么计划。"绝对是一只老狐狸。他没忘记彼得要求了娃娃屋和餐巾,虽然他不知道这些东西有什么用,却觉得不对劲。是的,没错。

接下来该怎么做?

一方面——占上风的一面——他想照原计划行动,好不容易鼓足了勇气,决定实施艰难的越狱,不能在这节骨眼上放弃,继续干等;另一方面——那些梦境——在催促他不得不越狱。

"要是我敢写下这个'黑心肠杀人犯'的名字就好了,可是我不敢啊。"这句话使彼得更加确信,丹尼斯确实看见了某件事。他猜弗拉格很快就会察觉,希望自己能赶在被发现前脱身。

再等一天会不会太久?

也许会,也许不会。

彼得犹豫不决,十分痛苦。本……托马斯……弗拉格……丹尼斯……像梦里的一个个人物不停地在他脑海里盘旋。到底该怎么办?

最后,是那张纸条——不是写在上面的字——让他拿定了主意。这张纸条出现在餐巾里,恰好在他计划使用以餐巾棉线编织的细绳实施越狱的当天晚上出现……这说明他应该等。但只能等一个晚上,本帮不上了。

丹尼斯能帮他吗?他能做什么?

电光石火间,他有了个主意。

彼得坐在床上看纸条,眉头紧锁。后来坐直了,眼睛发光。

再看一下纸条。

"如果陛下有东西写信,就请丢下来,我会想办法在半夜过去取回来。"

他当然有东西写信,但不能写在餐巾上,否则会被人发现餐巾不见了;也不能写在丹尼斯的纸条上,那张纸的两面都写满了。

但是瓦雷拉的羊皮纸没有写满。

彼得回到起居室,瞟了一眼门口,窥视孔关着,隐约听见狱卒在下面玩牌。他走到窗边,挥了两下手,希望丹尼斯真的在外面的某处望着他。他只能如此希望。

彼得回到卧室,抬起松动的石头,摸索了一会儿,终于摸到坠盒和羊皮纸。他把羊皮纸翻到没写字的背面……拿什么当墨水呢?

想了一会儿,他有了答案:效仿瓦雷拉。

彼得在稻草床垫上抻拽了几下,弄出个口子,没多久就找出几根可以当作笔的长稻秸。打开心形坠盒,那心尖非常锐利。彼得闭上眼,简短地祷告,然后用坠盒的尖端划过手腕。鲜血立刻涌出,比之前被大头针扎伤时流出的血多。他用一根稻秸蘸血,开始写。

102

丹尼斯站在广场另一端的寒风中看到彼得的身影来到针塔顶的小窗前,看到他双手高举,挥了两下,表示他将有信。丹尼斯得冒双倍——不对,三倍——的风险了,但他很高兴。

他一直等着,双腿发麻,快要失去知觉了。这场等待很漫长。更夫喊着十点……十一点……十二点。乌云遮月,天空却亮得古怪——这是暴风雪将至的征兆。

他忍不住怀疑彼得是否把自己忘了或改了主意,直到彼得的身影再次出现在小窗前。丹尼斯站直了身体,脖颈酸痛,他做了个鬼脸——他已经仰头朝上望了四个小时。他好像看到一个东西被抛下来……彼得的影子旋即离开小窗前。针塔顶的灯光熄灭。

丹尼斯四下观望,没有人,便鼓起全部勇气冲进广场。他知道广场上很可能有人——比昨晚那个唱歌跑调的卫兵更机警的人,也可能有他根本没注意到的人——即使如此,他也没办法。不远处的断头台上死了好多男男女女,他强烈地意识到这一点,也许他们的魂魄就在周围转悠。

想这些杂七杂八的没有一点好处,他努力把杂念抛在脑后,眼下要紧的是找到彼得扔下来的东西。但针塔底是一片毫无特色的雪地。

虽然知道自己已经全无遮挡,完全暴露,丹尼斯仍然像一只不怎么机灵的猎犬那样努力地寻找。他不能确定那个发亮的东西是什么——它只在空中闪了一秒,好像是个硬物。这个推断很有逻辑,彼得不会只扔下来一张纸,否则会被风吹得乱飘。但那是什么?落在哪里了?

时间一分一秒地流逝,丹尼斯越来越慌。他双手双脚着地,在地上爬来爬去,仔细查看之前留在那里的足迹。这些足迹先是融化成巨龙脚印般的坑,再被冻成青蓝色的坚冰。他已是一头一脸的汗,某个念头不断地撞击他的脑袋:将会有一只手落在他的肩上,他一回头就会看到披着黑斗篷的巫师咧着大嘴的笑脸。

现在玩捉迷藏太晚了吧,丹尼斯?弗拉格会这么说,目露凶光却笑逐颜开。你丢了什么?我帮你找好不好?

不要去想他的名字!天哪,不要想起他的名字!

可他很难控制不去想。到底丢到哪儿了?啊,到底在哪儿?

丹尼斯爬过来爬过去,手跟脚一样麻了。前后左右,上上下下,到底在哪儿?找不着已经够糟糕了,万一到了早上,暴风雪没来,纸条就会在天亮时曝光,岂不更糟糕?天知道纸条上写了什么!

他隐约听见更夫报时一点。他反复找了好几遍,心里更慌了。

停,丹尼斯,停一停,孩子。

他父亲的声音在他脑袋里骤然响起。绝对没错。丹尼斯本来手脚着地,鼻子也几乎贴在了地上,这时稍稍挺起身子。

你的眼睛已看不到任何东西了,孩子,停一停,闭一会儿眼睛,然后再看看四周,仔细地看。

丹尼斯闭紧双眼,再睁开。这一次,他可谓轻松地巡视四周,扫过针塔底的整个白色区域。

没有,还是什么都没——

慢着!那里!在那里!

有个东西在闪闪发光。

丹尼斯看见一条露出雪地约半寸长的金属弧线,旁边还有他自己留下的手脚印——他差点儿慌里慌张地爬过了那东西。

他本想把它拽出来,却压得更实、更深,他的手指已经冻得几乎不能弯曲。丹尼斯在雪地里一边挖一边想,如果刚才用膝盖压过去,自己可能会毫无知觉地把这个东西压进雪地——因为他的膝盖麻了。若真是那样,他就不可能看到它了,得等到来年春暖花开雪融后才能重见天日。

他摸到了。强迫手指头弯曲,取了出来。他诧异地看着这个心形坠盒——可能是纯金的。坠盒上有一条细细的链子,心形小盒紧闭,中间夹着折好的纸,是非常古老的纸。

丹尼斯抽出那张古董纸,轻轻地握住,把链子套在自己的脖子上。他站起身,全身的关节咯吱作响,然后迅速跑回阴影里。跑回来的这段路简直是最可怕的一环,他从不记得自己曾如此明目张胆地暴露过。似乎每跑一步,广场建筑物下那令人心安的阴影反而离自己更远一步。

终于又回到了相对安全的地方,他大口喘气,浑身发抖,在阴影里站了一会儿。好不容易喘息平复了,才偷偷摸摸地走在第四大街的阴影里,从厨师通道返回了城堡。城堡门口有个卫兵,和他昨天晚上的同事一样大意。丹尼斯只等了一会儿,卫兵就信步离开了。

丹尼斯马上冲了进去。二十分钟后,他安全地回到了餐巾储藏室,打开那张纸。

纸的一面是用奇怪的铁锈红墨水写的密密麻麻的花体字,丹尼斯一个字都不认得。翻到背面,他目瞪口呆——马上辨认出这一面是用什么"墨水"写的。

"噢,彼得国王。"他悲叹。

字迹潦草、模糊——这"墨水"不是瓶装的——但还是可以辨认。

本想今晚越狱。会多等一天。不能等更久。别去找本。没时间了。太危险。有一条绳子。太细。可能会断。又短。一定得往下跳。二十英尺。明天半夜。能帮就帮。找个安全的地方。可能会受伤。听天由命了。爱你,好丹尼斯。彼得国王。

丹尼斯连读三遍,泪流满面——是喜极而泣。沛纳察觉到的那一丝光亮照亮了丹尼斯的心房。这很好,一切很快会好起来。

他又一次看着国王用自己的血写下的"爱你,好丹尼斯"。这封短信根本不必写上这句,他却写了。

彼得,我愿意为你死一千次。丹尼斯心想。他把纸条放进背心,项链依旧挂在脖子上,躺下。这一次,他许久没能入睡,刚迷糊又惊醒。他听到有人正打开储藏室的门,铰链发出沉重的声响,似乎传来某种非人的尖叫。他一时昏昏沉沉,还没搞清楚自己是不是暴露了就蓦然看见一个黑乎乎的影子俯身看着自己,目光炯炯。

103

周一凌晨大概三点钟开始下雪,本·斯塔德和纳奥米站在皇家猎场的边上遥望城堡,看到了第一片雪花飘落。人困狗乏,两个人体力严重透支,弗里斯奇也坐在地上疲惫地喘气,但它仍执拗地着急往前走——那气味越来越明显了。

它不费吹灰之力就把他们从沛纳的农舍带到了那间空屋子——丹尼斯在那里住了四天,吃了生土豆,嫌弃、拒绝了芜菁,最后不得不吃,果然酸腐无比,难以下咽——那耀眼蓝的气味遍布在那间农场里。它兴奋地欢叫着,从一个房间冲到另一个房间,以鼻子戳地,开心地狂摇尾巴。

"你看，"纳奥米说，"丹尼斯在这里烧过东西。"她指着壁炉。

本走过来看，却看不出所以然，东戳戳西戳戳，只看到一堆灰烬。那是丹尼斯写废的纸。

"现在怎么办？"纳奥米问道，"他显然从这里去了城堡。我们是继续跟还是在这里过夜？"

此时是六点，天已经黑了。

"最好继续赶路，"本慢慢地说，"是你说的，我们需要的是弗里斯奇的鼻子，而不是眼睛……我可以在任何国王的面前发誓，弗里斯奇有一个特别灵的好鼻子。"

坐在门口的弗里斯奇叫了几声，表示同意这一点。

"好。"纳奥米同意。

他认真看着她，从流亡者营地到这里，路途遥远，他俩休息得极少。他知道理应歇一歇……可是又确实急得发狂。

"你能继续走吗？"他问，"如果不行，千万别勉强，纳奥米·雷驰。"

她双手叉腰，骄傲地看着他："等你累倒了，我还能再走一百柯纳尔呢，本·斯塔德。"

本笑着说："你可能真的有机会证明这一点，但我们得先吃点儿东西。"

他俩迅速地吃了点儿干粮。之后，纳奥米跪在弗里斯奇身边，静静地告诉它继续追踪那气味。弗里斯奇马上接受了指令，两人和狗便离开农场继续赶路了。本背着大背包，纳奥米的背包略小一点儿。

对弗里斯奇来说，丹尼斯的气味像黑暗中的蓝色路标，像通了电的电线发出的蓝色火花，它一下子就跟上了。当女孩叫它回来时，它还颇感困惑。它如果是人，可能还会摇头叹息。它迫不及待地想出发，东闻西嗅丹尼斯走过的路。如果不出意外，大约午夜前就能带他们返回沛纳的农舍。

"没关系,弗里斯奇,慢慢来。"纳奥米说。

"是啊,"本说,"慢慢地闻一两个星期,一个月也行。"

纳奥米狠狠盯了本一眼,他立刻闭嘴——这比较明智。两个人看着弗里斯奇东闻西嗅,它先望着空屋的前院,又望向马路另一端。

"它跟丢了?"本问。

"没有,它马上就要找到了。"应该是马上,纳奥米心里说,"它可能闻到了路上的好多气味,必须整理整理。"

"你看!"本怀疑,"它往田野走了,不对吧?"

"不知道。他回城堡会走大路吗?"

本摇头叹息:"当然不会,我这个笨蛋。"

纳奥米笑笑,没说话。

弗里斯奇在田埂边停步,转头望向女孩和高个儿男孩,不耐烦地叫了几声,让他们跟紧。安杜安哈士奇是北邑人向来畏惧的大白狼的温驯后代,不管本性是否驯良,它们天生善于狩猎和追踪。弗里斯奇已经辨认出那耀眼蓝气味的路径,急切地要出发。

"来吧,"本说,"只盼它找对了。"

"当然对了,你看!"

她一指,本看到雪地上有一道长长、浅浅的脚印。即使在深更半夜,本和纳奥米也知道那是什么留下的——雪靴。

弗里斯奇又叫起来。

"快走。"本说。

到了午夜时分,他们离皇家猎场很近了。纳奥米有些后悔自己之前过于自信地夸下海口说,哪怕本累倒了,她还能再走一百柯纳尔——她越来越感到先累倒的会是自己。

这段路,丹尼斯用时更短,但他出发前休息了四天,穿了雪靴,没有跟着狗跑——这条狗有时跟丢了气味,会折返跑。纳奥米只觉得两条腿热得发烫,像迈着两条橡皮腿;肺也热得似火烧。她吃了几口雪,仍口干舌燥。

弗里斯奇没有背包,在雪地上撒欢般地奔跑,没有显出疲惫。纳奥米的前脚踩到较硬的雪地,后脚却踏进没膝深的软雪堆里,好几次连屁股都陷进去了。有一次,她整个下半个身子陷进雪中,徒劳挣扎也没用,还是本走过来拉了她一把。

"真想……有个雪橇……"她喘着气说。

"愿望……如果都能实现……乞丐……早就发财……了……"他也累得气喘吁吁,但还是笑着打趣她。

"好玩,"她喘着气说,"哈哈,你能成为皇家讲笑话官,本·斯塔德。"

"皇家猎场就在前面,雪少……好走。"

他弯下腰,双手扶着膝盖,大口大口地喘着粗气。纳奥米突然觉得自己自私又冷酷,光顾着自己的感受,其实本更疲累——他背的包更大、更沉,几乎每一步都踩进雪堆,这么长的路走起来就像涉水——却从没抱怨过一句,也没放慢过脚步。

"本,你还好吗?"

"不好,"他喘得上气不接下气,却还在笑,"但是会撑过去的,小美娃。"

"我不是娃!"她恼怒地嗔怪他。

"可是很漂亮。"他的大拇指点着自己的鼻尖,另外四根手指上下摆动着。

"嘿,你等着。"

"再见,"他边喘边笑,"看谁先跑到树林。开始!"

弗里斯奇追着气味跑在最前面。本还是赢了,惹得她更气,但也更钦佩他。

104

　　他们站在林子里,望向七十柯纳尔外的城墙,先王罗兰曾在这片树林里杀死巨龙,却在另一端的城堡中遇害。空中飘落更多的雪花……越来越多……神奇地,空中瞬间雪花漫天。

　　尽管累得不行,本却觉得心境平和、喜悦。他微笑着看向纳奥米。她想瞪他,却做不到,只好笑着看向他。过了一会儿,她伸出舌头想接住一片雪花。本静静地看着她。

　　"如果他真的进去了,那么他是怎么进去的?"纳奥米问。

　　"不知道。"本说。他在农场长大,完全不懂城堡里的排水管。读者也许会说,他可能不认得城堡里的任何地方。也许确实如此。

　　"你的冠军狗可以告诉我们他是怎么进去的。"

　　"你认为他进去了,本?"

　　"嗯,"本说,"你说呢,弗里斯奇?"

　　弗里斯奇听见自己的名字,先挺起身子沿着气味往前走了几步,再回头望着他们。

　　纳奥米看了看本。他摇摇头:"还不能去。"

　　纳奥米轻声唤回弗里斯奇,它呜咽着走回来。

　　"如果它能讲话,可能会说它担心跟丢气味。雪会掩盖气味。"

　　"不会等太久的。丹尼斯虽然有雪靴,但我们也有他没有的。"

　　"我们有什么?"

　　"掩护。"

105

虽然弗里斯奇坐立不安,本还是让它多等了十五分钟。漫天大雪一直下着,纳奥米的棕发和本的金发上都覆满了白雪,弗里斯奇则像穿了雪貂披肩。世间的一切都被白雪覆盖,看不见前方的城墙了。

"好了,"本轻声说,"我们走。"

他们跟着弗里斯奇穿过空地。这条体形很大的哈士奇放慢了速度,鼻子不停地凑到地上闻,不时翻搅着雪片——因为空中飘落这种没味道的东西,那耀眼蓝的气味变淡了。

"我们可能等太久了。"纳奥米在他身边幽幽地说。

本一言不发,同样的心情像老鼠啃噬着他。

白茫茫的雪地上矗立着昏暗的城墙。纳奥米略微领先,本伸手一把抓住她的胳膊。"有壕沟。"他说,"就在这附近,别忘了。万一踩到河上的薄冰,一定会摔断脖……"

他的话音未落,纳奥米的眼神立刻惊慌不安,甩掉他的手。"弗里斯奇!"她低声呼唤,"嘿,弗里斯奇!危险!会掉下去的!"她冲向前去追狗。

这姑娘又单纯又鲁莽。本想着,带着几分赞赏,冲向前去追她。

纳奥米不用担心,弗里斯奇在壕沟边缘停住了。它把鼻子埋进雪里,尾巴欢快地摇啊摇,正咬着什么东西,从松软的细雪中拖出来。它转身面朝纳奥米,用眼神说话:我是不是最棒的?你说是不是?

纳奥米大笑着拥抱它。

本看向城墙。"嘘——"他提示道,"要是被卫兵听见,咱们肯定没命!你以为这是哪儿?你家后花园?"

"拜托!他们就算听见,也会以为是雪精灵,吓得回家找妈妈。"但她还是压低了嗓门,把脸埋进弗里斯奇的毛里,再次夸它是最棒的狗。

本抓了抓弗里斯奇的头。由于下了雪,两个人都不觉得有什么掩护了,不像丹尼斯坐在同一个地方时的心情,当时他就是坐在这里脱掉了雪靴——弗里斯奇刚刚从雪里拖出来的东西。

"实在是神灵之鼻。但是,"本说,"他脱掉靴子之后呢?是长翅膀飞过了西边的墙角吗?又去了哪里?"

弗里斯奇像是试图回答这个问题,从他俩身边跑开,跌跌撞撞地从陡峭的河堤滑到下方已然结冰的壕沟边上。

"弗里斯奇!"纳奥米大叫,嗓门压得极低,充满了惶恐。

弗里斯奇站在壕沟的冰雪上,抬眼看着他们。刚飘下的雪飞快地没过了它的脚踝。它轻轻地摇尾巴,眼神在请求他们过来。它没叫,尽管纳奥米并没有警告它别叫,但它好像知道不该叫。它在心里狂吠:那气味还在,它一心一意想在气味消失前追上去,再多几分钟就能追上了。

纳奥米犹豫地看向本。

"好,"他说,"我们一定要找到他,走吧!你要看好它,别叫它再往前走。我感觉这里很危险。"

他伸出手,纳奥米握住,两个人一起滑向壕沟。

弗里斯奇慢慢地带领他们越过结了冰的土地,走向城墙。它现在是在"挖掘"气味了——鼻子伸进雪地里。气味中还混合了其他浓烈、难闻的气味,有脏水、垃圾甚至粪便的气味。

丹尼斯知道接近排水管的冰面很薄、很危险。即便他不知道,也能看到城墙边上那三尺宽的水面。

本、纳奥米和弗里斯奇所面对的情况并不乐观。他们以为既然壕沟上覆盖的冰雪已经这么厚,那么整条护城河应该都差不多。但因为大雪覆盖了一切,以他们的肉眼,其实看不见什么。

弗里斯奇的视力在这个小团队中是最差的,它打头阵。它的听力非常敏锐,足以听见新落下的雪覆盖在冰面上所发出的轻响。但它一心一意地追逐那气味,并没有注意到轻微的碎裂声,直到冰面在它身下裂开,它掉进壕沟,溅起一片水花。

"弗里斯奇!弗里……"

本一只手捂住她的嘴,被她挣脱。本觉察到危险,一把抱住她。

纳奥米不用担心,狗都会游泳,何况弗里斯奇的毛又厚、又油光水滑,它在水里比这两个人更安全。它划水游到城墙边,身畔是一块块浮冰和宛如奶油般融进暗泥、迅速消失的雪团。它抬头拼命寻找气味,找到后便转身游回来寻找本和纳奥米。它触及冰面的土质边缘,两只前脚一撑,冰面裂开了,再试。纳奥米又大叫。

"别激动,纳奥米,否则我们等不到明天早上就被关进地牢,"本说,"抓住我的脚腕。"他放开她,趴在地上,四肢张开。她蹲在他后面,抓住他的靴子。距离冰面如此之近,近得本可以听见冰面因承重而发出轻微的碎裂声。如果我们之中的某个人掉下去,他心想,那麻烦就大了。

他微微张开双腿,将身体的重量平均使力,然后抓住弗里斯奇厚实胸膛旁边的下腋处。"上来吧,好姑娘。"本念叨着,"但愿……"然后使劲拖拽。

有那么一瞬间,本担心把弗里斯奇拖上来时会导致冰面因承重过大而破裂,会把他和纳奥米一并拖入壕沟。以前在夏天,他越过壕沟进城找他的朋友彼得玩耍时,河水倒映着蓝天白云,美得像一幅画。他从未想过会有一天自己竟然有可能在风雪交加之夜被冻死在这幅画里——壕沟里还特别臭。

"往后拖啊!"他低声喊,"你这条要命的狗有一吨重。"

"你能不能别骂我的狗?本·斯塔德!"

本拼命使劲,眼睛眯成了缝,呲牙咧嘴地说:"一百万个抱歉,但你如果不赶紧拉,我就得下去泡澡了。"

她竟然做到了。本和弗里斯奇的重量加在一起超过她体重的三倍。本张开的双腿在雪地上划出清晰的划痕，肚子以下像木犁犁地那样堆起了一个白雪的金字塔。

终于——虽然仅仅是几秒钟内发生的事——弗里斯奇的胸口不再压迫冰面，而是滑到冰冻的石地上，后脚也立刻上了岸。它用力甩掉身上的水，脏水滴甩了本一脸。

"哎哟！"他的脸皱成了包子状，伸手擦掉脏水，"真感激，弗里斯奇！"

弗里斯奇没理他，望向城墙。皮毛上肮脏的冰锥打着结，它仍旧在追那气味。它清楚地闻见了，就在头顶不远处。上方一团漆黑，没有那些冰冷的、没味道的白色东西。

本站起来，拍掉身上的雪。

"抱歉对你吼了，"纳奥米小声说，"如果你不是说弗里斯奇，而是说别的狗……你觉得被听见了吗？"

"如果被听见，早就被盘问了。"本压低嗓门说，又惊叹，"我的天，这么近！"现在他们能看到德兰城堡前方这片开放水域了。

"现在怎么办？"

"不能再往前走了，"本小声说，"太显眼了。他是怎么办到的，纳奥米？他从这儿去了哪里？可能真是飞过去的。"

"如果我们……"

既然纳奥米没办法，弗里斯奇决定自行解决问题。它的祖先擅长围猎，它也是个中好手。它要追到那耀眼蓝的气味，不能放弃。它的屁股沉入雪里，绷紧平时惯拉雪橇的全身肌肉，蹿进了黑夜。我说过，它的视力不怎么样，但这一蹿靠的不是视力：它在冰地上看不到排水管的黑洞。

但它在水里看到过。就算看不清，它还有鼻子。它知道就在那儿。

106

是弗拉格。半梦半醒的丹尼斯迸出的第一个念头就是这个。此时,一个黑影目光炯炯地俯视着自己。是弗拉格,他找到我了,下一刻就要呲牙咬我的喉咙了。

他想喊,但喊不出来。

来者确实张着嘴巴。丹尼斯看到巨大的、白色的獠牙……一条大舌头在他的脸上来回舔。

"恶心!"丹尼斯想推开,但有两只脚按住他的左右肩,他像被钳制住的角斗士那样躺回餐巾床垫上。舔啊舔,舔啊舔。"恶心!"丹尼斯又说了一遍。那个毛绒绒的大身体发出低沉却友善的叫声,仿佛在说:"我知道,很高兴见到你。"

"弗里斯奇!"暗影里传出一个声音,"下来!弗里斯奇!别叫!"

不是弗拉格,而是一条大狗——这条狗未免太像大灰狼了吧?丹尼斯心想。女孩一制止,那条狗就退后,蹲下,开心地看着丹尼斯,尾巴无声地拍打着丹尼斯的餐巾床垫。

暗影里还有一高一矮两个身影。他们不是弗拉格,这一点再清楚不过了,可能是城堡里的卫兵。丹尼斯抓紧匕首,如果上天垂怜,他兴许可以除掉这两个人,否则就让他为效忠国王而英勇捐躯。

那两个人在离他不远处停下。

"来吧。"丹尼斯勇敢地举起匕首(其实只是一把折叠小刀,又钝又生锈),"先干掉你俩,再干掉那条祸害人的狗!"

"是丹尼斯吗?"这个声音莫名地熟悉,"丹尼斯!我们真的找到你了?!"

丹尼斯慢慢地放下匕首,又马上举起——也许是敌人的障眼法,一定是。可他的声音那么像……

"本？"他轻声地叫出那个名字，"本·斯塔德？"

"我是本。"高个身影一承认丹尼斯就高兴极了。他们走过来，但不安的丹尼斯又举起匕首。

"慢着！你有提灯吗？"

"有火石。"

"打亮了让我看看。"

"嗯。"

片刻后，出现了黄色的火光，照亮了黑暗中的餐巾——这在间堆满棉布餐巾的储藏室里，这其实是非常危险的动作。

"过来，本。"丹尼斯把所谓的匕首插回刀鞘。他站起来，全身因狂喜和安心而颤抖。本到了，丹尼斯不知道是什么神奇的法术把他带到这儿来的，只知道本就在眼前。餐巾绊住了他的脚，害他险些跌倒，但他不用担心跌倒了。本强壮的手臂扶住了他。本到了，一切都没问题了，丹尼斯心想。他再三强忍着才没有流下不太像男子汉的泪水。

107

他们互相倾诉了一个长长的故事——读者听过了大半，没听的部分可以一笔带过。

弗里斯奇的那一跳正好命中靶心，它直接跳进排水管，然后回身查看纳奥米和本是不是跟上来了。

如果他们没跟上，弗里斯奇就会跳回去——虽然这会叫它失望，但无论那气味有多强烈，它都不会丢下主人。弗里斯奇心里很笃定，纳奥米却不那么确定。她甚至不敢叫弗里斯奇回来，担心被卫兵发现，当即决定跟上去。她死都不会丢下弗里斯奇，如果本阻拦她，她就一记右勾拳把他打趴。

她可以省掉这个担心，本一看到排水管就知道丹尼斯去了哪里。

"皇家鼻子，弗里斯奇。"他赞叹了一句，扭头看纳奥米，"你跳得过去吗？"

"加上助跑，应该可以。"

"别估错软冰的位置，否则会掉进水里。你身上的衣服太重了，会妨碍你。"

"我才不会估错。"

"我先跳，"本说，"万一你估错，我还能抓住你。"

他往后退几步，一跳，力道有些过，脑袋差点儿撞在排水管上半圈的边缘。弗里斯奇兴奋地吼了一嗓子。"你给我闭嘴！狗子！"本说。

纳奥米后退到壕沟边上，等了一下（当时雪下得太大，本看不到她）才往前冲。本屏住呼吸，祈祷她别估错步数。如果跑得太远再起跳，那么自己纵有再长的胳膊也抓不住她。

她算得很准。本甚至不必去接，只是欠身让她钻进水管。她也没撞到头。

"最可怕的是那气味，"纳奥米对钦佩不已的丹尼斯说，"你怎么受得了？"

"嘿，我不停地跟自己说，如果被逮到，会是什么下场，"丹尼斯回答她的疑问，"每次我这么想，就觉得那气味好受多了。"

本听了大笑，点头。丹尼斯的眼睛发亮，看向他，又看向纳奥米。

"确实很臭，"他同意，"我记得小时候就很臭，却不觉得。可能小时候并不明白真正的臭可以臭到何等地步，或者某件坏事可以坏到何等程度。"

"也许。"纳奥米说。

弗里斯奇趴在一叠皇家餐巾上，口鼻搁在前腿上，滴溜溜的眼睛见谁在说话便看向谁。它听不懂他们说什么。它如果能听懂又能说话，就会告诉丹尼斯，它小时候对臭味的理解至今并没有改变。他们闻到的想必是"龙沙"的残渣，弗里斯奇比女孩和高个儿男孩更加觉得那东西恶臭难当。丹尼斯的气味仍在，却已是弧形墙面上的泼墨晕染的程度了（那还是丹尼斯的手摸过的地方，至于排水管底部，一切气味都被肮脏、温暖的液体冲走了），但仍旧是耀眼蓝。还有一种气味，像沉闷的皮革绿——弗里斯奇感到很恐惧。它知道有些气味是致命的，也知道那气味不久前还特别霸道，如今才威力渐消。而且丹尼斯的气味慢慢远离了那可怕气味最重的地方，到了丹尼斯挪开盖子、走出下水道的地方，那气味就散尽了。弗里斯奇长这么大，还是头一次跟丢了气味时这么开心。

"你们没有碰到别人吧？一个人也没碰到吧？"丹尼斯急切地问。

"没有。"本说，"我走在前面，负责躲避。虽然好几次看到了卫兵，但我们都有充裕的时间躲起来。可是说老实话，如果直接走过来，哪怕碰到二十个卫兵，也顶多有一两个会叫住我们问话，大多数都喝得醉醺醺的。"

纳奥米点点头。"值班的卫兵都喝醉了，"她说，"没喝醉的都被派到北边去防守没人听说过的犄角旮旯里的小领土。在王宫城堡里值班居然醉成这样，在王宫城堡里啊！"

丹尼斯想起那个五音不全、爱挖鼻屎的卫兵，沮丧地点头赞同："也许我们应该高兴。如果城堡里的卫兵仍像先王在时那么机警，我们都得被关进针塔顶去陪彼得。可不知怎么的，就是高兴不起来。"

"我跟你说，"本轻声说，"即使今晚看到的卫兵都去保护国王，我如果是托马斯，每次望向北边时还是会打冷战的。"

纳奥米闻言，满脸不悦："众神保佑，但愿不会有那一天。"

本点头同意。

丹尼斯伸手摸弗里斯奇的头。

"从沛纳家跟过来的，对不对？好聪明的狗。"

弗里斯奇欢快地摇尾巴。

纳奥米说:"丹尼斯,如果可以,我想听梦游国王的故事。"

于是丹尼斯给他们讲起了故事,是他对沛纳讲过的故事,我也对读者讲过。他们听得入了迷,像两个小孩听那只头戴外婆的帽子、会说人话的大灰狼的故事。

108

讲完,已是早上七点钟,迷雾笼罩着德兰——阳光被乌云遮住,七点钟和正午的亮度差不多。那年冬天,也许是历史上最可怕的暴风雪袭击了德兰。暴风在城堡外呼啸而行,活像一群号丧的妖精。即使在地下储藏室里,潜逃者也能听见呼啸不停的风声。弗里斯奇昂着头不安地哼唧着。

"现在怎么办?"丹尼斯问。

本一遍又一遍地读着彼得的短信。"今晚之前,什么也别做。城堡里的人已经起床了,我们不可能离开这里而不被发现。睡觉,养精蓄锐。今晚,趁着午夜前……"

本简要地说了计划。纳奥米听了微笑,丹尼斯兴奋得两眼放光。

"好!"丹尼斯说,"天啊,你真是个天才,本!"

"拜托,别这么夸张。"纳奥米咧嘴说,嘴越咧越大,好像脑袋快从嘴上裂开。她伸手拥抱本,响亮地亲了他一下。

本的脸红得不得了(用很久很久以前的德兰话说,这是即将"脑子爆炸")——我要告诉诸位读者的是,他的表情是相当愉悦的。

"弗里斯奇能帮上忙吗?"好不容易呼吸恢复正常的本问道。

"当然能,但是我们得……"

他们又花了些时间讨论新计划。然后本打了一个大大的哈欠,下半张脸都看不见了。纳奥米看起来也累坏了。他们超过二十四小时没合眼,还长途跋涉了那么久。

"好了,该睡了。"

"太好了!"纳奥米拿来更多餐巾,在弗里斯奇身边铺成床垫,"我的腿都快……"

丹尼斯礼貌地清了清嗓子。

"怎么了?"本问。

丹尼斯看着他们的背包——本的比较大,纳奥米的小一点儿。"你们的背包里……可能没有吃的吧?"

纳奥米不耐烦地打断他:"当然有!你以为……"她话没说完就想起丹尼斯离开沛纳家已经超过六天,这位管家只顾四处奔波、东躲西藏,他脸色苍白,看上去一副营养不良的样子,小脸瘦成长条,已经是皮包骨了。

"哎哟,丹尼斯,对不起,我们是白痴!你上次吃饭是什么时候的事了?"

丹尼斯好好地想了想,才说:"不太记得了,但最后一次坐下来吃饭是一周前的午餐。"

"你这个傻瓜!刚才为什么不先说这个?"本朝他吼。

"可能是因为看到了你们,太高兴了。"丹尼斯咧嘴笑,看着他俩打开背包翻找吃的,肚子忍不住咕咕叫,嘴里满是口水。这时,他突然想起一件事。

"你们没带芜菁吧?"

纳奥米转身看他,不解地问:"芜菁?我没有。你有吗,本?"

"我也没有。"

丹尼斯脸上露出特别满意的笑容。"太好了。"他说。

109

德兰人至今仍记得那场暴风雪威力巨大。狂风肆虐，夜晚来得太早。天黑时，城堡内的积雪已经厚达五英尺。一天五英尺的降雪量已经很严重，但呼啸的狂风仍裹来更多的飞雪。入夜后，狂风简直成了飓风。城墙边的积雪已经有二十五英尺高了，不止埋了一楼、二楼的窗户，连三楼也埋了。

读者或许会怀疑：这样的极端天气对彼得的越狱计划有利？如果针塔不是这样孤零零地矗立在广场中央，可能这是一件好事。但针塔的周围空旷无物，所以这里的风速最大、风力最强。连壮汉都抵挡不住这种暴风，一定会被吹得头朝下转着圈滚向远处，不撞到石墙停不下来。这样的暴风也别具特效——像一把巨大的扫帚，雪片一撒落，暴风立刻把它们扫出广场。入夜后，城堡四处已经有大量积雪，西侧的街道也多半被雪堵塞，但广场上十分干净。只要彼得的绳子断裂，那么结冰的石地就会毫不留情地撞断他的脖子。

现在我敢说，彼得的绳子一定会断。虽然他的绳子在测试时的确支撑住了他的体重，但是对于那神秘的断裂伸长率，彼得仍有所不知，连约瑟夫本人也不甚了解。但牛倌们都知道。如果彼得向他们提问，他们就会简明地解释这个从水手、伐木工到缝纫女工等凡是擅长用线或绳子的人都明白的法则：绳子越长，断得越快。

彼得测试时使用的绳子比较短，所以能支撑住他的体重。

但他以性命系住的绳子，那条超级细绳，却长达二百六十英尺。

所以，绳子一定会断，塔底的石地一定在等着他，准备叫他摔个粉身碎骨。

110

在那风雪交加的漫长一天里发生了很多灾难和危险事件，也有很多人迸发出英雄气概，其中有的成功，有的失败。很多农舍被暴风吹垮，像童话故事里被饥肠辘辘的大灰狼一口气吹倒的小猪的家；那些因此而流离失所的难民便穿过雪地到城堡中避难，行走时用绳子拉住彼此，以防走丢；有人偏离了大道，跑进雪地，再也没找到方向。要等到春暖花开、冰雪融化时，被狼啃咬、被冻僵的尸体才会被发现。

当天晚上七点，风力渐弱，最危险的时候过去了，城堡里的人早早地上床休息了。该做的事都差不多完成：木柴添上了，孩子的棉被盖好了，最后一杯茶喝完了，祈祷也结束了。

家家户户的灯火熄灭，更夫扯着嗓子报时，风仍能吹散他的声音。八点钟是这样，九点钟是这样，十点钟，再次听到了他的声音，那时候人们大都已入睡。

托马斯也进入了梦乡，但他睡得不安稳。没有丹尼斯陪伴、安抚他了。丹尼斯还在家养病呢。托马斯好几次想派人去看望（甚至想亲自去一趟，他很喜欢丹尼斯），却总是被事务绊住——签署文件、聆听请愿书，等等，当然还有醉酒。托马斯希望弗拉格拿些安眠药粉帮自己入眠，但弗拉格自从白跑一趟北方回来后就变得古怪、生疏。巫师好像察觉到有什么事不对头，但又说不清是怎么回事。托马斯希望巫师来，又不敢命令他来。

和往常一样，狂暴的天气总会令托马斯回忆起父王过世的那个夜里。他担心自己睡不着，又怕睡着了做噩梦，怕梦见父亲喊着、叫着，最后燃烧起来。于是托马斯慢慢地习惯了在白天也酒杯不离手。他悲伤地倒在沙发上，希望丹尼斯就躺在壁炉前。他想，我的头痛得要掉了，胃也不舒服极了……受这么多的罪只是为了当国王，值得吗？真叫人怀疑。但托马斯来不及多想就睡过去了。

他睡了将近一个小时……起来，走动，走出门，往大厅走，穿着幽灵般的白睡袍。这一次，有个抱着满手被单的女仆看到了他，因为他的容貌太像先王，女仆手里的被单掉落在地，尖叫着撒腿就跑。

托马斯在黑暗的噩梦中听见女仆的尖叫声，还以为是父亲的叫声。

他走向无人的走廊，在半道停下，压下暗藏机关的石砖。他走进秘道，带上门，走到尽头处。他推开耐尔眼珠后面的隔板，虽然仍在梦中，但依旧记得把脸凑进洞口去窥视已故父亲的起居室。此时他满身酒气，悔恨的眼泪顺着脸颊往下流。

这个打扮成国王的孩子有时候残忍，但更多的时候郁郁寡欢、极为脆弱。即使到了这个时候，我也一定要说，我不相信他是个坏孩子。如果读者因为他做过的事或者经他允许去做的事而恨他，我能理解；可如果没有人同情他，我也会惊讶。

111

在那个特别重要的夜晚，十一点十五分，暴风雪吐出了最后一口气。一阵极寒冷的狂风席卷了城堡，风速超过每小时一百英里。狂风拂去稀薄的云雾，露出淡淡的月华。

东三街有一座低矮的石塔楼，叫做众神教堂，不知道已经存在了多少年，很多人在这里做祷告。但此时这里空无一人。这倒是好事。塔楼不高，却能俯瞰东三街所有其他建筑。经受了一整天的狂风暴雪，它终究没扛住最后这阵狂风，顶端三十英尺高的石头被暴风刮掉了，像稻草人的帽子被大风吹跑了——有些掉在了地上，有些砸到了附近的民宅，声响特别大。

暴风雪带来的兴奋和紧张早就过去了，城堡里的人精疲力尽地入睡了，因此当晚没有太多人留意众神教堂的事故（到了第二天早上才对着断壁残垣瞠目结舌）。大多数人咕哝几声，翻个身继续睡。

一些值班的卫兵——还没醉到对任何事都不在意——听到这个消息，立刻前去查看。除了他们，得知这个消息的还有几位。

本、丹尼斯和纳奥米正准备去解救真正应该登基的国王，却在餐巾储藏室里听到了巨响，于是睁大眼睛面面相觑。"别管了，"过了一会儿，本说，"虽然不知道发生了什么，但不重要。还是忙我们自己的事要紧。"

白森和狱卒都喝醉了，没听到众神教堂的垮塌声。但彼得听到了，他正坐在卧室的地板上小心地把绳子拉过指间，急忙地试探着哪几处比较容易断。石头落在雪地上的动静使他抬起头，快步走到窗边。他什么都看不见，倒塌的教堂在距离针塔很远的地方。彼得略作思考，继续检查绳子。午夜即将来临，他得出了跟本相同的结论：没关系。骰子已经掷出，大胆放手一搏。

托马斯在黑漆漆的秘道深处听到了隐约传来的垮塌声，醒来后又隐约听到了下方的狗在吠，这才惊觉自己身在何处。

还有一个人也在浅睡，做着怪梦，听见垮塌声便醒来了。虽然他的房间在城堡的最深处，但他还是听到了。

"大灾、大难！"双头鹦鹉的一只脑袋大叫。

"失火、逃命！"另一只脑袋也哇哇大叫。

弗拉格醒了。我说过，关键时刻，搞邪门歪道的人会突然变瞎。确实如此，有时，邪恶之徒不知为何会被哄睡着。

但现在弗拉格醒了。

112

弗拉格从北方回来后一直感冒、发烧、心烦。

不对劲,城堡里的石砖对他低声说。但弗拉格摸不着头绪。他只能确定一件事:那件不对劲的事长了利齿。他的脑袋里好似有一只雪貂在四处奔跑,一会儿咬东一会儿咬西。他知道这只小兽是从什么时候开始乱咬的:从他去剿灭造反的流亡派却无功而返的某段路上,因为造反的人应该就在那里!

结果却没找到。弗拉格讨厌被愚弄,但更糟糕的是,他觉得是自己出了问题。既然他估错了造反派大本营的位置,那么有可能在别的地方也出错。是哪里呢?他不知道,但他做了噩梦。那只坏脾气的小兽在他的脑袋里狂奔,搅得他心烦意乱,总觉得自己记错了什么。一定有人在他背后搞鬼!它乱跑,东咬西咬,不让他睡觉。弗拉格虽然有很多灵丹妙药,却没有一种药能赶走他脑袋里那只日渐成长的雪貂。

到底是哪里不对劲?

弗拉格一遍遍地问自己,但说老实话,一件也没有——至少表面上没有。他在心里攒了好几个世纪的邪恶念头。他痛恨德兰的光明、有序,一直设法摧毁那些美好的东西,就像暴风吐出最后一阵风要吹垮众神教堂那样。然而每次都有人搅乱他的计划,一次是"好人凯拉",一次是萨莎。每次都是某个人或某件事妨碍了他。弗拉格至今仍想不出这次会在哪里出岔子。托马斯完全被控制住了,哪怕叫他从城堡最高的城墙上跳下去,那个傻瓜也只会问:"几点钟跳?"至于游说托马斯颁布的吃人的新税法,已经把农民压榨得叫苦连天了。

约瑟夫曾经告诉彼得,百姓、绳子和铁链都有断裂伸长率。此言不虚——德兰的农民和商人都受够了,快到极限了。"重税"这块沉重的石头以"忠诚"——对国王、国家和政府的忠诚——这条长长的绳子捆绑着百姓。弗拉格深知，只要石头足够重，任何绳子都会断裂。那帮笨蛋老牛——他就是这样看待德兰人的——到时候就会跌跌撞撞，四处逃难。第一批笨蛋老牛已经逃跑了，聚集在北方，自称流亡派。弗拉格知道他们很快会结成叛军。不过，沛纳已经被赶走了，彼得也被关进了针塔顶。

到底哪里不对劲？

没有！该死的，哪里都没有啊！

但雪貂仍在跑着，咬着。过去的三四周里，他常常浑身冒冷汗地醒来，不是因为发高烧，而是因为又做了噩梦。但梦见了什么？他总是不记得，只记得每次醒来都是左手挡着左眼，好像那里受了伤——看上去没有异常，却总是痛。

113

这天晚上，弗拉格醒来时居然清楚地记住了梦境，他是在梦到一半时被吵醒的，众神教堂垮塌的巨响吵醒了他。

"啊！"弗拉格突然在椅子上坐起身子，大叫着瞪大了眼睛，惨白的脸上满是冷汗。

"大灾、大难！"双头鹦鹉的一只脑袋哇哇大叫。

"失火、逃命！"另一只脑袋也哇哇大叫。

"逃命，"弗拉格想："没错，我近来惦记的就是这件事。就是它让我心烦意乱。"

他低头看着自己的双手，它们在激烈地颤抖。他大怒，从椅子上弹起来。

"他要越狱。"他自言自语着，双手插进头发，"不管怎么样，他都要一试。可他如何越狱？有什么计划？有谁帮他？我要让他们人头落地……不能一斧子砍掉，一次只砍一英寸、半英寸、半英寸的一半……好好地折磨他们，让他们在死前痛苦得发疯。"

"痛苦！"双头鹦鹉的一只脑袋哇哇大叫。

"折磨！"另一只脑袋也哇哇大叫着回嘴。

"闭上你们的鸟嘴！让我好好想想！"弗拉格吼着，抄起桌子上盛有棕色液体的广口瓶向鹦鹉笼扔去。瓶子击中鸟笼，撞碎了，射出一道白色冷光。鹦鹉的两只脑袋吓得一齐哇哇大叫，从栖枝上跌落，直到天亮仍昏迷未醒。

弗拉格来回快速踱步，咬牙切齿，十指打架般地挠着掌心，靴子踏在炼丹房的硝石地板上擦出绿火花——那火花闻着像夏天的闪电。

如何越狱？有谁帮他？

后面的，他又记不住了，梦境越来越不清楚，可是……

"我非知道不可！"他低语，"我非知道不可！"

快发生了，他有预感，这件事马上就要发生。

他找出钥匙，打开书桌最下面的抽屉，取出一只精美的木盒，从木盒中取出一只皮口袋，拉开口袋的抽绳，小心地取出一枚好像内部会发光的石头。这块石头的奶油色泽像老人家失明的眼珠，看上去像皂石，实际上是水晶——这是弗拉格的魔法水晶。

他绕着房间兜了一圈，关上灯，盖上蜡烛。房间里陷入绝对的黑暗，但不管有多黑，弗拉格都能自信、快速地回到桌前，轻松地绕开所有障碍——我们可能会碰到小腿骨或直接被绊倒在地。黑暗对国王的巫师来说根本不是问题，他喜欢黑暗，置身于黑暗中能像猫一样看得清清楚楚。

他坐下，轻抚着石头，用掌心摩擦石头的外缘，感受粗砺的质地。

"显示给我看，"他喃喃地说，"我命令你。"

起初什么都没有。后来那水晶一点一点地从里面发光了，先是微弱的柔光，在弗拉格的抚弄下，又开始慢慢发热了。

"给我看彼得,我命令你。给我看看这个胆大包天、敢挡我路的小子有什么计划。"

水晶的光越来越亮……越来越亮……越来越亮。弗拉格的双眼也发亮,冷酷的薄唇张开,露出了牙齿。他弯下腰仔细瞧。现在,彼得、本、丹尼斯和纳奥米知道这就是他们所梦见的,也知道照亮巫师面孔的光并非来自蜡烛。

水晶突然不再混沌而通体光亮起来,弗拉格能看见石头中央有什么了。他先是睁大了双眼……又不解地眯起了双睛。

里头的画面是怀了孕、大着肚子的萨莎坐在一个小男孩的床边,小男孩手里拿着石板,石板上写着两个字:"神"和"狗"。

弗拉格很不耐烦地以双手拂过发烫的水晶。

"显示我要知道的事。我命令你!"

水晶变得清澈、透明。

这次是彼得玩着已故母后的娃娃屋,假装屋里的人遭遇了猛兽的攻击。先王站在角落里看着儿子,一心想加入战斗……

"呸!"弗拉格大叫,在水晶上方摇晃双手,"为什么给我看这些无聊的陈年旧事?我要知道他打算如何越狱……何时越狱!我命令你!现在就给我看!"

水晶越来越烫。如果不让它很快地暗下来,它就会碎裂。弗拉格深知这一点,况且魔法水晶难得,他花了三十年才找到这一块。但他宁愿眼睁睁地看着这块水晶碎裂成几百万片也绝不妥协。

"我命令你!"他重复道。水晶的混沌光芒第三次消失了。弗拉格弯腰凑近了看,高温使他眼泪汪汪。尽管水晶极烫,他那双眼睛还是震惊、恼怒地睁得老大。

画面里的人是彼得,他正慢慢地从针塔顶往下降。这肯定是什么骗人的鬼把戏,虽然他一只手交换一只手地那样往下降,却看不到任何绳子……

或者……有绳子？

弗拉格用一只手在眼前挥动着散热。那是绳子吗？不见得。但一定有个什么东西……像蜘蛛网的细丝……却能撑住他的体重。

"彼得。"弗拉格喘息般地念叨着这个名字，话刚出口，画面里的小人便四下张望。

弗拉格对着水晶吹了口气，明亮的光芒立刻消失了。他坐在黑夜里仍能看到水晶的残光。

彼得越狱？什么时候的事？水晶显现的画面是在夜里。弗拉格看到小人顺着弧形石墙往下降落时飘着大雪。今天半夜？明天晚上？下周？还是……

弗拉格推了一把桌子，挣扎着站起来，视线掠过黑暗的、臭烘烘的地下室，眼中的怒火熊熊燃烧。

难道已经发生了？

"够了。"他低声骂了一句，"我对以前、现在和将来的神明起誓，这真的够了。"

他大步穿过黑暗的房间，摘下挂在墙上的大型武器。那件武器很重，他拿在手里却轻松、熟练——当然了，他挥动过无数次。当年他以比尔·辛奇的身份住在这里时是德兰有史以来最令人闻风丧胆的刽子手啊，瘆人的刀锋砍断过几百个脖子。刀刃是经过二次锻造的安杜安钢，顶部是弗拉格亲自设计的藏有尖刺的铁球，刺尖涂了毒药。

"够了！"弗拉格愤怒、沮丧、紧张地大叫。双头鹦鹉即便在昏死状态仍发出了两声呜咽。弗拉格扯下门口挂钩上的黑斗篷披上，扣上喉咙处手工制作的银钩环。

够了。这次他不会让任何人破坏他的计划，当然也不能让这可恶的少年碍事。罗兰死了，沛纳离开了，贵族们流亡了，没有人会为王子声援……何况这王子还谋杀了先王。

如果你还没有逃走,我的好王子,那就永远逃不走了——直觉告诉我,你还在牢里。我保证,今晚,你身体的一部分将离开牢房,我打算揪着那部分的头发走出来。

他穿过走廊,走向地牢之门,狂笑起来……这种狂笑连石头雕像听了都会做噩梦。

114

弗拉格的直觉没错。在他冲出地牢之门、穿过针塔广场的时候,彼得虽然已经掂量过长绳的每个部分,但仍在牢房里,等着更夫报时午夜。众神教堂是在十一点一刻垮塌的,水晶显示弗拉格想看的画面是在十一点三刻。弗拉格穿过广场时,差十分钟到午夜。

地牢之门位于针塔的东北侧,西南侧是小贩之门。连接两扇大门的对角线的中间点就是针塔。

弗拉格走出地牢之门的时候,本、纳奥米、丹尼斯和弗里斯奇几乎在同一时刻走出小贩之门,双方都不知道彼此正相向而行。针塔就在他们之间。风力弱下来。本应该能听见弗拉格的靴子踩过石地的"铿铿"声,弗拉格也应该能听见太久没上油的车轮发出的嘎吱声,但所有人,包括弗里斯奇(它重拾拉车的老本行)都在想事情。

本一行人率先到达针塔。

"现在……"本说。这时,弗拉格正在距离他们仅四十步远的另一侧,用力敲打上了三道门闩的大门。

"开门!"弗拉格大叫,"以国王的名义开门!"

"什么……"丹尼斯的话音未落,纳奥米就一把捂住了他的嘴,惊恐地看着他。

115

暴风雪之后的冷风将弗拉格的叫声传到针塔顶的彼得的耳中,声量虽不太高,却很清晰:"以国王的名义开门!"

是以地狱的名义开门吧?彼得心想。

男孩已经成长为男人,但听到那个嘶哑的声音,想到那张惨白的面孔和永远藏在帽兜里的红眼珠,彼得仍不寒而栗,胃部发烫,嘴巴干渴,寒毛直竖。有人说,只要勇敢善良,就能无所畏惧。根本不是这样。那一刻,彼得前所未有地恐惧。

是弗拉格,他来找我了。

彼得站起来的一瞬间,觉得两腿发软,险些瘫倒在地。悲惨的末日就在眼前,恶魔正在用力地敲门,等着狱卒放他进来。

"快开门!起来,你们这些没用的醉鬼!白森!混账王八蛋!"

别急,彼得对自己说,急就会出错,反而帮了他。还没有人放他进来。白森喝得大醉,晚餐时喝多了,上床时应该醉得人事不省。弗拉格没有钥匙,否则不会敲门。所以……一步一步来,照计划来。弗拉格必须等人给他开门,还必须爬完那些楼梯,一共三百级。你还是有机会赢他。

他走进卧室,拔出简单组合起来的床架插销。床塌了,彼得从中抄起一根铁杆带回起居室。他之前仔细地量过铁杆的长度,比窗户略宽。虽然表面生锈,但铁杆内部应该还很坚固。最好是很坚固,他心想,如果绳子撑住了我的重量,铁杆却断裂了,那就太惨了。

他飞快地扫了一眼窗外,看不见任何人,但他刚才看见三个影子在弗拉格敲门前穿过了广场,往针塔而来。丹尼斯找了朋友吗?是本吗?彼得希望是本,却不敢奢求。第三个人会是谁?为什么有推车?他没有时间细想这些问题。

"你们这帮狗娘养的！开门！以国王的名义开门！以弗拉格的名义开门！开……"

寂静中，彼得听到铁门闩被拉开的声响，门大概开了，但没有听见接下来的动静，仍是一片寂静……

接着好像是谁被什么液体呛得咳起来的呻吟声。

116

前来给弗拉格开门的倒霉狱卒拉开第三道门闩不超过四秒就一命呜呼了。他只看到一张惨白的脸、怒目而视的血红眼睛和被风鼓起好像乌鸦翅膀的黑斗篷。才叫出一声，只听干脆利落的"嗖"的一声——狱卒刚抬起头，弗拉格的斧子就把他的脑袋砍成了两半。

"下次再有人以国王的名义敲门，就赶快起来开门，那就不用收拾这一团糟了。"弗拉格一边吼叫一边歇斯底里地大笑，把尸体踢到一边，迈开大步走向楼梯。一切都在掌控之中，幸亏及时察觉到了危险。他就知道不对劲。

他能感觉到。

他打开右侧的边门，走上那条位于法庭另一侧的主干道。这座法庭曾经是安德斯·沛纳的地盘。走廊的尽头就是螺旋楼梯，他抬头露出鲨鱼般可怕的笑容。

"我来了！彼得！"他大叫，回声嗡鸣。他顺着螺旋楼梯往上走。彼得正准备把长绳拴在从床架拆下来的铁杆上。"我来了！亲爱的彼得！来干早就想干的事了！"

弗拉格的嘴咧得更大，看上去更可怕，像刚从冒烟的地心爬出来的魔鬼。他高举刽子手的板斧，狱卒的血滴在他的脸上，像泪水顺着脸颊往下流。

"我来了,亲爱的彼得,来砍你的头了!"弗拉格在楼梯上边叫边跑。

一级,三级,六级,十级。

117

彼得颤抖的手出了错,曾经轻松打过数千次的结,刚刚却松脱了,只能重来。

别被他吓倒。

这太蠢了。好吧,他确实害怕,怕得脸都绿了。如果托马斯知道彼得也害怕弗拉格,一定会很惊讶。但彼得只是比较会掩饰罢了。

如果他要杀你,就让他来杀!别自己先被吓死了,倒省得他动手。

这个念头出自他的脑海,声音却像他的母亲。彼得的手稳了一些,再次把绳子拴在铁杆上。

118

"我会把你的脑袋挂在马鞍角上一千年!"弗拉格叫嚣着,绕着螺旋楼梯向上走,"哦,你这个战利品会是多么美妙啊!"

二十级,三十级,四十级。

他的靴底与石梯摩擦出绿火花,眼睛里冒着鬼火,狰狞的笑里带着剧毒。

"我来了!彼得!"

七十级,还有两百三十级。

119

读者如果曾经有过半夜里在奇怪的地方醒来的经验，就会知道一个人孤单单地待在黑暗中有多可怕了。请想象一下：在秘道里醒来，从隐蔽的窥视孔里偷看父王当年被谋杀时待过的房间会是什么滋味？

托马斯的惊叫声并没有被人听见（除了下方的狗，它们又老又聋，还拼命地吠，制造了太多噪声）。

德兰人对梦游有这样一种说法，在现代社会里也被很多人相信：梦游者如果在回到床上之前醒来，有可能神经错乱。

如果托马斯听过这个说法，那么此刻的他证明了这个说法不一定准确：他正惊恐万分，失声尖叫，却没有神经错乱。

这阵恐慌很快消失了，可能比某些人想象得更快。他又在盯着窥视孔了。大家或许会觉得奇怪，但请别忘了，在那个可怕的夜晚降临之前，托马斯曾在这条秘道里度过了愉快的时光。尽管这份欢愉带有负罪感，但他也因此觉得离父王更近了一些。如今重新回到这里，他感到一种难以言喻的怀念。

父王的房间几乎没有改变，标本都在。麋鹿本希、大山猫"死炮仗"、大白熊"暴躁狂"，还有巨龙耐尔，他此刻正透过耐尔的眼珠看向房间。龙首上方交叉陈列着罗兰的弓和"锤死敌"箭。

本希……"死炮仗"……"暴躁狂"……耐尔。

"我记得每一个名字，"托马斯惊讶地想，"我也记得你，父王，真希望你还活着，彼得没坐牢。哪怕没人记得还有我，但至少我能睡着。"

有些家具覆着白色防尘布，但大多数没有。壁炉又冷又黑，之前是燃起过炉火的。托马斯越来越吃惊，父王的旧睡袍依然挂在浴室门前的衣钩上。壁炉虽冰冷，但只需一根火柴就能重燃熊熊烈火。这个房间和从前一样,只是没有了父王。

托马斯突然意识到自己心里那份奇怪、乖张的欲望。他想进入那个房间,点燃炉火,穿上父王的旧睡袍,喝一杯父王的蜂蜜酒。哪怕酒已变质,寡淡无味,他还是想喝。他觉得……他觉得自己在那里能睡着。

男孩无力地一笑。他打定了主意要这么做。他不再怕父王的鬼魂了,甚至盼着父王的亡灵出现,他有话对他说。

他要对父王说:我很抱歉。

120

"我来了,彼得!"弗拉格大叫大笑,散发着血腥和末日的味道,眼中燃烧着致命的火焰,挥舞着砍头斧发出了"嗖嗖"声,刀刃上的最后几滴血被甩到了墙上。"我来了!来砍你的头了!"

他绕着旋梯往上走,越走越高。魔鬼的内心充满杀意。

一百级,一百二十五级。

121

"快点儿。"本·斯塔德喘着气对丹尼斯和纳奥米说。气温又下降了,但他们仨浑身是汗——有的汗水因劳动而流出,他们干得很拼命;更多的汗水因恐惧而流出,他们听见了弗拉格丧心病狂的叫嚣,连天性勇武的弗里斯奇都感到了害怕,吓得往后缩,四条腿夹得紧紧的,呜咽地小声叫。

122

"我来了,小狗崽子!"他来得更近了。声音直达牢房,没有太多回音了。

"我来做我早该做的事了!"

他手里的砍头斧不断地发出"嗖嗖"声。

123

这次打的结没有问题。

老天保佑,彼得心里念叨着,再一次看向弗拉格的尖叫声传来的方向。老天保佑。

彼得一脚跨出窗外,跨坐在窗台上,像骑在牡丹的马鞍上,一脚踩着起居室的石地,一脚悬在半空中,所有绳子和铁杆都摆在他的腿上。他把绳子全部扔出窗外,看着长绳垂落。中间部分纠缠在了一起,于是他像甩鱼线那样甩了几次,绳子终于笔直地垂落了。

默念完最后的祈祷词,彼得拿起铁杆,横卡在窗口,绳子从窗户中间向下方垂落。他把踩在室内的那只脚也移出窗外,抓紧铁杆。这会儿,他只有屁股还坐在窗台上。他稍稍转体,肚子紧贴着冰冷的外墙,双腿下垂。铁杆牢牢地卡在窗口。

彼得的左手放开铁杆,抓牢用餐巾棉线编结的长绳。他稍稍地停顿了一下,克制住内心的恐惧。

然后他闭上眼,右手放开了铁杆。这时,他全身的重量都靠这根细绳支撑着。他铁了心,豁出去——无论如何,他的命就交给这些餐巾了。彼得开始下降。

124

"我来了……"

两百级。

"来砍你的头了……"

两百五十级。

"亲爱的王子……"

两百七十五级。

125

本、丹尼斯和纳奥米看见针塔的弧形石墙上有一个黑色的、小小的人影,知道彼得就在他们的头顶——那么高,即使是技艺最高超的杂耍艺人也没有胆量尝试。

"快,"本喘着粗气,快成了呻吟,"否则会没命的……他会没命的!"

他们用更快的速度清空了推车……实际上,是快清空了。

126

弗拉格奔上楼梯,帽兜耷在背后,细软的黑发垂在惨白的额头。

现在,到了——马上到了。

127

此时,风虽然不强,却极冷。寒风把彼得的脸和手都吹麻了。他缓缓地往下降,每一个动作都千万分地小心。他知道,一个没抓稳就会摔死。眼前灰色的石砖不断地往上升,他很快就产生了错觉,以为自己没有动,动的是针塔。绳子很细,手再麻就没办法抓住了。

下降了几英尺?

他不敢低头往下看。

绳子编结得很好,使用了女人编织毯子的手法,可他并不知道头顶的几股绳已经开始断裂——也许不知道倒好,这条绳子的承重即将超过断裂伸长率。

128

"快点儿啊,彼得国王!"丹尼斯轻声地喊。他们仨已经清空了推车,现在只能干瞪眼等着。彼得大概下降到针塔的一半高度。

"那么高。"纳奥米嘀咕着,"万一掉下来——"

"就摔死了。"本干巴巴的一句话让所有人都闭上了嘴。

129

弗拉格到达楼梯的最后一级,他跑着穿过走廊,喘着气,胸口一起一伏,脸上全是汗,咧嘴的样子令人吓破胆。

他放下砍头斧,拉开彼得牢房的三道门闩的第一道、第二道……

然后停下。这样冲进去显然不明智,是的,不明智。笼中鸟这会儿正想着越狱呢,可能就站在门后,只等弗拉格进门就拿东西敲昏他。

他打开门中间的窥视孔,看到彼得床架上的铁杆横卡在窗口,一下子明白发生了什么事,怒吼着,暴跳如雷。

"没这么容易,我的小鸟!"弗拉格咆哮着,"把绳子砍断,我看你还怎么飞!"

弗拉格使劲拉开第三道门闩,把砍头斧高举过头冲进牢房。他探头望向窗外,脸上浮起笑容。他决定不砍断绳子。

130

彼得不断地下降,手臂的肌肉因用力过猛而颤抖。他口干舌燥,从没这么渴过。他好像在绳子上挂了好久,心中突然蹿出一个奇怪的念头——他再也喝不到水了。他注定会死,但死不是最糟的。他会渴死。目前看来最糟的是这个。

他还是不敢往下看,却有一种莫名的冲动——就像他的弟弟想进父亲的起居室——想往上看。他听从了自己的内心,随后在两百多英尺的上方看见弗拉格可怖的白脸在冲自己咧嘴狞笑。

"你好,我的小鸟。"弗拉格呼唤彼得,"我的手里有把斧子,但我看应该用不着了,先放在旁边,看见了吗?"弗拉格伸出双手,什么都没拿。

仅仅看见弗拉格那可恶的脸,彼得的手和胳膊就险些耗尽力气,他赶忙专心抓好绳子,却好像感觉不到手掌中的细绳了。他知道自己仍抓着,因为绳子从拳心向上延伸,但是对绳子只有这一点感觉了——口中还发出剧烈的喘息声。

现在他往下看……看到三张朝上望的脸。那三个圆点很小,这么看来，他距离结冰的石地就不止二十英尺了，也不是四十英尺——他离地面还有一百英尺，相当于现代建筑的四层楼那么高。冰冷的雪打在他的脸上，弗拉格在他的头顶哈哈大笑。

131

"他怎么不动了？"纳奥米大喊，戴着连指手套的手紧紧地抓住本的肩膀，眼睛死死地盯着彼得扭曲的身影。他悬挂在半空缓缓低头的样子好像被吊死之人那样恐怖。"他怎么了？"

"我不——"

上方，弗拉格阴森的笑声戛然而止。

"谁在下面？"他大喊，犹如来自末日的惊雷，"想保住脑袋就快回答！谁在下面？"

弗里斯奇又在哀号了，紧紧地贴住纳奥米。

"天哪，这下完蛋了。"丹尼斯惊呼，"我们该怎么办，本？"

"等着。"本郁闷地说，"如果巫师下来，我们就跟他拼命。但现在只能等着，我们……"

他们只等了这一会儿。几秒钟后，很多问题——即使不是全部，也是大多数——都解决了。

132

弗拉格看见了彼得的绳子，这条绳子如此洁白，立刻将所有事情串起来了，也明白餐巾和玩具娃娃屋的画面是什么意思。由始至终，彼得的越狱计划都在他的眼皮底下，他却没有察觉。但是……他也看到：拉紧的绳子在十五英尺左右的地方已经有几股裂开了。

弗拉格只要将他现在搁手的铁杆倾斜一下，彼得就会直接摔下去，可能还会被铁杆砸到头。他也可以挥斧砍断那条脆弱的细绳。

但他更乐见事态自行发展。在他问过"谁在下面"之后，事态果然自行发展了。

绳子到了以断裂应变之际，"嘣——"的一声，像绷得太紧的鲁特琴弦般断了。

"再见，我的小鸟。"弗拉格欢乐地喊，身子往前探，欣赏彼得的坠落，笑着说："再……"

他突然收声，双目圆睁，像先前看见水晶里的小人在针塔墙外下降时那样张大嘴，随即咆哮。众神教堂的垮塌声都不及他的那声咆哮响亮——很多德兰人都被吵醒了。

133

彼得听到了断裂声，感觉到绳子正在往下掉。

冷风拂面，他紧张地设法着地，但心里明白，不到一秒钟，就要接受现实。即使没有当场摔死，也会筋断骨折，更难捱。

彼得落在了厚厚的皇家餐巾上。这是弗里斯奇拖着偷来的推车从储藏室拉来的，也是本、丹尼斯和纳奥米匆忙铺就的餐巾垫。要说这张以餐巾铺就的垫子——看上去就像灰黄的干草堆——到底有多大，没有准确的答案，因为本、丹尼斯和纳奥米三个人说法不一。也许彼得的切身估量最准确，因为结结实实地落在垫子中央的人是他。他觉得这堆乱糟糟又可爱的救命餐巾至少有二十英尺高。可能他说得对。

134

如我所说,彼得踏踏实实地落在垫子中央,砸出了一个大洞。之后他翻身仰躺,一动不动。本听见弗拉格在上空咆哮,心想,真没必要这样叫,巫师,问题都解决了。我们尽了全力,但他还是死了。

彼得坐起了身子,一脸的困惑,但真真切切地活着。尽管弗拉格就在上方,尽管卫兵们此刻可能正朝他们奔来,本·斯塔德还是欢呼了,声音里充满了得胜的狂喜。他拉过纳奥米亲了一下。

"万岁!"丹尼斯大叫,"国王万岁!"

弗拉格又在上方大叫,像猛禽错失猎物那样号叫:"你们都要掉脑袋!卫兵,到针塔来!快来!谋杀先王的凶手逃跑了!快到针塔来!杀死王子!杀死他的同党!格杀勿论!"

针塔广场四周的灯光纷纷亮起来,两侧传来奔跑的脚步声和刀剑出鞘的金属碰撞声。

"杀死王子!"弗拉格在针塔顶发出魔鬼的叫喊,"杀死他的同党!格杀勿论!"

彼得刚想站起来,一惊慌,又倒了下去。他一面在心里焦急地自我催促必须赶紧站起来,他们必须赶紧离开,否则真的会被杀光;一面却坚信自己已经死了,哪怕没死也受了重伤,眼前只是濒死的幻觉。他好像落在了一堆餐巾上,五年来,这些餐巾占据了他的大部分心思……这怎么可能不是梦?

本有力的手腕抓住了他的上臂,他立刻意识到这是事实,是真真切切发生着的事实。

"彼得,你还好吗?你真的还好吗?"

"一点儿没受伤,"彼得说,"咱们必须赶紧离开。"

"国王!"丹尼斯大喊一声,跪倒在还没回过神的彼得的面前,露出令人摸不清头脑的傻笑,"我发誓永远效忠国王陛下!我发誓——"

"晚点儿再发誓!"彼得大声说,忍不住笑出声。刚才是本拉着他站起来,现在是他拉着丹尼斯站起来。"我们走!"

"走哪扇门?"本问道。他知道,彼得也知道,弗拉格已经奔下了针塔。"听声音,四处都有人来。"

本认为,往哪儿跑都不免一战,最终不免一死。但是彼得无论有没有回过来神,都清楚地知道自己要去哪儿。

"西门。"他说,"快跑!"

四个人发足狂奔,弗里斯奇紧随其后。

135

距西门五十码,彼得一行遇上七名睡眼惺忪的卫兵。他们一般在城堡中某间暖和的仆人厨房里躲避暴风雪,边喝蜂蜜酒边互相喊话,说总算有了值得将来讲给子孙听的传奇见闻,根本没料到真正值得讲给后代听的故事正在发生。这群卫兵的头儿是个二十岁左右的半大孩子,军衔是苍鹰长,也就是我们现在称的小班长。他没有喝酒,还算警觉,决心恪尽职守。

"以国王的名义,都给我站住!"他们遇上彼得一行时,仗着人数较多而大喊。苍鹰长尽量压低了嗓门喝道,但讲故事的人务必实事求是,所以我老实地告诉各位,这位苍鹰长的嗓门应该是尖声尖气,而不是闷声低喝。

彼得没有武器,但本和纳奥米都携带了短刀,丹尼斯也有一把生锈的匕首。三个人挡在彼得前面,本和纳奥米的手刚握住刀柄,丹尼斯却早已抽出了匕首。

"住手!"彼得喝道,这个声音才称得上威仪十足,"不准拔剑！"

意外——也可以说是震惊——之下，本瞥了彼得一眼。

彼得走上前。他的眼睛映出了月光，胡须被寒风吹得狂乱飞舞。虽然穿着犯人的粗布衣服，却不怒自威，有着号令四方的王者风范。

"你说以国王的名义让我们站住，"彼得说道，平静地走向被吓傻了的苍鹰长。两个人面对面，距离不到六英寸。尽管自己已经抽出了剑而对方的手上什么都没有，苍鹰长仍后退了一步。

"现在我告诉你，苍鹰长，我就是国王。"

"但是……"他嗫嚅着，"你……"

"你叫什么名字？"彼得仍然平静地问道。

苍鹰长呆立不动。他大可以一剑刺穿彼得的胸膛，却只能无助地咂嘴，像离了水的鱼。

"你叫什么名字，苍鹰长？"

"大人……我是说……犯人……你……我……"年轻的士兵笨拙地抓耳挠腮，结结巴巴，"我叫盖伦。"

"你知道我是谁吗？"

"知道，"另一个卫兵叫道，"我们都知道你，杀人凶手！"

"我没有杀我的父王，"彼得平静地说，"凶手是国王的巫师，他就跟在后面。我郑重地奉劝诸位要当心他。他很快就不能再骚扰德兰了，我以我父王的名字保证。但是现在，你们必须让我过去。"

一阵静默。盖伦又举起了剑，好像要刺杀彼得。彼得毫不退缩。众神将决定他的命运。自从呱呱坠地，他就欠下了这笔债，如果命中注定叫他此时偿还，那就来吧……他是国王，不是叛党，没有篡位，不会逃跑、不会躲藏，也不会让他的朋友伤害这个年轻人。

长剑晃了两下。盖伦放下了剑，剑尖抵着冰冻的石地。

"放他们过去，"他低声说，"他也许杀了人，也许没有。我只知道那是王室的事。我犯不上蹚浑水，以免被国王、王子缠上。"

"你的母亲非常有智慧,苍鹰长。"本·斯塔德严肃、认真地说。

"是的,让他过去。"另一个声音突然响起,"天哪,我才不想让剑穿过这种人呢。看他的样子,如果剑刺进去,我的手会被烧断。"

"我会记住你们。"彼得看向他的朋友。"现在,跟我来,"他说,"大家动作快一点,我知道该找什么,也知道该上哪儿去找。"

这时候,弗拉格正从针塔底走出来。他在深夜里发出的那声长啸吓得年轻的卫兵魂飞魄散,纷纷后退作鸟兽散。

"快,"彼得说,"跟我来,去西门!

136

弗拉格从不曾这样卖力地奔跑过。他感觉到了临门一脚之际,所有的计划居然又要泡汤了。他和彼得都知道一切将在何处终结。

他看也不看地跑过那群缩成一团的卫兵——他们长舒一口气,感恩他没有看见自己,深感侥幸逃过一劫……实际上并非如此。他看见了每一个人,并牢记在心。等彼得死了,这些人的脑袋都得在城墙上挂一年零一天,他恨恨地想着。至于那个带头的小子,先在地牢里折磨一千遍再叫他死。

他穿过西门的大拱洞,取道西翼主干道直接进入城堡。还没睡醒的人披上睡衣出来看热闹,刚看见巫师惨白的脸就吓得四脚朝天跌倒在地,对他交叉起大拇指和小指,祈求神魔勿近……弗拉格现出了原形,是如假包换的魔鬼。他以手撑扶跳过第一个楼梯扶手,靴底的铁片与地面摩擦出和大山猫的眼睛一样绿的火花,双手双脚着地往前跑。

目标是:罗兰的寝宫。

137

"那个坠盒,"彼得一边跑一边气喘吁吁地对丹尼斯说,"你留着我扔下来的坠盒吗?"

丹尼斯在自己的脖子上摸到了心形金坠盒——心尖上还有彼得的血迹——点点头。

"给我。"

丹尼斯边跑边摘下来交给他。彼得没挂在脖子上,而是将链子缠绕在拳头上。坠子随着他的跑动一颠一跳,左旋右转,在壁上烛火的映照下反射出赤金色光芒。

"快到了,朋友们。"彼得喘着气说。

他们拐了个弯,彼得看见先王寝宫的大门就在眼前。他最后一次见到罗兰就是在这里。罗兰曾是一国之君,掌管整个国家;他也是一位老人,因儿子端来温暖的红酒、父子能聊上几分钟而欣慰。一切的一切就在这里了断吧。

很久以前,父王曾用"锤死敌"箭杀死了一条巨龙。

现在,彼得想着,血液直冲太阳穴,心在胸腔里疯狂地跳动:我一定要用同样的"锤死敌"箭再屠一条龙——比父亲射死的那条更邪恶。

138

托马斯点起炉火,披上先王的睡袍,把罗兰的椅子拉到壁炉前。他觉得很快就能睡个安稳觉。果真如此,岂不正好?他坐在那儿,猫头鹰般严肃地点头扫视墙上的猛兽标本,看着它们的玻璃眼珠映出诡异的炉火,转念想到还差两样东西——两样堪称圣物的东西,先王在世时他绝不敢碰的东西。现在罗兰死了，托马斯便拉过一张椅子站上去，从耐尔上方的墙上取下父亲的弓和"锤死敌"箭。有那么一会儿，他直视巨龙的棕绿色眼睛。以前他常常透过这双眼睛偷窥，现在看着它，却什么都看不见，只看到一张惨白的脸，像一张向牢房外张望的囚犯的脸。

屋子内的所有东西都能把人冻得发麻（炉火能使附近的温度升高一点，但得花时间），这支箭却异常温暖。他依稀记得小时候听过的传说，屠过龙的兵器将永远带有龙的温度。看来传说不假，渐渐有了睡意的托马斯这样想着。箭的温度并不可怕，相反地，握着它很舒服，又能安神。托马斯一只手松松地握着弓，一只手抓住助眠的"锤死敌"箭，根本没想到他哥哥这会儿正赶来寻找这两样东西。弗拉格——既是安排他来到人世间的设计师，也是禁囿了他人生的典狱长——紧随其后。

139

托马斯从未想过：如果父王的寝宫上了锁，事情会怎样？彼得也没想过——那时候的房间从不上锁。事实上，那扇门正好敞开着。

彼得只要拉开门闩就能进来。他率先冲进去，其他人紧跟着进去。弗里斯奇狂吠着，毛都竖起来了。我保证，弗里斯奇比谁都能更清晰地看见事物的本质——有个东西追来了，这东西的黑色气味像有毒气体。东邑的煤矿坑如果挖得太深，往往会致使矿工没命。到了万不得已的时刻，弗里斯奇一定会跟这气味的所有者拼命，哪怕死掉也不怕。如果它会说话，就会让所有人知道，追来的黑色气味不是人类，而是怪物，是极可憎的"它"。

"彼得，你……"本说。彼得没理他，对自己要找的东西胸有成竹。他累得双腿发抖，冲进去抬头看耐尔的首级，伸手去拿本该挂在龙首上方的弓和箭。他的手也在发抖。

那两样东西都不见了。

最后一个冲进房间的丹尼斯关上门，插上门闩。此刻，有人在用力地拍打房门，箍了铁皮的实木门板邦邦作响。

彼得回过头，愤怒地瞪大了双眼。丹尼斯和纳奥米吓得直往后退，弗里斯奇则站在小主人身边露齿狂吠，灰绿色的瞳孔缩小，露出明显的眼白。

"让我进去！"弗拉格大喊，"开门让我进去！"

他们纷纷退后，弗拉格在捶门。拳头冒出蓝色的火焰，木门上的铰链、门闩、锁扣……一下子全部炸开，发出炮轰般的巨响。门板间的裂缝也钻出蓝火，结实的门板被炸开了，木屑到处飞。过了一小会儿，大门才朝内倾斜，发出雷鸣般的轰响。

弗拉格站在走廊上，帽兜耷在背后，脸色惨白，鲜红的嘴唇咧着，牙呲着，双眼冒出熔炉般的火焰。

他手里紧紧地抓住刽子手的双刃板斧。

他在门外站了一会儿才跨进房间，往左看看丹尼斯，往右看看本、纳奥米及其脚边的弗里斯奇。他一一记下这些人——以后再跟他们算账——随后无视他们，踏过被炸毁的木门，双眼紧紧地盯着彼得。

"你居然没摔死，"他说，"你或许以为你的神很仁慈吧？我告诉你，是我的神将你留给我收拾的。快向你的神祈祷吧，祈祷你现在立刻心脏病发作而死。跪下来祈祷吧，我不妨告诉你，死在我的手里，绝对比任何人想象的都悲惨。"

彼得站在原地不动，站在弗拉格和父王的椅子之间。托马斯坐在那张椅子上，却根本没人看见他。彼得无所畏惧地直视弗拉格那令人恶心的眼睛，坚定的眼神让弗拉格不禁瑟缩了一下，紧接着邪恶一笑。

"王子，你和你的朋友给我惹了大麻烦，"弗拉格低沉着嗓子说，"大麻烦。我早就应该结束你那悲惨的一生，但是现在所有的麻烦都快解决了。"

"我看透了你，"彼得说，尽管赤手空拳，声音却坚定，"我想父王也看透了你，尽管他有些软弱。现在我要夺回王权。我命令你，魔鬼！"彼得站得笔挺，眼睛里映出熊熊燃烧的炉火，这一刻，他全身散发着德兰国王的英勇气概，"滚！滚出德兰，永世不许再来。你被驱逐了！滚！"

彼得的最后一句话掷地有声，比他一个人发出的声音要大，凝聚了许多人，包括德兰历代国王和女王的声音，可以回溯至城堡还是土坯房的时代，那时候，冬天的雪地里还有狼嗥，侏儒山妖活跃在森林里饮血，人们不得不在冬天的夜晚围坐在炉火前。

弗拉格又瑟缩了一下……几乎要被吓退。他慢慢走向前，左手挥起斧头。

"等你死了再下命令吧，"他从牙缝里迸出这几句话，"你这样越狱倒给了我机会。如果我事先想到——时间再充裕一些，我就能想到了——就能捏造出你越狱的动机！嘿，彼得，你的脑袋会滚进壁炉，还没搞懂为什么一命呜呼就先闻到了头发烧焦的味道。你会像你爹一样被活活烧死……人民还会在针塔广场给我颁发勋章！你不就是为了王位才杀死自己父亲的吗？"

"是你杀了他。"彼得冷冷地说。

弗拉格狂笑："我吗？你被关在针塔里太久，被关疯了，孩子。"弗拉格淡定地说，眼睛冒着鬼火，"就算是我，又怎样？谁相信？"

彼得的右手仍绕着坠链，他举起右手，坠子垂下来，有规律地摆荡着，赤金色的光芒反射到墙上。弗拉格见了，大吃一惊。彼得心想：他认得这个！他认得！

"你杀了我父王，那不是你第一次栽赃陷害。你忘了吗？我从你的眼神看得出，在阿兰二世的黑暗年代，列文·瓦雷拉挡了你的路，他的夫人就是被你毒死的。舆论迫使瓦雷拉平白获罪……就像他们不经审判就判定我有罪！"

"你是在哪里找到的？你这个小王八蛋！"弗拉格厉声喝道，令纳奥米倒抽了一口冷气。

"你忘了吗？"彼得重复一遍，"我想，你迟早会故技重施，你这种魔鬼只会那几下三脚猫的伎俩。过上一段时间，总会被识破的。我认为这足以让我们被解救了。"

坠盒在炉火的照耀下摆荡。

"你问我，谁相信？"彼得问道，"许许多多的人！就算不相信别的事，至少会相信你跟他们想象的一样老，老怪物！你杀了伊莲娜·瓦雷拉！你杀了我父王！"

"没错，我端了杯红酒给他，"弗拉格瞪视彼得，"他的五脏六腑烧着了，我还大笑。你被带上楼梯走上针塔顶时，我笑得更高兴。现在这个房间里听到我说这些话的人都快死了，没有人看见我把酒端进来！他们只看到了你！"

这时，彼得身后响起一个声音，那声音孱弱、无力、微弱得几乎没有人能听见，还发着抖。所有人，包括弗拉格，听了目瞪口呆。

"有人看到了，"彼得的弟弟托马斯从暗处说话了，坐在先王的椅子上说，"我看到了，巫师。"

140

彼得转身，拿着坠盒的手仍然平伸着。

托马斯！他想开口，却发不出声音。弟弟的变化如此之大，使他惊疑、恐惧。他变胖也变老了。他一直比彼得更像罗兰，现在简直像是从一个模子里刻出来的。

托马斯！他试着发出声音，这才发现为什么在耐尔的上方没找到弓和箭——弓搁在托马斯的腿上，箭则搭在弦上。

弗拉格见状，发出一声怪叫，纵身往前跳，高高地举起砍头斧。

141

那一声不是吼叫，而是嗷嗷的尖叫。弗拉格惨白的脸绷紧，须发皆立，嘴唇颤抖。彼得看到弟弟样貌的变化虽然惊讶，却还是认得出亲兄弟的。弗拉格则因为在火光摇曳下，加上椅背的遮挡，以致完全看走了眼。

他举起斧子专心要砍的是椅子上的人，浑然忘了旁边的彼得。他下药毒死了老头，谁承想他这会儿又冒出来了！仍穿着那件散发出蜂蜜酒味的旧睡袍，手拿弓和箭坐在椅子上，憔悴的神情带着研判地看着弗拉格。

"鬼啊！"弗拉格大叫，"不管你是地狱来的鬼魂还是魔头，我既然能杀你一回，就能再杀你一回！哎咿——"

托马斯虽然很少狩猎，但一向擅长射箭。在彼得被囚期间，他常去射箭场。不论是清醒还是酒醉，他都继承了父亲的好眼神。他虽有一把紫杉弓，却从没用过手上这把弓。手上这把又轻又软，箭杆和弓弩很有张力。这件武器虽然体型大——长达八尺——却非常优雅。他坐着可以施展的空间有限，甚至无法把弓拉满，却轻易地完成了九十磅的拉力。

"锤死敌"箭也许是有记载以来制作最精良的箭。箭身由檀香木制成，三根羽毛出自安杜安隼的翅膀，箭簇是亮闪闪的精钢。拉弓时就能感觉到箭身发烫，如火炉般烘烤着托马斯的面颊。

"你对我说的只有谎言，巫师。"托马斯轻声地说，射出那一箭。

箭离弦而去，先射穿了列文·瓦雷拉的金吊坠——彼得当时正伸直手臂拿着坠盒——链子断了，发出清脆的金属声。

前面说过，自从弗拉格搜寻流亡派无功而返、扎营在北方森林之后，就不断地做着同一个噩梦，但又不记得梦里发生了什么，只是每次醒来时都是左手压着左眼，好像眼睛受了伤。醒来后，眼睛还要痛上好几分钟。他实在不知道哪里出了问题，哪里不对劲。

此时，罗兰的"锤死敌"箭顶着瓦雷拉的金吊坠，穿过罗兰的起居室，"嗖"地命中了那只眼。

弗拉格尖叫起来，双刃斧从手中掉落，那把沾满血的武器的斧柄一碰到地板就折断了。他跌跌撞撞地往后退，以独眼瞪着托马斯，被射中的眼上镶着金吊坠，吊坠的尖端还有彼得的血迹，心形边缘涌出了难闻的黑色液体——肯定不是血。

弗拉格尖叫，双膝跪地。

但倏忽间，人已不见踪影。

彼得看呆了。本·斯塔德大喝一声。弗拉格的衣服本来还保存了他的影子，穿透他的心形坠盒连同箭矢停驻在半空中。但一眨眼的工夫，衣服瘪掉，"锤死敌"箭也"啪"地落在地上，精钢箭簇冒着烟。多年前，罗兰把这支箭从巨龙的喉咙处拔出来时，箭上也冒着烟。心形坠盒发出赤金色光芒。巫师消失后，坠盒落下，在石地板上烙出一个永恒的心形。

彼得看着弟弟。

托马斯的表情不再平静，此刻的他一点儿也不像罗兰，只是一个胆怯、疲惫的男孩。

"彼得，对不起。"他说着，哭了，"你不知道我有多抱歉。我猜你现在要杀我了。我的确该死——是的，我知道我该死——但在你动手之前，我要告诉你：我付出了代价，真的。我一而再、再而三地付出了代价。你如果愿意，现在可以动手了。"

托马斯伸出脖子，闭上眼睛。彼得走向他，大家都屏息静气地瞪眼看着。

彼得轻轻地把弟弟从父王的椅子上拉起来，拥抱他。

彼得抱住弟弟，等弟弟的哭声止住了，对他说，他爱他，永远爱他。然后两个人抱着流眼泪。他们的头顶是龙首，父王的弓在他们的脚边。不知道什么时候，其他人离开了房间，留下兄弟俩好好地独处。

142

他们从此过上幸福快乐的生活了吗？

没有。除了童话故事，没有人会无忧无虑。

和大家一样，他们将有幸福、如意的日子，也将有不幸、失意的日子；和大家一样，他们有过成功，也有过失败，每个人都经历过顺流、逆流；他们有时会感到羞愧，因为感到自己没有拼尽全力；有时也知道无能为力，世上的事只能听从他们所信奉的神佛的安排。我想说的是，他们都在努力地、好好地生活。每个人都是这样的。有的人活得比较久，但每个人都在勇敢地、好好地活下去。我爱他们每一个人。这样大大方方地说"爱"，我不觉得害羞。

托马斯和彼得一起去找德兰的新任大法官。彼得又被关起来了。第二次坐牢的时间远比第一次短，只有两个小时。托马斯花了十五分钟讲故事——因为新任大法官是先前由弗拉格指派的，胆子特别小，他先花了一小时四十五分钟来确认：恐怖的巫师真的消失了。

所有的罪名都被推翻。

那晚，所有人——彼得、托马斯、本、纳奥米、丹尼斯，还有弗里斯奇，都聚在彼得原来的宫殿里。彼得为所有人倒酒，连弗里斯奇的小盘子里也有红酒。只有托马斯拒绝了眼前的美酒。

彼得希望托马斯留下，但托马斯坚持认为（我觉得不无道理）如果他留下，德兰人一定会因为他曾经纵容弗拉格而把他撕成碎片。

"你只是个孩子，"彼得说，"你只是被那个把你吓得半死的怪物控制了。"

托马斯挤出一抹悲伤的笑容："说虽这么说，但人们不会记住那方面，彼得，他们只会记得'课税使者托马斯'，然后来找我算帐。他们会掘地三尺，只为找我报仇。弗拉格不见了，但我还在。我的脑袋虽然不好使，可我还是乐意它在我的肩膀上多待一会儿。"他顿了顿，好像在考虑接下来的话当讲不当讲。然后他接着说："我还是离开比较好。嫉妒就像发高烧，现在虽然退了烧，但如果在你的统治下生活，说不定过几年又会复发。我现在比较了解自己了，但只是了解一点点。算了，我非走不可。彼得，我今晚就走，越快越好。"

"可是……你去哪儿呀？"

"我要去寻找，"托马斯简单利索地回答，"去南边。也许你还会见到我，也许再也见不到了。我要去南边寻找……有很多事情让我良心不安，要去赎罪。"

"寻找什么？"

"弗拉格。"托马斯回答，"他就在某个地方。不是这里就是那里，他还在世间……我很清楚他在，他的毒气在风里飘。你知，我知，大家知，他在最后关头跑了。我要找到他，杀了他，为我们的父王报仇，洗清我的罪孽。我先去南边，我直觉他在那边。"

彼得说："可是谁跟你去啊？我走不开——这里有太多事要做。但我不会准许你一个人走。"他满脸的关切和担忧。如果大家见过当时的地图，就多少能理解他为什么会有这样的表情。南边，在德兰地图上是一大片空白。

出乎所有人的意料，丹尼斯说："我去，国王陛下！"

兄弟俩齐刷刷地望向他，大感意外。本和纳奥米也转过头。正兴奋地舔着酒喝的弗里斯奇也抬起头（它喜欢这个味道，那是清凉的紫色丝绒的味道，虽然喝起来没有那么美味，但也没差太多）。

丹尼斯满面通红，却没有坐下。

"托马斯，您一直是个好主人，而且——请原谅，彼得国王——我从内心认为您依然是我的好主人。可是，国王陛下，既然是我发现了老鼠，又害您被关进了针塔……"

"胡说！"彼得说，"我已经忘了。"

"可是我没有忘。"丹尼斯固执地说，"您可以说我当时年纪小，不懂事，但可能我也有自己的错误，必须去弥补。

他羞涩地看着托马斯。

"我陪您去，托马斯老爷——如果您愿意带上我——鞍前马后，我陪你。"

托马斯热泪盈眶地说："太好了，我当然欢迎，好丹尼斯。我只希望你比我会做饭。"

他俩当晚趁夜色离开，缓缓地走进黑暗。徒步出发，沉重的背包里装有很多补给。只回头了一次，是跟大家挥手道别。

其他三个人向他们挥手。彼得哭得心都碎了，真的，他真这么认为——我再也见不到他了。

可能后来又见到了，也可能没有。但我觉得他又见到了。我只能告诉各位，本和纳奥米结婚了。彼得在位多年，治国有方。托马斯和丹尼斯一路上有许多奇遇，他们确实找到了弗拉格，还与他交手了。

但那是另一个故事了。现在时间太晚了，我们改天再说吧。